百部红色经典

青春北大荒

肖复兴 著

北京联合出版公司
Beijing United Publishing Co.,Ltd.

图书在版编目（CIP）数据

青春北大荒 / 肖复兴著 . -- 北京 : 北京联合出版公司 , 2021.5
（百部红色经典）
ISBN 978-7-5596-5196-9

Ⅰ.①青… Ⅱ.①肖… Ⅲ.①长篇小说—中国—当代 Ⅳ.① I247.5

中国版本图书馆 CIP 数据核字 (2021) 第 058946 号

青春北大荒

作　　者：肖复兴
出 品 人：赵红仕
责任编辑：李艳芬
封面设计：赵银翠

北京联合出版公司出版
（北京市西城区德外大街83号楼9层 100088）
北京新华先锋出版科技有限公司发行
涿州汇美亿浓印刷有限公司印刷　新华书店经销
字数234千字　787毫米×1092毫米　1/16　17印张
2021年5月第1版　2021年5月第1次印刷
ISBN 978-7-5596-5196-9
定价：49.00元

版权所有，侵权必究
未经许可，不得以任何方式复制或抄袭本书部分或全部内容
本书若有质量问题，请与本社图书销售中心联系调换。电话：（010）88876681-8026

出版前言

为庆祝中国共产党成立100周年，全面展现中国共产党成立以来中华民族辉煌的发展历程、取得的伟大成就和宝贵经验，集中体现中华民族的文化创造力和生命力，北京联合出版公司策划了"百部红色经典"系列丛书，希望以文学的形式唱响礼赞新中国、奋斗新时代的昂扬旋律。

本套丛书收录了近一百年来，描绘我国人民在中国共产党的领导下艰苦奋斗、开拓创新、改革开放的壮美画卷，充分展现我国社会全方位变革、反映社会现实和人民主体地位、弘扬社会主义核心价值观、讴歌中华民族伟大复兴中国梦的100部文学经典力作。

本套丛书汇集了知侠、梁晓声、老舍、李心田、李广田、王愿坚、马烽、赵树理、孙犁、冯志、杨朔、刘白羽、浩然、李劼人、高云览、邱勋、靳以、韩少功、周梅森、石钟山等近百位具有代表性的中国现当代著名作家。入选作品中，有国民革命时期探索革命道路的《革命的信仰》《中国向何处去》，有描写抗日战争的《铁道游击队》《敌后武工队》《风云初记》《苦菜花》，有描绘解放战争历史画卷的《红嫂》《走向胜利》《新儿女英雄续传》，有展现新中国建设历程的《三里湾》《沸腾的群山》《激情燃烧的岁月》，有寻找和重建民族文化自信的《奠基者》，也有改革开放后反映中国社会现状、探索中国道路的《中国制造》，同时还收录了展现革命英雄人物光辉事迹的《刘胡兰传》《焦裕禄》《雷锋日记》等。

　　本套丛书讲述了丰富多样的中国故事，塑造了一大批深入人心的中国形象，奏响了昂扬奋进的中国旋律。这些经历了时间检验的文学作品，在艺术表现形式、文学叙述方式和创作技巧等方面都具有开拓性和创造性，作品的质量、品位、风格、内涵等方面都具有很高的水准，都是有筋骨、有道德、有温度的优秀作品，很多作家的作品都曾荣获"五个一工程奖""茅盾文学奖""鲁迅文学奖""国家图书奖"等奖项。

　　为将该套丛书打造成为集思想性、艺术性、时代性为一体，展现新时代文学艺术发展新风貌的精品图书，北京联合出版公司成立了由出版界、文学艺术界的资深专家和学者组成的编辑委员会。他们从文学作品的历史价值、文学价值、学术价值、现实意义等维度对作品进行了深入细致的研读和筛选，吸收并借鉴了广大读者的意见与建议,对入选作品进行深入细致的分析与综合评定,努力将"百部红色经典"系列丛书打造成为政治性、思想性和艺术性和谐统一的优秀读物,向伟大的中国共产党成立100周年这一光荣的日子献礼!

/ 目 录 /

学院墙内外	//001
北大荒奇遇	//045
北大荒酒	//092
抹不掉的声音	//110
已经是秋天	//141
木牌儿	//155
洁白的天鹅	//168
那不该倒塌的……	//178
小店里	//194
玉兰花开的时候	//206
诺　言	//216
相逢在春夜	//230
迟桂花	//242
在北大荒和在北京	//253

学院墙内外[1]

1

三十岁的人了,居然还能上大学!拿到录取通知书,我高兴得简直不敢相信这张薄薄纸上印的铅字。这太有点儿范进中举的劲头了。这太有点儿象小时候听过的童话。

毕竟是真的。生活中,也会出现童话的。虽然,并不是时时。但是,只要有一次,对于我们这么大年纪——青春已逝,却仍被人们称做"年轻人"的人来说,也够受用的了。生活也总算不是老那样苛刻,对我们这十几年的颠簸生涯,总算给了一些补偿。

淑桂完全同意我的看法。一纸录取通知书在她手中颤抖,象蜂儿振动着薄薄的羽翼,她竟怎么也拿不稳了。看她高兴的,仿佛考上大学的不是我,而是她自己。只是她不善于表露。那天晚上,她到我家来,我们俩激动得饭都没吃好。夜色很美,星星很亮,好象也很低,一伸手就可以抓到好几颗。她坐在床头,一边替我织着毛衣,一边静静地听我说着,时时"嗯"两声,

---

[1] 本书为肖复兴的代表作。其作品在字词使用和语言表达等方面均具有鲜明的时代特色。此次出版,根据作者早期版本进行编校,文字尽量保留原貌,编者基本不做更动。

时时抬起眼睛望望我。从她的眼睛里，我看得出她的激动。星光月色在她的眼睛里辉映，那里有两个月亮和无数颗星星在闪光。

"高兴吗？"我坐在她的身边，扳着她的肩头。

"嗯。"她的毛衣针还在动。

"总算熬到头了！"

"嗯！"

"想想在北大荒，想想回北京这两年，多惨呀！"

"嗯！"

"我们先不要结婚好吗？四年的学习，紧张不说，而且……"

"而且"什么呢？我一时也说不清。不知为什么，我忽然对她提出了这个要求。

"嗯！"她依然只是这一个字，温顺地望着我。那目光柔和得象一道道温暖的涟漪。

本来，我们早应该结婚了。三十岁的人，已经是晚婚模范了吧？还拖什么呢？可是，怎么结呢？三年前，我从北大荒病退回来。两年前，她从北大荒困退回来。已经是费了九牛二虎之力，象翻过一座喜马拉雅山了。回来后，没有工作，待业在家。一直到今年初，我们两人才双双被分配到一家小小的街道制刷厂工作，钱少得要命不说，连个窝都没有。真可怜！说实在的，这次考大学，我憋口气，就是想跳出这个倒霉的制刷厂，改变改变自己的环境和地位。还能有什么别的办法呢？除了是老三届，老师教的知识还是资本，别人看着多少有点儿羡慕之外，一无它长。简直象下棋一样，就看这一步走得如何了。没想到一步走对，满盘皆活！

这月发下那可怜的二百几十大毛工资，淑桂拿出一半，替我买了一个人造革的书包，一个塑料的活页夹子，和一个泡沫塑料的铅笔盒。铅笔盒上画着一只奔跑的小梅花鹿和一片开着五彩斑斓的花朵的草地。

生活，为我展现的也会五彩斑斓吗？

这个学院的性格大概很孤僻吧？它离北京大专院校群集的西郊很远，是少有的在城内的学院之一。而且，它也不在闹市口，偏偏在一条幽深的胡同里。街旁栽满了浓荫夹道的中国槐和开着红绒绒小花的合欢树。它的性格象一个娴静的少女。这正和我学的专业——理论数学相似，而不象工科那样生性刚强，总和高炉、工地、桥梁这些钢铁伙伴胶合在一起，也不象文科那样生性活跃，总和亚里斯多德的诗论、莎士比亚的戏剧，或者罗丹的雕塑这些美妙的艺术手挽手地跳起一段节奏明快的迪斯科。

我很喜欢我们这个学院，包括她所处的地理位置。

就在我去学院报到的那一天，刚走进胡同不远，前面传来"唰——唰——"有节奏的响声。一个清洁工人，手里拿着一把长把扫帚，肩上挎着一个白铁的垃圾箱。阳光透过树叶的缝隙，一点点筛下来，映得垃圾箱跳闪着光斑，直晃眼睛。

我以为我的眼睛看花了。这个正扫地的清洁工怎么这么象雷蒙呢？难道命运竟会这样奇特，把我们安排在这里相逢吗？而且最关键的，一个是即将报到的大学生，一个是手持扫帚的清洁工，这不有点儿太象滑稽戏了吗？

不。不可能。我很快推翻了自己一瞬间的判断，彻底否定了自己眼睛的观察力。那个清洁工已经拐进横着走向的小胡同里了。那一闪一闪光斑随之也消失了。那有节奏的"唰——唰——"的响声也消失了。

胡同里，密密的树荫匝地，又静谧得象一片深绿色的湖泊。几片合欢花飘飘悠悠，小降落伞一般飘了下来，象荡在湖面上轻悠悠的小船……

怎么会是他呢？他雷蒙在北大荒是个显赫的风云人物，堂堂的七星河农场的副场长，掌管着近万人口的生杀大权和上千顷土地的耕种收割呢！怎么会跑到北京一条胡同里扫大街？笑话！

想起他，心里是一种什么滋味呢？为什么今天我偏偏想起了他呢？潜意识？下意识？大脑皮层某一处记忆细胞受到了生物电的感应？……啊！象北大荒那飘筏甸子里淤积了多年的深深的水草，突然又冒着泡泡，飘浮上水面，要见见太阳……

我和雷蒙曾经是一对好朋友。高一时，我是班里的团支部书记，他还没有入团。他参加了我们学校的话剧队，整天迷上了排戏。《雷锋少年时代》呀，《一百分不算满分》呀，《白雪公主》呀……戏演得不错，挺受老师、同学和家长们的欢迎。就是一到讨论发展团员对象的时候，没有人愿意当他的入团介绍人。都说他太疯，不踏实。好朋友嘛，我主动当了他的介绍人。

入团了。我们俩高兴地跑到王府井中国照相馆，胸前佩戴着金光闪闪的团徽，照了一张三寸合影。

"文化大革命"了。我们都是学校第一批老红卫兵。有一天晚上，他穿着一身绿军装，腰里系着一条宽皮带，到我家找我。那时候，这一身装束最时髦哩。我也是呀！

他显得挺难受地对我说："今天，我用这皮带打了人！"

"什么？"

我惊讶了。其实，那时红卫兵打人算什么呀！革命不是请客吃饭，不是写文章、绘画绣花嘛……可是，我还是惊讶了。我不相信他会打人，正象我相信自己决不会打人一样。

"你知道我打了谁吗？"

"谁？"

"淑桂！"

淑桂那时也是我们班里的同学，她家出身资本家。她的父母都是工程师。

我们谁也不再说话了。他知道我和淑桂挺要好的。淑桂曾经偷偷送给我一只笔帽是个花猫脑袋的钢笔。他见过。

"你知道，刚开始，我也下不去手……"他抬起头，说道。他忍受不了这难堪的沉默。"可是，那么些眼睛都盯着你，就看你敢不敢下手。这是革命的考验呀！还有什么比革命更神圣、更重要的呢？为了实现世界一片红，我们要斩断私情。就象保尔对待冬妮娅一样。我想，这对你，比对我更是一场考验……"

他激动地讲着。我望见他那一双眼睛里充满的是真诚。那是因为我的眼睛里充满的也是真诚。他的话象火，燃着了我的心。我不仅原谅了他，而且一下子和他站在一起了。"革命"，神圣的"革命"呀！

那时候，我们是真诚的。那时候，我们是年轻的。那时候，老将军们都懵头转向了。那时候，是一片红海洋……

我和雷蒙是第一批报名来到北大荒的。在北京站，许多同学赶来为我们送行。我的眼睛在四处张望。我盼望着在这群送行人中，能够出现一个人的身影。可是，没有。最后一遍铃声响了，火车头拉响汽笛了，一直到车轰隆隆驶动了，她没有来。淑桂！我只能在心中轻轻呼唤着。她因出身问题，没有被批准到北大荒。

在佳木斯下火车时，还没有走出车厢，我和雷蒙都惊呆了。从车厢厕所里走出来淑桂。她是偷偷藏在厕所里跟着来的。整整一天一夜的路程啊！她垂下头，谁也不看，只看自己的鞋尖，仿佛犯了多少错误，在等候受审。来接我们的农场同志感动了，破格收留了她。她的头才抬了起来。我看见她眼泪已经涌出了眼眶。她干干地张着嘴，还没有说出一句话，就"扑咚"一下，突然一头栽倒在地上。一天一夜连饿带累，她倒在了北大荒的土地上……

清澈透明的七星河！河里游着鱼，河面上飞翔着白天鹅、灰雁和长脖老等。南岸，是一片未开垦的处女地。清幽幽、湿漉漉的风吹得连天碧草泛起一层层绿浪。北岸，是长势正旺的麦田。暖风正在金色的地毯上打着滚儿，飘向远方，追逐着地平线上的云朵……这就是北大荒！这就是七星河农场！这就是我们决心把青春以至生命都贡献给它的边疆大地！

进场头一天晚上，我、雷蒙、淑桂先写下了一封血书：扎根边疆干革命，风吹浪打志不移。第二天，向农场党委表示了我们的决心。

我们三个人都被分配上了机务组。当我和雷蒙头一次驾驶着收割机，收割那一片平铺天边的金色小麦的时候，雷蒙高兴得朗诵起贺敬之的《放声歌唱》来了——

"啊,南方,桃花;北方,雪花……
啊,南方,稻浪;北方,麦浪……"

那哗哗的麦浪应合着,仿佛在为他鼓掌。

"嘿!明明,你快看呀……"

收割机突然停下了,准备抹头拐弯。前面明晃晃一片。阳光下,闪着耀眼的光亮,在四周一片金色麦海中,象是谁在那里放了一面无比硕大的神奇的魔镜。我们都惊奇地叫了起来。

老师傅笑着告诉我们:"那是水泡子!"

平淡的水泡子,在我们的眼里也有绚丽的光彩。雷蒙一步先跳下康拜,向水泡子跑去。他在草丛中发现一堆蛋壳泛青的大雁蛋,高兴地脱下衣服,把这些大雁蛋统统包了起来,捧着回来,一边跑,一边冲我大声喊着:"快看!快看呀!……"根本不顾水泡子的水打湿了裤脚,水草牵惹着裤腿。

我也跳下了车,兴奋得象个孩子,惹得车上的老师傅都笑了。

"哈哈!你看……"他把衣服放在地上,指着大雁蛋对我叫道。

啊!竟然有一个小雁啄破了蛋壳,露出了毛绒绒的小脑袋,正用一双惊奇的眼睛望着我们这一对新北大荒人……

那时候,我们是多么热情,又是多么亲密呀!那只小雁,我们居然把它喂养大了,能够蹒跚地走路了呢。一直到它的翅膀长起来的时候,在我们出工翻地的一天上午,它飞走了,飞到七星河边那一片茂密的草丛中了……

飞走了!飞走了!一切,都飞走了!飞得无影无踪!无忧无虑的青春、时光,慷慨的誓言、血书,美好的回忆、友情,连同雷蒙自己。说实在的,这几年,雷蒙早已经在我的心头上抹去了,那么今天他怎么会象飞去的鸟儿一样,带着往昔的光彩和声音,又飞了回来呢?

2

其实,我早就看出他来了。而且,我早已经耳闻,他考上了大学。说老实话,我还有点不信呢。可是,没有想到,今天竟这样巧,居然险些和他打个照面。事实使我不得不相信,他章明明是考上了大学。生活,有时候真是太残酷了,竟这样翻手为云覆手为雨,支配着人的命运。他考上了大学,我却在扫马路!这真象绘画中冷暖色调的对比,摄影中黑白显影的反差;象北大荒七星河北岸那丰收的田野和南岸那撂荒的荒地……

亏了他没有认出我来。亏了我没有见他,及时拐了弯。我有什么脸面呢?见了他,又能讲些什么呢?忏悔?内疚?掉几滴后悔的眼泪?算了!现在,他不需要!我也不必要!既然生活无情地惩罚了我,这一杯苦酒就让我自己默默地吞尽吧!

晚上,我跑到我们环卫局清洁队旁边的一家小酒铺,要了二两二锅头,两毛钱粉肠,两毛钱花生仁,独斟独饮起来。这是一家窄小的酒铺,酒和菜都是粗劣的,酒盅黑乎乎,象上了一层黑釉。现在,我居然潦倒成了孔乙己!想想,一种酸溜溜的凄楚感觉拱出心头,涌上鼻尖。当初,在北大荒,自己好歹是七星河农场的一个副场长哩,大小宴会吃过多少?就是到一个普通的生产连队,条件再艰苦,吃的也决不会象眼下这般寒酸呀!我就是在那一次次频频交杯中学会了喝酒,增大了酒量。现在,我自己怎么居然能坐在这拥挤、肮脏的小酒馆里呢?周围散发着蹬三轮平板的、扛大个儿的工人们的汗腥味儿,和两毛多钱一盒劣等烟草的燎人味儿……咳!还说什么呢?自己不是和他们一样吗?扫马路的……

"小伙子,怎么一个人喝呀?"

一个醉鬼摇摇晃晃地走过来,坐在了我的身边。一只手纹里嵌满煤黑的大手握着一瓶衡水老白干,也不管我乐意不乐意,就往我的酒杯里倒酒。

咕咕咕，倒满了，他嘴里含混不清地说道："我知道你为什么一个人！准是和我一个样，又遇着不顺心的事了！我知道……我知道你的心事……"

他知道我的心事？我的心事是什么？为什么今天见到了章明明，我一下象受了惊的小马驹，烦恼和苦楚竟象云彩一样，久久也散不去呢？他知道？他知道个屁！连我自己都不知道！

我推开了酒杯。

"别客气，喝吧！喝吧！一醉解千愁……"他把杯子又推了过来，一双布满血丝的眼睛冲着我，然后自己仰脖咕咚咚一杯灌进肚。

喝！喝！借酒浇愁吧……

这一宿，躺在床上，翻来覆去，我怎么也睡不着。章明明的影子怎么推也推不开……

章明明和茅淑桂早就相爱了，我又不是不知道。茅淑桂藏在火车上的厕所偷偷来到北大荒，一半就是为了他章明明呀！我为什么要伤害他们，伤害他们刚刚发展起来的娇嫩的爱情？年轻，并不是一个占便宜的名词。如果，人一出生，过了童年、少年，一下子就蹦到成年该多好。那样，也许我会成熟些，避免了青年时代的许多苦恼和错误！

那一年，开发七星河南岸那片荒原，我、章明明、茅淑桂都去了。我被任命为青年开荒突击队的队长。一面呼啦啦的大红旗，我扛着它，站在了队伍的最前头。

"不把荒地全部开发出来决不回家！"

"不把边疆建设好决不结婚！"

出发那一天的誓师大会上，我走上台，对着麦克风，当着全农场近万名职工、知青，发了言，赢得了一片热烈的掌声。

我们每个人的胸脯上挂着一朵大红花，浩浩荡荡出发了。前面是十几台"东方红54"带路，后面是几台"斯大林100"拉着雪白雪白的白桦木爬犁，最前面是那面红旗在猎猎翻卷……一队长龙驰过七星河上新修的水泥桥的时候,那雄壮豪放的气派,真有些象志愿军雄赳赳、气昂昂地跨过鸭绿江呢!

那时候,我们是多么年轻!

两年以后,荒地开发出来了。第一批大豆种子播下去,我、章明明和茅淑桂天天要跑到地头去看,怎么还不发芽呢?等不及了,就用手扒开土,看看里面的种子咧嘴没有……终于,绿茸茸的小芽拱出地面……

谁想到,就在这个时候,意外的事情发生了。

那一天,老场长到我们开荒队视察来了。开荒地头,马达隆隆响着,一台拖拉机趴窝不动,老场长对我顿时发起脾气:"这是谁开的车?怎么不动了?"

我没敢说话。那是章明明和茅淑桂的车。他们自己要求到一个车组的。我担心他们会忍耐不住,干出些什么丢人的事。

"走,过去看看!"场长对我说道。

我们走近拖拉机的时候,章明明和茅淑桂还没有发现呢。他们正在驾驶楼里接吻呢。

天呀!这还了得!那时候,这个"吻"字,连说都不能说出口呀,岂能够干出来!这无疑于跟"资产阶级"同义语。这是和我们来时"不把边疆建设好决不结婚"的誓言背道而驰的。搞对象和结婚,其实还有远远一段距离呢。可是,那时,我们完全混淆了这两个词的界限。

当我和场长出现在驾驶楼前的时候,那是一幅多么尴尬的场面呀!

更让场长生气的是,当章明明和茅淑桂从驾驶楼里仓惶地跳下地时,把座位上一个大卷心菜带了下来,正好砸在场长的脚面上。

"你们这是搞的什么名堂?"

场长生气地一踢卷心菜,卷心菜咕噜咕噜在地上打了几个滚,"啪"地裂开两瓣,从菜心里滚出一个通红通红的国光苹果。卷心菜中间不知什么时候已经用刀横劈了一条缝。

"你们变的什么戏法?"

场长更气了，睁大一双奇怪的眼睛。

他俩垂着头，一言不发，脸涨得通红，象眼前的苹果。他们被这突如其来的袭击弄懵了，象两只被暴雨淋得浑身精湿的小鸟。

只有我最清楚这卷心菜里的苹果是怎么回事。这还是我发明出来的一种保存苹果的方法呢。

那是刚到北大荒那年的春节前夕。我和章明明往佳木斯送粮，买了点苹果放在书包里，准备回来好好聚会一下，庆祝我们到边疆后的第一个春节。我们的豆油有的是。茅淑桂的拔丝苹果是拿手好戏哩。四周是冬天一片皑皑的冰雪，在宴席的桌上，摆上几个红彤彤的苹果，该是多么喜兴呀！坐在汽车上颠簸了一天的工夫，回到家，打开书包一看，苹果全冻烂了。气得我们这通骂！

第二年秋天，苹果刚刚下树，正是卷心菜长叶包心的时候。我想出了这个办法，把苹果放进菜心里。等卷心菜用一层层菜叶把苹果包起来，隔绝了空气，等于一个绿色的小仓库呢。一直放到冬天，就是到了第二年开春，切开卷心菜，那里面藏着的苹果照样红润润、水灵灵！

我把这个绝妙的方法告诉给章明明的时候，高兴得他一拍我的肩膀："有你的！你的脑瓜就是比我的好使！"

我们俩切开几个卷心菜，掏出菜心里的苹果，美滋滋地嚼着的时候，感到一种从来没有过的甜味。似乎比北京城所有水果商店卖的苹果都要甜。

这以后的年年春节，我们保存的苹果不仅出现在我们聚会的宴席上，而且，不胫而走。这个方便而有效的方法，一下子象风一样在整个农场吹遍了。许多队的宴席上都出现了苹果。连我们的老场长也用这种方法保存了不少苹果呢。开会时，他特意把我叫到他身边，拍拍我的肩膀："好好干！小伙子是块好材料！"我在老场长脑子里留下的第一个好印象，就是通过卷心菜藏苹果哩。

现在，卷心菜里的苹果成了爱情的桥梁。

在场长的眼睛里，它成了罪恶的象征。

"给我开他们俩人的批判会！"

场长临离开荒队的时候，这样严厉地吩咐着我。这无异于一道命令。

场部为此专发了一个通报，要在全场开展一场向资产阶级"夺人夺魂"的运动。并且把我专门叫到场部，场长又一次对我讲着这次运动的重要意义："就从章明明和茅淑桂的事情抓起。不要小瞧这事，它直接影响我们建设边疆的事业！你提的响亮口号：'不把边疆建设好决不结婚'，要坚持！我听说了，原先你和章明明关系不错，要不讲情面。这是组织上对你的一次考验！"

是啊！又是一次考验！人的一生该有多少次考验呀！

我回开荒队了。主持开展了这次"夺人夺魂"的运动。连人带魂一起夺，多么惊心动魄呀！第一炮，在全队大会上点名批判了章明明和茅淑桂，并责成他们俩人写出书面检查。当他们俩人把检查交给我的时候，茅淑桂垂着头，恨不得象鸵鸟把头埋在地里。章明明望望我，想说什么，只是蠕动了一下嘴唇，没有说出来。我感到他的目光是火辣辣的。第一次，我感到那目光陌生了。

"这是组织上对你们思想上的一次挽救。我们不要忘了我们立下过的誓言，'不把荒地全部开发出来决不回家！''不把边疆建设好决不结婚！'我们来北大荒是为了建设边疆，保卫边疆的，不是为了搞对象的！个人的感情是脆弱的，和我们伟大的事业相比，是渺小的。卓娅说过：'为个人活着，是渺小的。为家庭活着，是动物的自私。'我们都要警惕资产阶级个人感情的侵袭。今晚，全队开批判会，你们要正确对待。"

我这样对他们说了一长串话。我觉得我完全是出于一片真心。当时，我就是这样想，也是这样做的。

他们谁也不讲话。

沉默半天，章明明突然问我："你讲完了吗？"

"讲完了，希望你能认真考虑。不要辜负组织上对你的帮助。……"

我的话还没有说完，他扭头一摔门走了。"砰"，门框直晃，响声久久没有散去。茅淑桂望着我，没讲话，垂下头，悄悄地走出了门，轻得象一片云。

这天晚上，开批判会时，全队的人员都到齐了，唯独他们俩人哪里也找不到了。

我到章明明的宿舍查看时，只见他的箱子翻得乱七八糟，床也掀得一塌糊涂，地上零乱地堆放着废纸、脏衣服和一双破烂的大头鞋，墙角堆着几棵圆鼓鼓的大头菜。我知道，那里面包藏着一只只红苹果。那是去年秋天，卷心菜长叶时，我们俩人一起把苹果包在里面的……

他们俩人逃走了。

能逃到哪儿去呢？是的，是我领着全队人马，开着几台拖拉机追他们去了。车灯象探照灯在荒原上肆无忌惮地横扫，隆隆的马达声象响着雷鸣电吼，整个七星河南岸闹得人仰马翻。藏在河边草丛中的野鸭、灰鹤扑棱棱地拍着翅膀，惶惶地飞在河的上空，凄凉地叫着……

也许，一切做得太过分了。可是，当时，我完全觉得自己是在参加一场向资产阶级"夺人夺魂"的战斗呀！是的，我是把它当做一场仗来打的。战斗！这是多么神圣而严肃的字眼。

那一次，我们几台拖拉机废了多少柴油？出动的人马又消耗了多少时间？不是为了开荒，不是为了播种，更不是为了收获！追到七星河的桥头，当章明明和茅淑桂一身泥巴，瑟缩地站在强烈的拖拉机灯光的光柱中，我想到这些了吗？没有。我只是长长地舒了一口气，象在战场上捉到了两个逃兵。

这无形中加重了章明明和茅淑桂的过错。他们分别被记了一次大过，从青年开荒突击队中被清除了出去，发配进完达山伐木。其实，如果是一般进山伐木，也是一件好事。可惜，他们是随农场的五类分子以及几个生活腐化堕落的坏分子一起进山的。

章明明提着行李从宿舍里出来，准备走向进山的爬犁时，突然拐了一个弯，朝我的办公室走来。我以为他有什么话要说。思想上批评要严，但他如果真能认识自己的过错，组织上处理可以从宽，我还可以向场部进一步反映。当时，我希望他能这样。

他走到我的面前，从书包里掏出一张纸片片。我一眼就认出来了，那是高中我入团时，我们俩人在王府井中国照相馆照的合影。我们来北大荒时，每人都把这象征着友谊的照片带来了。我不知道此刻他拿出来要干什么？

"嚓"！"嚓"！他把照片撕成碎片，扔在我的脚下。什么话也没说，扭头走向爬犁。

爬犁贴着地面飞走了。照片的碎片被一阵风吹起来，飞旋着，很快就吹得无影无踪……

"夺人夺魂"的运动结束了。我在这次运动中入了党。在这一年的年底，我被调到场部当了政治部副主任。

当然，章明明一定这样认为，我是踩着他的肩膀，当上官的。说实在的，当时，我并没有想到我能当上政治部的副主任。我完全是为了向资产阶级夺人夺魂，是为了革命，为了建设北大荒呀！愿望是真诚的、善良的，可是行动却不见得就是正确的呀！过去的学校教育给我的是单线条的思想，是用水彩涂抹成的理想画面，是连接两点间的直线距离最短的定理。许多事情，只有当回过头看时，才会看清楚。看清楚我们自己走的脚印，看清楚我们走的并不是两点之间的最短距离的直线，而是走了多么曲折的路线。当时，谁能看清楚？也许，有人看清楚了。我没有。我自以为看清楚了，其实，我看见的不过是一幅狂热的印象派画面。以为是在挽救他们，实际是伤害了他们呀……

第二天早晨，我找到清洁队那位扫了二十多年马路的老队长："我想换地段扫。"

"为什么？"老队长正吃早点，白乎乎的豆浆粘在黑森森的胡子茬上。

为什么？我怎么回答呢？说我见到了章明明？说我没有脸面再见到他，想避开他？尤其是不愿意在他上学的学院墙外的那条街上，我穿着工作服，拿着扫帚扫地，他戴着校徽，捧着书本出校门时，双方以这种不同的装束和姿态见面？……

老队长哪里理解我的心情？他没下过乡。他没到过北大荒。他没有我们那狂热的旋风般的青年时代。

"不行！清扫地段分好了，都要换，还不乱了套？"他说得很坚决。碗里的豆浆喝光了。没有一点儿余地。

"那么……我能不能换一下，上……夜班？"

"那可以考虑。"老队长哈哈笑起来，"我理解你的心思。三十好几了，大白天扫马路，怕见熟人，尤其是怕见对象……"

当天晚上，我改上夜班，负责倒学院前面几条胡同的垃圾。学院的墙外面就有两个绿色的垃圾筒。

3

真的是他！

我没想到，报到头一天见到的那个扫马路的真的是雷蒙。

冤家路窄！这一天，我们终于又见了面，说了话。就在学院的墙外边。

是晚上。我和同学们正从大华电影院看完一场新上演的美国电影《猜一猜，谁来吃晚餐》。散场的时候，已经快十点了。学院办公室大楼已经黑洞洞，在夜的怀抱中睡着了。只有办公楼后面远远的地方还朦胧地闪着桔黄色的灯光。那是校园深处我们的宿舍。学院墙外边这一节路上一盏路灯不知什么时候坏了，胡同一下子显得黑黝黝。密密的树影飘动着，更增加一种幽深的感觉。

我走得挺快，想快点儿回宿舍，再做几道微积分的习题。忽然，脚底下被什么东西一绊，"砰"地摔倒了，倒在一个软乎乎的东西上。啊，是人！

"哎呀！真对不起！"那人连忙站起来，扶起了我，收起横在前面的一把铁锨。显然，刚才是铁锨绊倒了我。

等我们都站定，四目相对的时候，都惊呆了。他就是雷蒙。他的身后是两个绿色的垃圾筒。

"真没想到，在这儿碰见你！"

沉默了许久，我先开了口。内心升起一种骄傲的情绪。说实在的，我有点幸灾乐祸，象站在高处的山顶望着下面蚂蚁小的人群。为什么不高兴呢？我有权利嘲讽、讥笑他一下！他原来在北大荒平步青云、雄姿勃发的劲头哪儿去了呢？他不是慷慨激昂地大喊什么"不把荒地全部开发出来决不回家！""不把边疆建设好决不结婚"吗？一个堂堂的农场副场长，大小是位县团级干部哩，今天怎么竟沦落到这种地步，跑到这儿倒垃圾？这是命运给予他应有的惩罚。自作自受！活该！

"真巧，你就在这儿倒垃圾吗？我就在这个学院上学！"我对他说，心中不无得意。

"我知道。听说了。"

他知道！听说了！更好！

"运垃圾的汽车装满开走了，呆会儿再回来，我倚在这儿，迷迷糊糊睡着了……"

他在解释着。听得出，那话底气不足，有一股自惭形秽的感觉。至少我这样觉得。

时间，真是一个严酷的法官，能判断出我们各自的人生。想当初，在北大荒的时候，我站在他的面前，比现在他站在我的面前还要悲惨。我算什么？一个被处分、被批判、被发配进完达山伐木的农场最下等的农工。每次见到我，他是以领导的身分来教育我的。就是回到北京，我的面前再没有他这个梦魇一样的阴影了，可命运并没有好转。在别人面前，我依然是个下三烂、三孙子。没有工作，整天散逛的时候不用说了，就是有了工作，在街道的小制刷厂，每天累得贼死，三十岁的人还拿十七八岁学徒工的钱，那心里又是一种什么滋味？跟他雷蒙现在扫马路也差不了哪儿去！

可是，我毕竟熬出来了。几年来白天干活，做那毛森森的刷子，晚上复习功课。点灯熬油，大病两场，终于没有白费。淑桂和我两个人的工资，连吃饭穿衣都不够用，她却挤出一半的钱帮我买参考书，买笔，买纸，买补养身体的鸡蛋、奶粉……日子过得寒酸拮据。几年来，从北大荒回来时穿的什么衣服，现在还是穿的什么衣服，没有添置一件新的。走在大街上，到商店买东西,遭人家的白眼、冷遇……一切,都熬过来了!我毕竟考上了大学。在人们的眼里,我毕竟成了自学成才,在逆境中奋斗出来的一个大学生了。过去,已经成为历史。未来,展现在面前的是一片新的世界。

现在,站在雷蒙的面前,我可以挺挺腰,舒舒气,反过头象当年他教训我一样教训教训他了。让我来告诉他:以整人开始,以害己告终,这是生活的辩证法。十年河东,十年河西,这是自古流传下来的格言。吴王夫差,越王勾践,这是两面历史的明镜。有正数,有负数,先别光瞧着正数值大于负数而自鸣得意,正负相乘却成了负数,而负负相乘,却可以变成正数。这是数学四则运算中最基本的常识……

啊!一瞬间,我心中翻腾着,很想给他当面来点儿难堪。

他扛着铁锨,戴着一顶落满尘土的工作帽,穿着一身小帆布的工作服,直盯盯地望着我。大概有些惭愧了吧?

"这么晚才回来?"

显然,他在没话找话。也怪可怜的。涌在嗓子眼许多怨愤的话,真想象泉水一样喷出来,可是,真正说出口的话,却连我自己也不相信那就是我说的:

"车一时半会儿回不来吧?到我们宿舍里喝杯咖啡吧!"

咖啡!是的,三十多岁的人上大学,尤其是学数学,够吃力的。不得不熬夜,加班往前赶。那些可恶的X、Y、Z……咖啡是淑桂帮我买的,速溶的。很好,淡淡的苦味儿夹着一缕缕特殊的香味儿。那香味儿只有在苦味之后才会慢慢品到。

他忽然抬起头望了望我,张着嘴唇想说什么,又没说出什么来。似乎我刚才这一句普通的话象刺,触伤了他的心。我忽然也觉得这句话怎么那么熟悉,好象以前在哪儿听到过。

他张开嘴,又要对我说什么的时候,一阵汽车喇叭声响起,两柱灯光扫过来,明晃晃地射在我们的身上,晃得眼睛一时睁不开。

他扛起铁锨,对我说了句:"谢谢了!车来了,该干活了!"说着,他快走几步，走到垃圾筒旁，和车上跳下来的几个同他一样装束的小伙子，一起准备往上倒垃圾了。他的手刚扶着垃圾筒，回过头冲我喊了一句："章明明，有工夫找我来吧，我们好好聊聊！"

他的话音是真诚的。忽然，我有些后悔。他已经是失败者了。战场上，还讲究优待俘虏呢，我不该这样对待他，尤其不该说刚才那句话。咖啡！请他喝咖啡，高级的，比茶还要高级的咖啡……

那一年，我整整在完达山里伐了一冬木头。那是什么样的日子呀！如果是一帮知青去，有说有笑，有骂有闹，也热火些。我们去的这一帮人无异于劳改犯。没有人管我们的生活，只有人管我们工作的数量。住在木刻楞里，倒不大冷，有的是松木样子，可劲儿地烧啊。只是山里的黑瞎子常常撞我们的门板和窗户，吓得我半宿半宿睡不安稳。吃的是干硬干硬的馒头，冻得象冰砣砣，一口咬下去，只见几个白白的牙印。我们点着一堆火，用一根长长的树枝子挑着馒头，再在馒头上包一层白桦树皮或干草叶子，架在火上烤。树皮和叶子烤着了，烤煳了，馒头也烤焦了，烤热了。喝什么？雪水、冰水。烧开了，水面上飘着一层草梗和败叶，带着一股浓重的土腥味。到春天了，冰化了，雪消了，喝水成了问题。那帮老家伙有主意，用小刀割开桦树皮，象海南岛农场的工人割胶一样，从树皮里便会滴下清凉凉的小水珠，带着树木清新的味道……

这就是雷蒙给予我的全部生活。一冬过去了，棉袄被树枝子刺破了，成了棉花套。胡子、头发长长的，我完全成了一个山林中的野人。淑桂在林子里伐木的第二个月，就一病不起。她正赶上来"例假"，喝冰水，踩雪窝，睡冷炕，她一下子象根细弱的小草，被完达山的大烟泡连根拔起，彻底摧垮了。我们俩人连面都见不成了。最后为了照顾她，送她回场部给机关烧锅炉……

我更烦了！两地相思，还有什么心思刮胡子、剃头？一天到晚，听的是叮叮咚咚的砍树声，"嚓——嚓——"的锯木声，"哗——哗——"的树倒声，和"嘿哟——嘿哟"的喊山声……单调得要命。我的心象一片荒沙丘，早就麻木了。只是在夜里睡不着觉的时候，有时想起淑桂，有时骂雷蒙，有时骂北大荒。北大荒，当年我为什么要积极地第一个报名来到你这里？你就是这样迎接我，对待我吗？

就在第二年开春，北大荒又给了我一次无情的惩罚。一次归楞，一棵重重的椴木滚下垛，砸在我的腿上。我被送下山，送到场部的医院。一条腿骨断了。幸亏抢救及时，打上石膏，养了整整一春，总算又接上了骨，可以下地走路了。

淑桂常常来看我，给我捎点儿罐头，点心，也偷偷捎几本书。那时候，看书都算犯法呢！雷蒙讲过："我们要用百分之九十九的时间学习毛主席著作！"淑桂也常常给我捎来几个红红的大苹果。我知道，这是去年秋天卷心菜长叶的时候，她悄悄藏在菜心里，保存下来的。雷蒙这个发明，她也学会了。

"别悲观！我就跟你好，看他们能怎么着！我就不相信他雷蒙一辈子不搞对象，不结婚！"淑桂削好一个苹果，递给我说。

我感动了。拿着苹果，久久没有动，也久久没有说话。我不知说些什么好。

"吃呀！"她微微笑着，轻轻推推我的手。

我吃了。我从来没有吃过那么甜的苹果。

从那时起，我就咬牙，发愤，一定要干出点名堂来，让雷蒙看看，到底谁是英雄谁是孬种。"谁笑到最后，谁才是笑得最好！"这是当时一句挺时髦的话。我常常在心里念叨着，就是有劲使不出来，不知道干什么好。

"读点儿书吧！俗话说：艺不压身！"淑桂的父母都出自书香门第，是工程师。是她鼓励了我。

我开始捡起了扔下多年的数理化。在那寂寞的医院没事可干，这些书帮助我打发光阴。也是这些书，今天成全了我，使我考上了大学。

麦收的时候，我出院了。淑桂接的我，帮我拿着东西，带我到她的锅炉房里坐坐，吃午饭。路过场部办公室的一块黑板报时，我们遇到了雷蒙。他新近又升官了，被任命为副场长。他正在看黑板报。黑板报上大概写的是机关支援麦收第一线的好人好事之类吧。淑桂拉拉我的手,想不理他,绕开他走。谁想,他看见了我们,便打着招呼,迎面走来了。我和淑桂都做好了思想准备,看他怎么样。我们就是好了,而且要好到底!你随便说吧,批评吧,教训吧,大不了再把我扔进完达山,再伐它一冬木头,再砸断另一条腿……

他走近我们,上下打量着我。我没给他好脸色。他一定注意到了。不过,他只是平淡地问了一句:"腿都好了?"

我没有回答。

"到我办公室喝杯茶吧!"

"谢谢!"

我说罢,拉着淑桂扭头便走了。用不着他这种假慈悲。完全是一种居高临下的姿态。莫非想打一下,再揉一下,给个甜枣吃吗?我们不是三岁的小娃娃!

呵!茶!他要请我喝一杯茶……

历史有时竟有这样相似的时刻。今天,当他落魄的时候,居然又遇上了我。咖啡……我居然一报还一报,要请他喝一杯咖啡了……

4

他有权利这样对待我。

因为我曾经伤害过他。而且,是在那样的时刻——青春的时代,爱情、生活、事业、理想……一切正在蓬勃生长的时刻。象正在往上蹿的小树,突然被深深地砍了一刀。那刀痕将深深地留在树的年轮上,永远不会消失。

那一年麦收时节,在场部办公室的黑板报前,我遇到了他俩,请他们进屋喝杯茶,他们竟连理也没有理我,扭头便走了。我知道,他们还在恨我。以为我这不过是虚伪,是一种居高临下的故作姿态,是对他的侮辱。

他们错了。我并不是这样的。我完全是真诚的。就象当年真诚地整过他们一样。

谁能够洞察现在，又能够预测未来呢？谁又能够评价在那场轰轰烈烈的上山下乡运动中，一批现在看来狂热而幼稚，当时却是异常纯真而诚挚的知识青年的过与功，非与是呢？谁又不是在一次次的挫折和错误面前，渐渐地从幼稚走向成熟，而学得聪明起来了呢？……

章明明从那时到现在，都把我看成了一成不变的，象冥顽不化的一块石头。

石头，也有崩碎的时候呀。纵使是座山峰吧，有时也会崩碎下来形成泥石流……

我们亲手开发出来的七星河南岸的荒地，播下了种，长出了苗，结出了大豆的豆荚。那时候，我曾经组织起一支文艺宣传队，编节目，在全农场演出了不知多少场呢。我们唱，我们跳，我们憧憬未来……

头一年，收成和种子平衡，这算不得胜利，毕竟是个成功。这是在一片沉睡了几千年的荒草甸子上的收获呀！据说，当年小日本闯进这片荒原，也想种庄稼，不仅庄稼没有种成，连人带车都陷进飘筏甸子，差点儿没上来呢……我们，当然算是成功了！

第二年春播过后，场部又要我组织文艺宣传队，到省里参加文艺会演。这是给我们七星河农场，也是给整个北大荒壮声威，扬名声哩。

就在省里会演结束，回农场到各队汇报演出的时候，我又处理了一场爱情风波。

宣传队里有一个最小的姑娘，叫凤娟，才十八岁，是我们老场长的千金，能歌善舞，是宣传队的台柱子。我很欣赏她的才能。如果能好好培养她，准错不了。

"副场长，你是从北京来的。你说我将来能当个演员吗？不是象现在这样，是正式的，行吗？"

她常常问我。她知道我以前在学校时演过戏，大概以为我一定见多识广，能掐会算吧？我和她爸爸很熟，她和我也无拘无束。

"行呀！怎么不行？"

"可惜，我生在北大荒，长在北大荒……"

"也不能这么说！北大荒是片沃土，能长出好庄稼，照样也能成长起人材！"

她听了我的话，总是显得特别高兴，一蹦三跳地跑走了。

过了几天，演出结束，总结休整的时候，时间空余，没事了，她又跑来找我，又是这样一番话。她是个很可爱、天真的小姑娘。

我们熟了起来。老场长见了我，常常说："我家凤娟常夸你呢！没想到你文武双全，是个不可多得的人材！算我眼光没看错！"

有一天黄昏，宣传队休息，我到场部办公室开会回来，刚一进屋，我惊呆了。我以为我走错了房间。单身汉的房子，北大荒老人们称为"跑腿的窝棚"，要多乱有多乱，而且多少以这种脏乱而自豪呢，似乎那才具有男子汉的气概，才具有忘我献身的精神呢……眼前，一切归置得这样干净、整齐，平常堆在床头的烂布鞋、脏大头鞋、破棉靰鞡，统统按大小个码好，整齐地摆在床下，上面还盖着一层报纸。平常揉得皱皱巴巴，褶子象地里的犁沟的床单，和东倒西歪的被子，被铺得平平展展，放得四四方方。平常乱放一气的报纸、水杯、暖瓶，被一一叠好，放好，在桌上摆下一个个整齐的图案……更使我兴奋的是床上摆着一个玻璃罐头瓶子，里面盛满清水，水中插放着一束野花，红红的达紫香，蓝蓝的野百合，黄黄的野蔷薇……小小的屋子弥漫着一股清香，仿佛北大荒那开遍花朵的草地上一下子蹦进了这个小小的屋子里。我有一种说不出的感觉，只觉得心房里充溢着花香。

谁干的呢？

我的背后突然传来一阵咯咯的笑声。回头一看，是凤娟。

"副场长！您的窝，我给整了整。您堂堂一个大场长，别弄得太窝囊了呀！"

是她干的。晚霞的余晖正流泻在她的肩头，给她全身镀上一层金灿灿的光环。我的心蓦地一动，象唤醒了什么东西，竟然一句话也说不出来。她咯咯笑着跑走了，身影消失在晚霞飘散的原野里。我望着她的背影，久久没有动窝。

我很快便克制了自己的感情。怎么可以萌动出这样的感情呢？这是绝对要不得的！趁着还没有打蔓，赶紧掐尖。

就在宣传队解散，各自要回原单位的时候，我突然发现宣传队里一个拉手风琴的哈尔滨知青爱上了凤娟。每次演出结束，他都要陪着凤娟一起卸装，帮助她拿东西，送她回宿舍。宣传队里早就开始议论纷纷了，只是我最近才注意到。近来，我仿佛一下子变得敏感了，因为我的眼光也时时在追踪着凤娟的身影。

我找到手风琴手，严肃地批评他："我们搞的是宣传队，不是搞对象！"

他垂下头不说话。

"你知道，这是资产阶级思想。忘了我们前几年搞的'夺人夺魂'运动了？"

他还是不说话。

"你倒是讲话呀！"

那一天，我为什么发了那么大的火？

他讲话了，只是一句："我喜欢她！"

"喜欢？你配吗？癞蛤蟆想吃天鹅肉！"

我竟暴跳如雷，说出这样的话！我不敢坦白地承认自己内心深处萌动的感情。我只能这样地折磨着自己，也折磨着别人。

一切，都没有个好的结局。这一年秋天，收成的结果比没开荒之前要惨。收回的豆子还不够种下的。加上消耗的人力、物力、油料……一下子亏损了几十万元。场部再没有兴趣让我组织什么宣传队了。

第二年，又是这样的结果。以后，连着三年都是这样的结果。仿佛我们只问耕耘，不问收获。仿佛我们的任务就是开着这几十台拖拉机，翻地、耙地，把种子撒进土里去，就算万事大吉。简直比原始人还不如，原始人在一片蛮荒面前，还要考虑一下一石头打出去，一箭射出去，要有结果，要取得维持生命的食物呀。我们的老场长和好些个头头们不管，也不听几位焦急的机务科、生产科的科长们一再反映。他们不愁吃穿，亏损再多，反正不掏他们的腰包，国家照样发工资。

那一年，暴雨从七月一直下到十月，沥沥拉拉，一直接上了天上飘来的雪花。七星河南岸的大豆颗粒无收。第二年春天，场长下决心了：停止播种！

"怎么，撂荒？"

我不同意。我找场长坚持我的意见。我愿带领人马去接着干。我就不相信那里会打不出粮食！

场长摆摆手："算啦！还想照去年一样，亏得我们连条裤头也穿不上呀？"

"去年不行，今年应该更努力呀！我们发过誓的，不把……"

"发过誓？"场长笑了，"同志，现实！要看现实，不是光听誓言！"

现实是什么？是让亲手开垦出来的土地又重新荒芜吗？

这一年，七星河南岸的土地，又象以往那样长出了没人的荒草。站在七星河边，我第一次产生了疑问和动摇。我们把青春、誓言、热血和汗水，贡献给了这片土地，难道收获的就是这些荒草吗？要知道，为了这片土地，我们曾牺牲了个人多少感情！我甚至不遗余力地伤害过章明明和茅淑桂的爱情呀！我们的工作的价值和意义在哪里呢？莫非一切都是零？莫非真象歌里唱的那样："我们播下龙种，收获的却是跳蚤"吗？莫非当初我们就不该踏进这片荒原，放下那五铧犁，翻起第一条泥浪吗？

可笑的是，这一年，我们七星河农场的亏损竟一下子减少了百分之六十，受到了上级的表扬。场部又要我出面负责组织文艺宣传队，宣传这一扭亏为盈的可喜进步了。

我冷静了。许多知青都冷静了。象洪峰过后平静下来的水面……

宣传队没有组织起来，又一场运动来临了。象当年上山下乡来的时候一样，呼啦啦，象一阵风。现在，又呼啦啦，掀起了"返城风"。知识青年象炒熟的豆儿，一个个蹦走了。

　　章明明是先走的。他的一条腿，差点连同他的青春一起献给了北大荒。在一摞子困退材料上盖上最后一个大印，他离开场部办公室，就再没有回头。透过玻璃窗，我看见了他的背影。我很想追出去，叫上他，和他彻底交心恳谈。可是，我没有。我只是默默地望着他走远了，从北大荒广漠的土地上消失了。

　　我能对他说什么呢？告诉他"我们不能就这样走了，我们发过誓，写过血书，说过'不把荒地全部开发出来决不回家'"么？我有什么脸面再去教训他呢？这些空泛的话有什么价值和意义呢？他能相信吗？

　　一个人是多么容易轻而易举地推翻自己的一个誓言，一个信念呀！也许，是这誓言，这信念，当初根基就不牢，就象空中的楼阁？不！我从来都不这样认为。我们的誓言和信念本身并不错。那么，错的是什么呢？我回答不出。我陷入深深的苦恼中。

　　两个月后，茅淑桂也要办困退回北京了。大概是她的条件不够吧，场长没有批准。我知道了这件事，找到了场长。

　　"场长，茅淑桂和章明明一直相爱，让她回去吧！成全人家一对得了！"

　　场长一定觉得我这铁杆扎根派怎么居然也动摇了，睁大一双眼睛对我说："你是怎么搞的？怎么能只讲感情不讲原则呢？"

　　我明白他的原则。我变得聪明多了。

　　过了几天，我听说茅淑桂因为走不了，哭得死去活来。听说，她已经和章明明发生了关系，肚子里已经怀了孕。她想赶快回北京，把胎打了。她不愿意呆在这里露丑。可是，她硬挣着面子，就是不肯找我帮助她办困退。我理解她的心情。

　　一天，凤娟突然悄悄地找到我："你想帮助茅淑桂办回北京，是吗？"

　　我觉得奇怪："你怎么知道？"

　　她调皮地一仰脸："我怎么就不知道？"

　　不知怎么搞的，一见到她，我总感到不大自在。好象我做过什么错事，对不起她，心中有鬼一样。

"今晚，你到我家来一趟吧！"

"干嘛？"

"帮帮茅淑桂的忙呀！"

"怎么帮？"

她悄悄地告诉了我。

这一天晚上，我来到场长家门口。不过，我没有直接进去，只是站在一棵大柳树的阴影里等待。一直等到场部加工厂一个男知青提着一提包东西走进去十来分钟后，才见院门"吱扭"一声又开了。凤娟露出秀气的脸庞，冲我招了招手。我径直走进院子，也不敲门，一下子把屋门推开。场长见我进来，怔住了。

桌上放着一桌东西：两瓶茅台，两条中华烟，一双皮鞋，一件的确凉衬衣……

我统统看在眼里，只是一句话没说。

那个知青见我走进来，待了一会儿，便站起身对场长说："您和雷副场长有事，我就先走了。我的事就拜托您二位了！"

"快坐吧！"

场长为我端茶让座。他有些慌张，倒茶时水洒在手上。那时候，知青刚刚开始返城，吃请受贿还没有到明目张胆的程度。

"有事吗？找我？"他坐定后，问我。

"您看茅淑桂的事……"

他听后哈哈笑起来："你为她的事这么上心，是不是也得到她不少好处，觉得欠了她的帐，赶紧还哟？"

"是的。我是欠她，也欠章明明一笔帐！"我挺严肃地说。于是，我把目光落在桌上那一桌礼物上。

我们彼此心照不宣。他的把柄抓在我的手里，自然不好讲话了。茅淑桂困退回京的事就这样办妥了。

走出场长家门的时候，我想，这就算我偿还了章明明和茅淑桂的那一笔帐了吗？不，那一笔帐，也许我是永远也还不清的。

大柳树阴影里突然闪出一个人影，是凤娟。她眨着大眼睛，笑着问："怎么样？马到成功吧？"

我也笑着说："没想到你还有这鬼点子？你爸爸要知道了，不知该怎么骂你呢！"

"骂谁？喝人家知青的血才该骂呢！"她咯咯又笑起来，仿佛干了一件特别舒心的事。

忽然，她的笑声戛然而止，抬起头问我："你也快要办回北京去了吧？"

"我？……"

她为什么突然提出这样一个问题？我的心为什么又突然一动？我们谁也不再讲话了。这一晚，不知是怎样分的手。朦朦胧胧的夜色中，往宿舍走的时候，我好几次踩进道边的水洼子里，弄得鞋湿湿的……

第二天，在茅淑桂的困退材料上盖上章，在她回京的准迁证上盖上章，都是我一手经办的。谁也没有请我这样做。茅淑桂和章明明至今也许都不知道，那是我盖上的大印，场长默许的。

哪里想到，这竟是我最后一次行使副场长的权利，最后一次能够拿七星河农场的大印盖章。没过多久，农场总局来了一个红头文件，要清理"文化大革命"中坐火箭上来的青年干部。不合格的一律下来。场长把我的名字做为不合格者的第一名报了上去。

我下了台。莫名其妙地上去，又莫名其妙地下来了。但是，我总算明白了一些东西。

第二年刚开春，北大荒坦荡的大地上，冰雪还没有融化，我也准备回京了。一切手续办理，场长没有设阻。也许，他早希望我能离开北大荒，免得碍他的手脚呢。

临走的那一天早上，我谢绝了一切要为我送行的人，特意早早地起来了。我把宿舍里堆放的那十几个卷心菜统统用刀横劈开来，那里面藏着过了一冬的红苹果。我要把它们带走，不能让它们在我走后，随卷心菜烂掉，孤零零地烂掉。

把苹果装进了书包，提起行李回转身准备要走的时候，我愣住了。门口站着凤娟，手扶着门框，一句话也没有说。清晨的阳光分外明朗，她的背后是北大荒一望无垠的田野和田野上空那高远湛蓝的天空。阳光把它们和她映照得那样光闪闪。门框象一幅镜框，把它们和她都镶嵌进去，构成了一幅淡雅而开阔的画面。我的心象被风吹皱的一池春水，禁不住抖动起来。

沉默了许久。我鼓足半天勇气，想说些什么，想表白、坦露一下内心深处真实的感情旋涡。她似乎也在默默地等待，期望着她人生中最渴望得到的最珍贵的话。北大荒的早晨真静，没有一点儿声响，只有风在轻轻地敲打着玻璃窗，只有一两只早起的小鸟啁啾鸣叫两声，向远处飞去……

我没有说话。不敢。

还是她打破了这难堪的沉默："就走吗？"

我点点头。

"我送送你吧！"

"啊，不用！不用！"

我为什么赶紧连连摇头？怕什么呢？我为什么不敢当着她的面，说一句我的真心话？是的，我曾经批判过章明明和茅淑桂，自己最终也逃脱不出爱情的魔网。是的，我曾经发过誓"不建设好边疆决不结婚"，"不把荒地全部开发出来决不回家"，可自己最终还是要灰溜溜地走了。我怕自己的心向自己发问这一连串我无法解答的问题。

凤娟没有再问我什么，帮我提起那沉甸甸的行李，走出房门，为我送行。我默默地在她旁边走着。一瞬间，我发觉，在清早阳光的照耀下，她显得那么美，似乎比以前也长大了许多。

走过七星桥时，我最后一次望了望河南岸那长满了荒草的荒原。在晨晖下，荒原在闪闪发亮。几只灰雁和长脖老等拉长几声凄凉的鸣叫，拍打着翅膀，掠过草尖，飞在还落满皑皑积雪的七星河上。不知怎么搞的，我流下了眼泪……

"回去吧!"我冲她挥挥手。

她把行李递给我,没说话,也没有走。

我扭身走了。走了一会儿,回过头一看,她还站在那里。我的心猛地一收缩,禁不住又跑了回去。站在她的面前,我看见她的眼睛里也闪着泪花。我不知该说些什么,做些什么,来表达表达我内心的激动感情。忽然,我把那书包里放着的几十个苹果送给了她。

"这是北大荒的苹果……"我说不下去了。

她没说什么,接过苹果,只是沉吟了一句:"北大荒……"

啊!北大荒!我们得到过北大荒多少珍贵的东西,又失去了北大荒多少珍贵的东西!我们为北大荒贡献出多少,又为北大荒牺牲过多少!……一场轰轰烈烈的上山下乡运动。一个醒后叫人心酸的梦。能把这两者连在一起吗?常常不由自主地连上了,又常常不甘心就这样连在一起。难道我们就这样用我们自己的手,轻易地否定了我们过去的一切?我似乎怎么也不愿意。难道我们在北大荒这几年,真的一无所获,就象七星河南岸那片荒原一样吗?……

我回到了北京。没有人承认我曾是一名县团级干部。我依然还是一个知青。这样倒好。象只鸟,飞出去了,以为会鹏程万里呢,却只飞了一个三百六十度的圆圈,最后又飞回到原来的地方。

我找不到合适的工作,又忍耐不住待业的熬煎。最后,乔太守乱点鸳鸯谱,我被分配到清洁队扫马路、倒垃圾。这就是生活给予我的酬报吗?

我曾经悲观过,消沉过。可是,都过去了。今天夜晚,不管怎样躲避,也躲避不了,终于和章明明相见了。心事了结了。我自己本身的结局,比他骂我、嘲讽我还要严酷。他满足地走了,居然还要请我喝杯咖啡,带点儿苦味的咖啡。多好啊!多妙啊!

躲避是躲避不了的。生活!命运!一切!迎着头,朝前走吧。我没有顾虑了。我不欠谁的了。我不必要求再换地段,换早晚班了。干什么,什么时候干,都无所谓了。一切,从头开始吧。我失去了那么多,付出了那么昂贵的学费,毕竟学会了那么多东西,我会变得聪明些、成熟些。我还不老,还算年轻,今年刚刚三十一。我愿意从头开始生活,开始一切,再给我一次机会,考验考验我的誓言和信念吧!当初的誓言和信念并没有完全错。如果说,我的誓言还带有狂热、偏激和虚狂的话,那么,我的信念却是美好、纯洁和神圣的!别再欺侮和欺骗我们年轻人了吧!

5

现在,我倒是真想见见雷蒙了。可是,却怎么也见不到他了。人就是这样,想见了,却见不着了;不想见,却一下子鬼使神差似的碰上了。我甚至怀疑他是不是调走了,不在我们学院墙外这条胡同扫马路、倒垃圾了。

这一天,我们终于又见面了。这已经是三年多过去了。是我最后一个学年。时间过得多么快呀!又是冬天了。胡同的槐树和合欢树的枝条枯枯的,清冷地梳理着寒风。看这萧瑟的样子,不会有什么好运气!

也是一个晚上。我正和方菲从胡同口的一家夜宵店里出来。那一晚,我陪她看的芭蕾舞《吉赛尔》。回学院时,晚了,饿了,吃了两碗热气腾腾的馄饨。馄饨的香味和芭蕾舞的乐曲,都还在心头萦绕。

就在学院墙外的垃圾筒旁,我见到了雷蒙。他和几个清洁工人一起正往汽车上装垃圾。我没有注意到他,正拉着方菲捂着嘴,快跑几步,想躲开这灰尘四扬的垃圾车呢。他看见了我,叫了我一声:"章明明!"

那盏坏了的路灯早已经安好了,今年又新换的碘钨灯。灯亮得很。我看见他戴着一顶棉帽子,帽耳朵呼扇呼扇的,裹着一件蓝棉大衣,挂着一把铁锹,站在汽车后面,睫毛落满灰尘,一双眼睛睁得大大的,大概是惊奇我怎么会这么亲密地挽着方菲的手臂吧?

"你好!"

我向他伸过手,握了握,然后向他和方菲分别做了介绍:"这是我的朋友方菲。这是雷蒙,我们曾一起在北大荒……"

似乎一切都成为了过眼烟云,什么都消失了。我们又都成了好朋友。

其实,这不过是有礼有利有节的暂时的画面。象春天平静的水面,激荡的水流正在薄薄的冰下奔驰呢。

"你们……"雷蒙迟疑了一下,问道。

"我们准备毕业就结婚了!到时候,欢迎你来吃喜糖。"我兴致勃勃地说。

"欢迎你来!"方菲矜持地说。

"这……"雷蒙一时说不出话来,两只眼睛闪着愕然的光,一张嘴张得大大的,象要说什么。

我知道他要说什么。此刻,他一定想起了淑桂……

是的,淑桂。我也常常想起她。有时候,我也觉得对不起她。可是,有什么办法呢?马上就要毕业,我又面临着毕业分配这一关。一关,一关,从在开荒队遭批判、完达山砸断腿,到返城、待业、分配到小制刷厂工作……要过的关怎么那么多?象唐僧到西天去取经,非要经过九九八十一道关卡吗?他取回来真经。我要得到的是什么呢?

这学期一开始,就传出小道消息、大道消息:今年毕业分配是三个面向(面向农村、面向外地,面向基层),外地的名额占去全系一半。"难,难于'北上天'(北京、上海、天津)!"已经有人编出歌在喟然长叹了。许多同学已经开始为留在北京四下活动,开展穿梭外交了。我是下手晚的。不过,命运成全了我。我有着得天独厚的条件,这就是方菲。

方菲这三年多来一直和我坐同桌。似乎,只是在最近,我才发现了她。她比我大两岁,是个老处女,人长得还算漂亮,据说眼高得很,一般人她是看不上的,高不成,低不就,才一直到了这种年龄上,有着嫁不出去的危险。因为她比我大着两岁,我始终把她当做大姐姐看待。可是,爱情有时真是玄妙莫测,令人头晕眼花。直到最近我才发现她一直悄悄地在爱着我。

这是偶然发现的。一天晚自习，我们各自演算着习题，谁也没有理谁。晚自习结束的时候，我看到桌边地上落着一张纸。我以为是我掉下来的作业纸，便弯腰捡了起来，原来是一张演草纸。一看笔迹，我认出来了，是方菲的。再一看，我愣了。在习题符号之间，密密麻麻的小字写着无数我的名字："章明明，章明明……"我不知道这张演草纸是她故意丢给我的，还是无意扔的。但这张草纸象闪电一样，照亮了我记忆中许多角落：好几次，她送给我芭蕾舞票，音乐会票（她喜欢音乐、舞蹈）；好几次在食堂里吃饭，她坐在我的身边，说她不爱吃肉，把她碗里的肉统统扒拉在我的碗里；好几次看电影，她都神不知鬼不觉地走到我的身边，和我一起回学院；好几次她见到淑桂，在第二天碰到我时都好象漫不经心地说："你们那位一定有病，准活不长远……"；又有好几次，她借给我几本杂志，其中有几篇大学生相爱的小说，有一篇写的是一个女大学生为了爱情，与一个已经结婚的男同学毅然相爱……

　　我明白了。也犹豫了。

　　"听说了吗？这一次分配够呛呀！外地的名额在增加呢……"

　　我的耳朵里不时传来这样越刮越厉害的风。

　　"怕分到外地去，要不先结婚算了！学院就可照顾了！"

　　淑桂好几次这样对我说。这也是一条路子。我也曾这样想过。

　　可是，那张演草纸！一切，也许都在那张纸上！我的生活又来了一个直拐弯。我和方菲竟越陷越深。她的芭蕾舞票、音乐会票，源源不断地包围了我。她的音乐和数学天赋，她那张岁数大了却风韵犹存的脸，越来越吸引了我。我又把她和淑桂做了一番可怕的比较。当我知道不能再这样陷下去的时候，为时已经晚了。

　　她把我领到她家去的时候，我知道，我已经无法自拔了。那是她的闺房。家具、电视、洗衣机……一切应有尽有。

　　"准备了许多年，一直没有合适的。我一直在寻找。总算找到了！这里的一切，包括我，都是你的！"

她扑在我的怀里。

是的,这里一切用不着我来操心。仿佛小时候听过的童话,只要闭上眼睛,吹口仙气,再睁开眼睛,什么就都有了。再简单不过!我和淑桂呢?房子,没有。家具,没有。一切,要白手起家。三十多岁的人……

方菲柔软的身体在我的怀中颤抖。是的,她也比淑桂有魅力。

我竟又往下滑了一步。我紧紧地拥抱了她。

"人生就是在寻找……"

"是的,寻找。寻找什么呢?"

"爱情……和一切……"

这一晚,我竟没有回家。躺在她那柔软的席梦思床上,我们交谈着……一切。似乎我已经得到了一切。

方菲高兴了。高兴终于把我从淑桂的手中夺到自己的手中。"这就是爱。爱是不顾一切的。瞻前顾后,想这想那,不是爱。"她这样说。

对于我,这是爱吗?我不敢回答。

我更不敢回答的是:为什么我最后选择了她?这里有着更深一层含义。那是因为她的父亲是我们学院的院长!这直接关系到我的毕业分配呀!

有时候,我也为自己的行为感到羞耻。我骂自己是于连·索菲尔。我不再是在北大荒时那个为了真挚爱情而敢于贡献自己一切的人了。我变得卑琐而自私。可是,我又实在不愿意在熬了四年大学生活之后,在自己已经不算年轻的时候,又回到小制刷厂那个卑下的环境中,和淑桂过着还是象知青一样没家没业的生活。我更不愿意一下子便被分配到外地,诸如"新西兰"(新疆、西藏、兰州)。好不容易从外地回到北京,再颠沛流离到外地?我已经没有了当年的勇气和热情。

当我把这一切向淑桂摊牌的时候,我想她一定会骂我、恨我,说我没良心,甚至会给我一记耳光。我都准备好了。可是,没有想到她显得出奇的平静,静得象凝结的冰。

沉默许久,她才问我:"你都想过了?"没等我回答,她自己答自己了,

"是的，你都想过了，就这样吧！"说着，她转过身，扭头走了。我看见她的双肩在急剧抖动。她的双手捂着脸，突然跑走了。

我很想跑过去，追上她，向她忏悔，让一切恢复原来的样子。我没有。我禁不住诱惑。未来，在我的面前。我不愿意失去未来。于是，我失去了她。仿佛她象征着过去。干吗要恢复原来的样子呢？那不就意味着走回到过去吗？我这样说服着自己，似乎心安理得了……

我不知道这天晚上，我是怎样离开雷蒙的。三年前，我几次见到他时都带着一种高傲。现在，这高傲劲似乎减少了许多。仿佛生活又翻了一个跟头，不是他欠我什么，倒是我欠了他什么一样。

我只是隐隐约约记得，他说他最近到区委党校学习了一年半。（怪不得最近一直没有见到他呢！）本来，区委准备留下他负责团的工作。（他真的成了干部的材料了。命运竟意想不到好转起来。）可是，他没有留在这里，还是要求回到了清洁队。

他这个人，真是！我为什么心里一下变得复杂难辨起来？不理解他，又不得不佩服他，自己又有点惭愧，甚至觉得欠他什么旧帐……

"你怎么啦？见到那个雷蒙，好象有点不高兴？"第二天早晨，在食堂排队买早饭时，方菲问我。

"没有！没什么！昨晚没睡好……"我为什么要解释？为什么要这样慌张？我怕什么呢？怕丢失什么东西？丢失过去的，还是丢失现在的？啊，我最终还是怕丢失现在的。因为，现在和将来是连得最紧的。而过去，已经成了历史。

星期六的晚上，方菲又送我一张新上演的《祝福》芭蕾舞票。我们一起去了。回来时，又一起在胡同口的夜宵店里吃的馄饨。走进胡同，走到学院外那高高的围墙下面，走到那两个绿色的垃圾筒旁，我害怕见到雷蒙了。生活，是多么能嘲讽人呀！现在，轮到我害怕见雷蒙了。

幸好，那一天，我没有见到他。

6

那天晚上,他挽着那个还算漂亮的女人,临走的时候,似乎问过我一句:"你有了吗?"

我明白:他指的是对象。

没有。我什么都没有了。那时候,正青春年少,政治上有资本,职务上有炫耀,我没有想找一个对象。那时候,凤娟象朵花,突然开放在我的眼前。可是,错过了,就象匆匆擦肩一样错过了,再也不会见到她了。那时候,我把恋爱同资产阶级思想等同起来,我把爱情同扎根边疆对立起来。当初,我是多么可笑!现在,我倒是想,尤其是想一个凤娟那样的人,却找不到了。我没有了青春,没有了资本,有的只是一个清洁工的职务。这次党校学习结束,我本可以留在区委。可以换换职务的,可是,我却不愿意换了。我是多么不识抬举,不识眉眼高低呀。我愿意这样。好心的师傅,着急的父母,都曾介绍了好几位姑娘。一听说我是扫马路、倒垃圾的,都摇摇头,走了,一去不返。

也许,章明明认为我这大概是得到报应吧?他象换衣服一样,换掉了和他相爱那么多年的茅淑桂,又换上一个还算漂亮的女人。他是春风得意的。而我,活该有这样一个结局。仿佛一切是水到渠成,势所必然,象小说家、戏剧家早已经安排好的结尾一样。

这是不公平的。当初,我是真诚地要献身一场伟大革命的,就象父辈们献身那场缔造我们共和国的伟大革命时一样。可惜,这一场带引号的"革命"愚弄了我们。我明白的时候,已经付出了昂贵的代价。

我应该自责。但更应该自责的不应该是我。不应该!难道不是这样吗?难道我不应该得到更多的关心和同情吗?

我实在应该自责的,倒是自从在学院墙外见到章明明之后,内心深处涌出的一时软弱的泡沫,那种因为在地位上和他鲜明对比而引起的自卑感。

这是一种廉价的虚荣心。如果说这些年的浮沉动荡，没有把人变得更坚强，相反更软弱了，那这一场地震般的"大革命"算是白白经历了。这并不是历史上所有的人都能经历的呢！只有弱者才会在波折面前沉沦，强者自会把波折当做磨刀石，磨得更加坚强。

没有就没有吧。没有的已经太多了。我就不相信会永远没有。生活绝不会拒绝一个赤诚的人。

我又象经历了一场风雨的冲洗，变得异常宁静了。宁静得象雷雨过后湛蓝的天空。我不祈求我的平凡而琐碎的工作能够创造什么奇迹，我也不把报纸上美化我们清洁工是"城市美容师"想象得那么美好炫目。我只想踏踏实实地扫每一扫帚的灰尘、落叶、垃圾。这样，总会感动上帝的。总会对过往的行人（我不敢说对整个人民，更不敢象以前一样动不动就说"为了解放全人类"，"为了天下三分之二受压迫的人民"……）有些益处。也许，我想得简单了，渺小了。可是，我觉得我变得实际了，踏实了。我们现在需要的就是这种实际、踏实、脚踏实地往前走，哪怕仅仅走了一步。

过了好几天，我在学院墙外扫地的时候，和几个从学院出来，或者是从外面回学院的大学生擦肩而过，听见他们的议论：

"章明明真行，把院长的千金拐到手了！"

"唉！还不是为了分配！"

"看着吧！分配完了！他们的事儿也就吹灯拔蜡！你信不信吧？他章明明……"

"……"

这些带刺的话是冲章明明说的。要是在以前，在他刚刚考进大学而显得趾高气扬的时候，我一定会暗暗高兴。那无形中是为我出了气。可是，现在，我心中一阵隐隐作痛。不管怎么说，我们还是同学，他还是我的入团介绍人。我还保留着当年一起合影的照片。我们一起在北大荒贡献过青春……正象我不愿意自己由于过去而有了今天这样一个结局，我也不希望他由于今天的闪失，而在明天出现同我今天一样的结局。他不应该给自己的青年时代留下这一抹阴影。

我替他痛心。

我鼓足勇气，装好了一肚子的话，找到了茅淑桂，希望她能再劝劝他。

"我想你肯定都知道，他不该这样……"我开诚布公地说。

茅淑桂没有想到我会突然出现在她的面前。她有些木然。没有回答我。

"以前，你们俩人的感情，我伤害过。今天，我想出点儿力，帮助你俩和好如初，也算是一种对过去错误的补救吧。也许，这都是多余的。你根本不愿意我来管……你还在恨……"

大概她见我说得诚恳，眼泪禁不住充溢眼眶。她的嘴唇颤抖了好几次，才说出这样的话："谢谢你！谢谢你！"

我不知该怎么劝慰她。一肚子话用不上一句了。

也许，过去的被现在抹平了。她讲话自然起来，也多了起来："有些错误是可以弥补的，有些是没法子弥补的。你信吗，雷蒙？没想到，当年，你伤害了我们的感情，今天还这样珍惜。相反，他当年那样珍惜我们的感情，为了这种感情付出了那样大的代价，今天反过头却这样一刀割断了。你说这还能弥补吗？"

我说不出话来。

"你信不信？人不是改造环境，就是被环境所改造。一场'文化大革命'，一场知识青年上山下乡，对咱们所有的人，这客观环境都是平等的。有人越学越坏，有人越学越好，有人先好后坏，有人先坏后好。那时候，都还年轻、幼稚，现在还能说年轻幼稚吗？该见分晓了！咱们北大荒的土话是'该揭锅了，包子有肉没肉不在褶上，看里面吧'……"

我不能说她说得没有道理。我甚至想，她说的满有点哲理。如果当年她考大学哲学系准行，不会比章明明差。

我这次来，没有把茅淑桂说服，相反却被她说服了。临到送我走时，她握握我的手说："那年，我从北大荒困退回北京的事，全亏了你的帮忙。我早知道了，是凤娟告诉我的。可是，我没有谢你……原谅我吧，谁都有出差错的时候！"

我感到她手心的温暖。心里也暖乎乎的。

我决心再找章明明。

他和茅淑桂的事，我不能也不想再使他们破镜重圆了。强扭的瓜不甜！但我想找他好好谈谈。十几年来，自从北大荒那个春夜批判会后，我们就一直没有再好好聊过。为了友谊吧！当然，更为了我们曾经立下过的誓言和信念。尽管，那誓言中有狂热的一面。可那信念总不该才十几年便这样快地贬了值，于是，我们便需要更换我们所追求的一切，象俗话所说的，来一个一百八十度的大折个，竖一个蜻蜓吧？

星期天的晚上，我第一次走进这座学院的大门，走进它那幽深的校园。以前，我只是在它的墙外面经过，以一个清洁工的姿态。现在，我是以一个朋友的身分。

我找到章明明的宿舍。推开门，一股子鞋臭味、烂袜子味扑面而来。满屋堆放着乱七八糟的书，挂着万国旗一样的衣裤，桌上放着暖瓶、热水杯和剩下的饭菜，墙角堆放着几个干馒头，几个空酒瓶和几听杨梅汁之类的罐头筒……这杂乱无章的劲，比我们清洁工好不到哪儿去。唯一不同的是，墙上挂着爱因斯坦、高斯的画像和一张风景油画。是从画报上剪下来的。

章明明不在。我问："他到哪儿去了？"

同宿舍一个戴眼镜的同学带有几分鄙夷不屑的口气告诉我："他？你怎么到这儿找他呀？要找得到院长家里找呀！"另外几个人哈哈大笑起来。

怎么可以这样笑呢？难道他不是你们的同学吗？大学生，受的教育多，文化修养高，莫非都是这样的吗？

我受不了这种气氛。强忍着耐心，等了半个多小时，才告辞走了出来。刚出校门口，在学院的围墙边正巧碰见了章明明。

"明明！"

"哟！雷蒙！"

我们都挺高兴。似乎都忘记了过去的一切。

"你来找我？"

"是呀。等你半天，他们说你到院长家去了……"我故意把院长两个字加重。

"今儿没有。今儿我是找方菲，让她今晚上替我找院长再烧点儿火。你不知道，现在快到了分配的风口浪尖上了……"

他说得很直爽。大概是由于我主动找他来了，他以主人的身分迎接了我，显示出了热情，也显示出他几分得意。

"走吧！到我们宿舍再坐会儿吧！"他招呼我。

"咱们找个清静地方聊会儿怎么样？"我不再想回他们的宿舍了。

"行。胡同口有家夜宵店。走，我请客！"他挺大方地说。

我们走进夜宵店，买了两碗馄饨，几个拼盘，两升啤酒，边喝边聊起来。

"我们好长时间没能坐下来吃顿饭了！"我说。

"是啊！"他给我倒满一杯啤酒。简短两个字，话音里充满感情。

"来找你，我犹豫了半天……"

"我理解。最初在学院墙外边见到你，说实话，我真地骂过你，又幸灾乐祸过，你是清洁工……"

一杯酒下肚，我们彼此都谅解了。毕竟我们长大了。

"你应该骂我！当初，我太左了……"

"算了！过去的事过去了。再说，淑桂……事也断了……"

我的心头一震。如果他和淑桂的事不断呢？他今天能原谅我吗？

"明明，你和淑桂的事，我全听说了。"

"我并不保密！"

"这事我本来不该再插嘴了。我没有资格来谈论你们的事……"

"别这么说……"

"真的，我说的全是真心话。你相信我吗？过去，我整过你们，那是出于完全的真诚；今天我来找你，还是出于完全的真诚。"

他没有讲话。

杯中的啤酒的白沫被融化进黄色的液体中。馄饨的热气也渐渐消散了。我喝了一口酒,接着说:"也许,你不信。可是,我觉得,真诚,可能容易受骗,但不能因为受过骗,便否认了真诚的美德。这些年来,我们以极大的真诚投身于上山下乡运动,是把它当做运动的呀!今天,这场运动无声无息地消失了。是非功罪,已有了结论。可是,我们不应该把我们自己的过去统统否定啊!"

"我不明白,你今天找我说这些有什么意思?我不想评论什么知青上山下乡的运动。知青早成历史名词了。现在,只有你——清洁工,我——大学生,没有知青!"

"明明!我们应该好好谈谈。过去,不管怎么样,走了错误的路也好,受到不公平待遇也好,我们毕竟追求过,寻找过,希望我们的人生更有意义,更有价值!而且是真诚地为了革命,为了人民!"

"革命?还提那场'革命'干嘛?"

"那场'革命'可以否定。但真正的革命是不能否定的。为了追求它,我们付出了整个青春的代价。今天,我们不应该否定这个追求,而改为去追求一种更实惠、更庸俗的东西!"

"你是指我?"他手中的酒杯不动了,然后"砰"地一声放在桌上。酒溢出了杯口,洒在桌子上。

"这样说,并不是否定我自己应该负责的过去的那些过错。我们否定了过去那些应该否定的,可是却不能因此而来一个一勺子烩,一锅煮,什么理想呀,信念呀,道德呀,友情呀,爱情呀,都不要了!不能因此而变成赤裸裸的个人主义者!"

"你今天来就是为了教训我的吗?"他紧紧盯着我的眼睛。

"你怎么能这么说呢?我们是应该一起来找找教训!我也有这样的时候,悲观过,什么都不信了,就信自己!就信眼前一点最实惠,最实用的东西。在我刚刚回到北京,分配到清洁队的时候,就是最初在学院墙边见到你的时候，我心里就曾经软弱过，消沉过。但是，我认识到，我错了！这不应该就是我们的结局！"

他突然站了起来，说了声："谢谢你的刺刀见红的自我解剖！我不需要别人的现身说法，也不需要别人的教训！这些年，我受到别人的教训太多了！"

"你怎么好这样说呢！坐下来谈谈！"

"还谈什么？"我还没有说完，他早已经不耐烦了，叫道："告诉你，你已经不是副场长了，可以随便命令我。"

"你……你……我知道你瞧不起我。你是一个堂堂的大学生，而我只是个清洁工……我原来还想拿那张咱们一起合影的照片给你看看说说呢……"

"算啦！我知道你要说什么，说我甩掉了淑桂，找一个院长的千金，完全是为了分配，是赤裸裸的利己主义……大帽子，你可劲地扣吧！你有能耐再整我一回呀！可惜……"

"你……"我手中的杯子摔在地下，"啪"地碎了。

他扭头走了。

夜宵店里的人都把注意力射在我的身上，那眼光象聚光灯。大概以为我们喝醉了酒，在耍酒疯吧？

两升啤酒还剩下一大半，两碗馄饨一动未动……

7

在学院的墙外那条幽深的胡同，我们还常常见面，只是，再也不讲话了，似乎完全是一对陌生人。

春天到了。胡同里的槐树、合欢树还没有长出绿叶，毕业分配迫在眉睫，用不了两三个月就要见分晓。我没工夫再到大街上闲逛，或到剧场去看芭蕾舞、听音乐会。雷蒙，自然我也很少碰到了。各找各的归宿吧！他还在真诚地追求他那理想的革命吧。我,却要为留在北京,分到一个好单位而做最后的冲刺。用中国女排的话说,叫做"拼搏"。

有一天,学院门口停下一辆公安局的警车,从物理系带走一个男生。据说,他参加了前几天一场抢劫案件。学院里掀起一场轩然大波。市委大学部下了通告,要加强大学生的政治思想教育工作,尤其是要着重做好应届毕业生的思想工作。为此,学院特地请李燕杰给我们做了一场慷慨激昂的演说。无形中,这给我们的毕业分配加了码,对我们分配极为不利。不少同学都在大骂物理系的那个大学生。

"哎呀!可不得了!你知道,就在学院前面不远的一条胡同里抢的东西,打的架,还出了人命呢!那人浑身上下被捅了十个窟窿,手中还死死攥住坏蛋的胳膊不放,一直到人们赶来,捉住了坏蛋。他被送进了医院……"方菲吓得要命,颤颤悠悠地对我说,"以后晚上咱们也少出去,要出去也早点儿回来……"

女人嘛,就是神经过敏。

没过两天,在学院的墙外,几个清洁工人在清扫垃圾。我忽然看到他们的胳膊上都戴了一道黑箍。这一定不是他们某一个工人的家属死了,不,肯定是他们清洁队的职工死了,要不,怎么大家都戴黑箍?我有点好奇,不过,那只是一时的。几分钟后,我就不再关心它,不再管它了,更没有去深想它了。

就在这天的下午,我接到一封公函,打开一看,我怔住了。那是一份讣告,一张短短的信笺:

章明明同志:

您的同学雷蒙在三月二日夜,路遇抢劫集团,英勇搏斗,不幸光荣牺牲。特通知您,盼能于三月十五日上午九点到我处参加雷蒙同志的追悼会。

下面是清洁队的公章。

怎么？和抢劫犯搏斗牺牲的竟然是雷蒙！我的心一阵阵发抖，手中的信也在发抖。我们毕竟是同学呀，毕竟一起在北大荒摸爬滚打了几年呀。就在几天前，他还是活生生地出现在我的面前呢，怎么现在竟死去了？这未免太突然了！他连个对象还没有呢，他还没有尝过爱情的滋味呀！

我很奇怪，清洁队怎么知道我是他的同学？

十五日那天上午，我特意到学院请了假，来到清洁队。我还没走进礼堂，清洁队的老队长就捧着一纸包东西向我走来。大概见我胸前的白牌牌校徽，认出我一定是章明明了吧，他把纸包交给我，对我说："你叫章明明吧。这是在雷蒙牺牲那天晚上，从他衣兜里发现的东西，是他准备寄给你的。"

我打开纸包一看：是那张十几年前我们一起在中国照相馆的合影照片和一封信——

明明：

你好！也许你还在骂我，可是我想，我们还是应该好好谈谈。我们这一代"老三届"，别人说是最倒霉的了。如果早出世一两年，我们也许都上了大学；晚几年，我们也还可以占着年龄的便宜。真的，我们却是什么便宜都不占。我们付出的真是太多了。可是，我有时常想，我们曾经付出的那么些代价，究竟是为了什么呢？是的，我们的主观愿望和客观现实并不一致。我们那时太年轻，太幼稚。我们付出那么些代价，总希求得到什么的呀！可我们没有得到。我们就永远不会得到吗？我们就应该一下子走向另一个极端，抛弃我们原来所有的人生观念，而向市侩，向世俗低头，向我们原来反对的鄙夷的人看齐吗？为了得到一个可怜巴巴的（比如你们毕业分配的）好工作而变成一个软骨动物吗？原谅我说得太刻薄了。那么，你不觉得我们以前付出的代价不是真正的一无价值了吗？

你一定还记得咱们原来七星河南岸那片荒原。你能相信它就永远是一片荒原，就不会长出金色的小麦，摇铃的大豆来了吗？

　　明明，我们一起谈谈吧！有机会再把淑桂请上，把咱们所有在北大荒呆过的知青一起请上。

　　又及：我寄给你一张当年我们的合影。底片在我这里。我又洗了一张。原先你的那张你已经撕了。那撕的责任完全是因为我。希望这次，我们都保存好它，一直到底。

　　来信！来找我！都行。

　　等你！

雷蒙　三月二日

　　不知怎么搞的，泪水一下子模糊了我的眼睛。三月二日就在那天夜里，他只身和一群歹徒搏斗，牺牲了。我真后悔那天在夜宵店和他吵了起来，拂袖而走。我为什么不多听听他的话呀！那熟悉的声音，在这个世界上再也听不到了。经历了种种波折，他居然还保存着这样的纯真和诚挚，这样的信念和追求，真是少有的！虽然他曾经犯过许多幼稚的不可理解的过错，可是，仅仅就这一点，他比我们所有好象并没有犯过什么过错的人还要强上百倍。这一刹那，我的灵魂战栗了。我深深惭愧了。

　　当我走进灵堂的时候，我再一次吃惊了。

　　灵堂四周摆放着无数花圈。中间摆放着雷蒙的遗像，那是从我们两人的合影上截取下来，放大的。他那双明亮的眼睛似乎在我刚进门的时候，就一直注视着我。不知怎么搞的，望着这一双明亮的眼睛，我忽然想起我们刚到北大荒时，他用衣服捧着那一包大雁蛋的情景。他笑呀，笑呀，也是这样一双明亮的眼睛。前面站着雷蒙年老的父母，我认识。从小，我就常到他家温习功课。再旁边是一个哭成泪人的年轻姑娘。雷蒙救的一定是她了。

　　还有一个女人背朝着我，正往遗像的前面放一个小小的竹篮。等她放定，转过身来的时候，我怔住了：是淑桂。我们整整有两个学期没有见面了。她似乎消瘦、苍老了许多。她也看见了我，望了望我，眼睛里闪着泪花。

我走了过去,看见她放的是一竹篮苹果。

"你送的?"我轻轻地问。

"不!是刚刚从北大荒带来的。"

"谁?"

"凤娟。"

"她?"

"是她。为了调查了解雷蒙这些年走过的道路,记者特地到北大荒采访了一趟。凤娟知道了雷蒙牺牲的消息,掉眼泪了。她特地把这些苹果托记者带来,让我替她放在雷蒙的灵前。这是从卷心菜里保存了一冬的苹果。凤娟说:'这是雷蒙发明的方法。北大荒人看见卷心菜里保存下来的苹果,就想起了他。'她还说:'这是北大荒的苹果……'"

淑桂说不下去了。我们两人都在悄悄地抹眼角。"北大荒的……"北大荒留给我们多少回忆,多少值得珍惜的东西呀!人们往往这样,只有失去的东西才分外珍惜。人死去了,才格外念叨他的长处。那一篮子苹果在雷蒙的遗像前闪着红光。

追悼会开始了。

记者来了,照了好几张相,还约我开完追悼会好好谈谈。我能谈什么呢?我和雷蒙到底谁是胜利者,谁是失败者呢?是啊,自古不以成败论英雄。人的一生中,谁没有过得意的时候,又没有倒过霉的时候呢?我学了将近四年的高等数学,我能计算得出雷蒙,我,淑桂……我们这一批人的生命价值吗?我能计算得出这些年我们为生活付出的和得到的究竟是多少吗?……

老队长讲话了。可是,我一句也没有听清。我的前面,立着雷蒙。我的旁边,站着淑桂。我能听见她怦怦的心跳。我仿佛也听到了雷蒙的怦怦心跳。我觉得我自己的心跳也在加快。

面对死者和生者,我仅仅就洒几滴眼泪吗?

一九八三年四月二十七日写毕于天津志成道

北大荒奇遇

这个故事发生在很久、很久以前吗?……
这个故事发生在遥远、遥远的地方吗?……

1

那是北大荒的春天。七星河的水真清啊,能见得到水底的石子和水草,一条一条的白鲢鱼、鲫瓜子、红尾巴的小鲤鱼……游来游去,象是在水晶宫中翩翩起舞哩。弯弯曲曲的河水象一条绿色的绸带,轻曼地飘曳在一片坦荡无垠的沃野上,它缓缓地流着,流着,突然,一个急打弯,拐一个直角,象位老人深深地拱下腰在鞠躬,要向前面什么神圣的地方顶礼膜拜。啊,在前面藏着一片茂密的树林。乍看起来,它不算大,在偌大的北大荒的版图上恐怕一时还找不到它的名字。可是,往里一走,白桦红松,紫椴黄檗……一株株枝桠相攀,树叶相偎,想走到头,不容易哩。它仿佛是七星河水忠诚的卫士或痴情的恋人,每天都在这里眺望着河水的流来,打弯,飘走,逝去……

大家管它叫做七星林。

这一天,一条小船吱吱呀呀唱着歌,从七星河的下游摇来了。虽然是逆流,又顶风,老远依然能听见几句歌声。细辨起来,是《乌苏里船歌》:"乌苏里江来长哟长,蓝蓝的河水起波浪……"歌唱得并不中听,声音有些嘶哑,还有的地方跑调。但是,可以听得出唱得高兴、带劲、来情绪,象一团团炽热的火在河面上燃烧。反正四周是一片开阔的河水和涌着绿浪的田野,除了惊起几只野鸭子、长脖老等之外,一个人影都见不到,他可以亮开嗓门,可劲儿地喊。唱什么都行!这里没有什么封资修,也不限制只许唱样板戏。要是在生产队里,他敢?

船摇近了。唱歌的就是常玮。他双手打着桨,脖子上青筋都唱得一根根蚯蚓一样绷了出来。躺在船尾的小伙子戴着一副近视镜,正眯缝着眼睛望着晚霞飘散的天空和暮霭升起的河水,不知是在听歌,还是在想心事。他不大爱讲话,一路上净听常玮讲和唱。他爱这样懒散地躺着,望着,想着,听着……他叫严力,是常玮的同班同学。三年前,一起从北京来到北大荒插队的。

"唱点儿别的吧!"

"唱什么?"

"唱什么都行,别老唱这个'长又长'!"

是啊,一路上,常玮唱的总是这么一首《乌苏里船歌》。他们都不喜欢河水这么长又长。七星河最好一下子缩短,抬脚就到呢。常玮笑了:"好!不唱了!"可是,没过一会儿,他又唱起来了。寂寞而单调的歌声轻轻地在长长的河面上飘荡……

船在七星林边拢岸的时候,已经是晚上了。星星,一颗颗落进河水里游着泳。水面上流银荡玉。河岸是一片片郁郁沉沉的树影。晚风吹过,摇响一片哗哗响的林涛声。

没有人。没有一个人来接他们。

已经联系好了的呀,就在这里呀!怎么没有一个人来接呢?沉甸甸的小船仿佛不满意似的,顺着河水一下下撞在岸边,吱吱扭扭地响着。七星林里有一支育林的小分队,十几个人,趁着春天这节气培养树苗,准备扩大七星林的面积。现在,七星林是整个农场的摇钱树、聚宝盆哩。这帮人,钻进林子就不回家,准备连干三个月。隔十天,就得给他们送点东西,主要是新鲜的青菜和猪肉，让他们解解馋，开开斋。当然，也还有他们的精神食粮：书信和报纸。

怪谁呢？怪他们两个人？今天上午，是常玮和严力说死说活，才从瘸腿队长吕春江那里要来这次送货的任务的。

当时，吕春江瞥了瞥他，又垂下眼角，用余光扫了扫严力，说："你们俩，能行吗？"

"怎么不行？在北京，我是业余体校舢板队员哩！"

严力没有讲话。常玮拍拍胸脯说道。他尤其把舢板两个字说得语气加重。舢板，你懂吗？队长？土老冒儿？

"这可全是吃的，大家伙都等着呢！你们俩别给我扣进七星河里喂了鱼！"队长还是有点不信任。这是一个虎背熊腰的车轴汉子，一膀子使不完的力气。虽说近五十了，除了一条腿瘸了之外没个缺陷，满面红光，脸上竟然没有几道皱纹。在队里，他是一霸，说话厉害，干活厉害，谁都有点怵他。

"甭说翻了船，就是耽误了事，我们俩也不回来见你！"

常玮立下了军令状。严力捅了捅眼镜，点了点头。

"行啦，去吧，别跟我这儿泡蘑菇了！我知道你们俩秃小子憋的什么主意！"

队长一挥大手，把船交给了他们。临开船时，他又一瘸一拐特地跑来嘱咐常玮道："碰见蓉蓉，你让她给我回来一趟，我有事！"

"行哩！"常玮一摇桨，小船箭一般飞走了。

憋的什么主意？队长说得一点儿不错。要不是育林小分队里有蓉蓉，他常玮才不去揽这苦差使呢！顺风的话，也要在七星河上划五个来小时的船哩，手掌上都要磨起大泡的。至于严力，和他的目的一样，那里也有他的心上人徐静。两个人打上中学时就好，这三年，俩人又一直在一起，这才分开多少天呀，想呢！别看他不言不语，蔫萝卜，辣心！

他妈的！这小船真不如舢板好划。嘎嘎悠悠，死沉！严力简直是个书呆子，一点儿力气也没有。一路上，差不多全靠常玮一个人摇桨。又偏偏赶上顶风，船更是成心和他们找别扭。划呀，划呀，划出一身汗，一手泡，划到这儿了，天黑了。怨谁呢？本来说好的，黄昏时候到，有人接。现在，人家保证回去了，以为船不来，改期了呢。也没个电话，光有树，树……

月光清冷冷地洒着。林子黑幽幽地立着。小船累了，懒洋洋的象一条大鲇鱼，躺在岸旁。

"怎么办？"严力问常玮。

怎么办？不认识道。进这片大林子，找育林小分队住的帐篷，还不象大海里捞针一样？现在，他们两个人都傻了眼。爱情，爱情的火烧的！二十来岁的年轻人，为了爱情，什么样的愣事、傻事、荒唐事做不出来呀！

"就这么干等一宿？"严力又问。他从小就胆小。

"你一个人等在这儿，怕不？"常玮问他。

"干吗呀？"

"你要是不怕，我进林子找他们去，让他们来卸船，用不了多少工夫！"

"你认识路？"

"不认识，可我知道记号。"

育林小分队刚进林子时，蓉蓉托送他们来的队长，也是她爸爸吕春江，带给他一封信。信很短，只有几个字，其它画的是树，是箭头，最后是一座尖顶的帐篷。猜谜一样，猜了半天，常玮明白了：进了林子二里地左右，有一棵柞树上，她钉了一块路标。沿着路标指示的方向往右拐，再走二里地左右就是他们住的帐篷。在那帐篷上还画着一个大大的叹号。不用说，那是希望自己去一趟哩。

蓉蓉的胆子也真够大的，居然敢让她爸爸给传递情书。她忘了知青刚到北大荒时，她爸爸绷起刷了浆糊的面孔，大声宣布，不许搞对象，不许写情书，不许……好劲，一连串的不许，仿佛真要是一搞了对象，北大荒就要闹地震一样。现在，风又变了，从上到下又鼓励知青搞对象了，说是这叫真正扎根北大荒。她爸爸又要瘸着一条腿，跑到大会上笑开一张皱纹绽放的大脸，希望大家早点儿办喜事，他还要当月下佬儿呢……当然，蓉蓉的信，他是要仔细送到的喽。

就是这封信，催得常玮非要揽了这趟差使不可。

严力知道常玮的脾气。他胆子壮，上学时，什么祸都闯过。为了一只鸽子，他能顺着学校楼上的排雨管一直爬到楼顶。吓得老师和同学都不敢看，也不敢喊，生怕他摔下来。那年，考业余体校舢板队，严力和他一起去的。那舢板快如飞，闪似电，弄不好就船翻人掉进水里。严力一个劲儿劝他："算了，别冒险了！"他哪肯听？一个大步就跳上正在水里飘悠着的舢板。严力连舢板边都没有沾，一直在岸边看着他考试。他考中了。严力灰溜溜地回来了。

"算了！你可别冒险！光知道几个稀里糊涂的记号管什么用？你也一趟没进去过！"严力摇摇头。

"你这人就是胆小！有记号就行呗！反正进林子又不远，好找！你就等着擎好吧！超不过一个小时，我保证让徐静亲自来接你！"

常玮拿着一节手电筒，大步向林子里走去。

"常玮！"背后，严力喊了起来。

"怎么了？"常玮回过头。

"小心！不行就回来！"

走了老远，常玮还能听见严力在大声地嘱咐着。

2

严力的嘱咐没有错。进了林子没有多久，常玮就迷失了方向。他想回来，却怎么也回不来了。左右、前后，都是树。密密的叶子把月亮和星星都遮挡住了，黑沉沉的，象掉进一个无底洞，四面八方见不到一点儿亮。只有他的手电在林子里划出一道银色的光柱。光撞在黑乎乎的树干上，更吓人，似乎每一棵树的背后都藏着怪物或野兽，会随时出其不意地蹿出来，从背后扑上来咬住你的脖子……

常玮吓出了一身汗。胆大的人也有害怕的时候。

怎么会找不到路呢?他倚在一棵高大的椴树下,强迫自己冷静下来,瞪大眼睛仔细地想一想。白莹莹的椴树花飘在了他的脸上,本来挺香的小花,此刻吓得他却以为是毛毛虫……

刚走进林子没有多远时,看见一棵柞树上钉着块小小的木牌。他沿着木牌的方向往里走。可是,里面没有路,全是没膝深的水呀。他蹚了几步,水越来越深。分明是个水泡子。肯定不是路。他没有去冒险。北大荒的水泡子,他尝过它的厉害。刚来的那一年,到队旁边的水泡子去沤麻。大家都在泡子边上沤。他非要逞能,拽着一捆麻蹚到泡子中央,好劲!越蹚越深,泡子底全是淤泥和腐烂的水草,人踩在上面,下面仿佛有无数只无形的大手,有着巨大的威力,拽着你的脚往下沉。要不是当时在场的人多,他早就没命了。这次,黑咕隆冬,就他只身一人,当然,他不会冒这个险了。在水中试着蹚几步,他便折了回来。

莫非,路真的就在那里?

走!再试试去!

常玮往肩上耸了耸书包,手电筒的光开路。他又来到这棵柞树下,木牌牌还在,他又来到水泡子边。这回,豁出去了,往里蹚!可是,水越来越深,冰凉凉的,象刀子直刺骨头。而且,脚底下滑溜溜的,象踩着条泥鳅。这里怎么会是路?他望望前面,手电筒扫在最远的地方,依然泛着水的黑幽幽的闪光。他犹豫了,又蹚了回来,打开手电,望望那块木牌牌。他妈的!木牌上一个字也没有。不会了!路肯定不会在这里了。否则,木牌牌上怎么也会有字的,起码也该有个箭头呀!

会不会应该沿着这块木牌牌再往前走二里地,再往右拐呢?都怪蓉蓉的信!多写个字多好,何必画那么多的树和箭头!不管怎么说,再试试!他开始小心翼翼地用步量,他以前计算过,自己一百三十步是一百米。那么,一千三百步就是二里地。一,二,三……他心里默默地数着。最后,索性嘴里高声地数了起来:一百,一百零一……

远处，传来狼嚎，象小孩哭。旁边树丛中，噌地蹿出一个东西，银灰色，象一道闪电，吓了他一跳。他赶紧用手电在身前身后使劲晃。野兽怕亮。有亮，它们就不敢近身。手电光中，他看清了，原来是只灰色的野兔子。他这才松了一口气，脖颈上的汗却已经哗哗如注了。

喘息过后，他想起来了，刚才数到多少了？忘了！全让这只野兔子给搅的！还得从头数！

严力一定等急了。蓉蓉呢，现在一定美美地躺在帐篷里睡着了。只有自己，一个人在这大老林子里转呀，转呀，怎么也转不出去了。他真想撕开喉咙，大喊几声……

数到一千三百步了。往右瞅瞅，没有路。全是盘根错节的树木。他慌了，热汗刚刚消下来，冷汗又冒了出来。转悠这么半天，他饿了，肚子里空空的，腿象灌了铅一样，沉沉的，走不动了。他靠在一棵大树旁，喘着粗气。林风吹来，似乎所有的树叶一起响了起来，夹杂着远处几声凄厉的狼嚎，怪瘆人的！

常玮的心越来越慌。他跟跟跄跄地四下乱跑，连方向都摸不清了。裤腿和衣襟、袖口，被树枝、树杈扯着一道道的口子。手电的光也减弱了，照不亮多远。四周显得更黑、更旷、更吓人了！

忽然，前面白花花一片，象迎面下了一片雪。周围一切黑森森的，蓦地出现这样一片醒目的白，这样强烈的反差对比，更刺人的眼，人的心。常玮用手电一照，啊，是一片白桦林。手电光在白桦树光滑的树皮上跳跃，反射出来惨白的光，更叫人毛骨悚然。

常玮再也忍受不了。他哇哇大叫起来："救人啊！救人啊！……"那变了调的声音，连他自己听起来，都害怕。

他就这样失去了控制地喊了有十多分钟。森林响着凄凉的回声。谁会来救他呢？这样空旷寂寥的森林里，小分队的帐篷在哪里呢？会有人听见他这越来越哑的呼喊声吗？他绝望了。

就在这时候，他忽然隐隐约约看见白桦林深处有一星星隐隐约约的光亮。他以为是自己的幻觉，揉了揉眼睛再望，是光亮。那光亮在晃动，上下划着光圈。是人!有人!竟然有人!森林之神在守护着他!他禁不住又大喊起来。

隐隐约约,风中传来轻微的答音:"往白桦林子里面走,里面走,一直走……"

终于有救了!胆大的人终究是强者,胜利者。他始终提到嗓子眼的一颗心落了下来。可是,刚往前迈了两步,树木和大地旋转起来,眼前一片金光四射。"扑通"一声,象割倒的谷穗,他倒在地上。他的浑身松弛下来了,却一点气力也没有了。他晕了过去。

等他苏醒过来,睁开眼睛,第一眼望见的是一只斑斓猛虎。他禁不住一下子坐起来,"啊"的一声大叫起来。

一只大手扶住了他的肩膀。他感到了那手心的温暖和力量。他回过头望了望,原来是一个满脸胡子茬的老头,披着一件黑色琵琶襟的外套。虽然是春天了,脚底下还穿着一双棉靰鞡,腿上打着绑腿,腰间系着一条宽宽的蓝布腰带,腰带带着长长的穗子,细看,腰带上还绣着金色的花,象是矢车菊的图案。乍这么一看,看不出他有多大年纪。看他那面孔,怕有六十了。这一身利利索索的装束,似乎又显得年轻些。他正望着常玮,目光冷峻而沉静。另一只大手端着一个大碗,碗里散发着撩人的烈性酒味。显然,刚才,老头给常玮灌酒后才使他苏醒过来。

这时,常玮才注意到刚刚看到的那只斑斓猛虎不过是一张虎皮。这是一间木板钉成的木刻楞。四周挂着的不是兽皮,就是狍子和野猪之类的兽肉。一个粗粗的树桩立在屋子中央,上面放着一盏马灯。

这是一个什么地方?这是一个什么人?没有听队上的人讲过,蓉蓉在信中也没有提过呀!在这茫茫的森林里,怎么还会孤零零地立着这样一座木刻楞?还有这样一位离群索居的老头?莫非,他真的象小时候所梦想的一样?走进了一个童话的世界?面临着一场神秘莫测的奇遇?

常玮疑惑不解又小心翼翼地冲老头问道:"您是谁?"

老头哈哈大笑。那笑声格外粗犷、响亮,震得小屋的木板墙直颤,钉在墙上的那张虎皮也随之颤动,仿佛活了起来,在一蹦一跳地跳跃。

"你不要先问我是谁。我可知道你是谁。"

常玮愣住了。莫名其妙地望着老头。

"你一定就是常玮吧?给你们的育林小分队送菜送肉来了,对吧?"

常玮完全惊呆了。在深夜一片寂静的森林中,这位老头究竟是什么人,竟如此能掐会算?

"您……是谁?"常玮再一次问,心里冬冬直跳。

"山野之人,值不得留姓名。"老头又一阵哈哈大笑。然后,端来一碗肉,把那碗酒推给常玮:"这是狍子肉,吃吧!喝点酒,压压惊!"

常玮吃不下去。他想起河边的严力,帐篷里的蓉蓉。

"吃呀!"老头卷起一只大烟炮,催促着。

"老大爷,我们一共来了两个人……"

话说到这儿,老人打断了他:"还有一个人在哪儿?"

"在河边。我是来探路的。找到小分队的人,让他们赶紧到河边卸船。"

"是这样!最好现在就去,免得你们那位守在河边的老兄担惊受怕!"

"您知道小分队住的帐篷在哪吗?"

"你写个信吧!"

说着,老头拿过一支圆珠笔和一块白桦树皮。常玮接过白桦树皮和笔,不知所从。老头却坚定而果断地说:"快写吧!"

在白桦皮上写信,这可真有点儿传奇色彩。常玮还是头一次这样写信,他写得很有兴致,却不知道老头究竟变的是什么戏法。

短信写毕。写给小分队队长范国强(他是常玮的同学)。告诉他立即到河边接严力。老头接过白桦皮,打了个唿哨,一只大花猫不知从屋子里什么地方得令一样,倏忽蹿了过来,直扑进老头的怀里。

常玮看呆了。他越来越感到有一种神秘的气氛笼罩着这间木刻楞。这是一只什么样的猫呀!它似乎已经老了,眼睛昏昏的,不那么亮,浑身也脏得没有一点儿光泽。而且最奇怪的是它的毛那样长，几乎象裹上一团毛线，把它的身子乱乱地围了一圈。它正伸出舌头舔老头的手。老头正慈爱地抚摸着它那长长的毛，象摸着心爱人的长发。他和它那过分亲昵的劲头，让常玮感到一阵不舒服。

老头把那桦树皮让大花猫咬在嘴里，又打了个唿哨，猫又象得令一样跳下老头的怀抱，跑到门前，用前爪踹开木门，然后向后一仰，象运足了气，极富有弹力地蹿出门外，一下子消失在黑暗的林中。

它不是一条狗，也能承担送信的任务？要是遇到狼之类的野兽怎么办？

老头一定看出了常玮的疑惑，便说道："把你的心安安稳稳地放进肚子里吧，消消停停地睡上一觉！我的这只猫是猫仙！没有什么事办不成的！"

猫仙？老头呢？莫非就是神仙了？

吃了一碗狍子肉，喝了一大碗烈性烧酒，常玮躺在铺着狐狸皮的木板床上。狐狸皮真热，象烤着一团微微的火苗，真舒服。可翻来覆去，就是睡不着觉。老头却早已鼾声如雷了。夜风变大了，象是伸出无数大巴掌，拼命地敲打着小屋的每一块木板，发出轰轰的响声。小小的木刻楞象一只漂摇的小船，被吹得在墨绿色的林海里摇呵，摇呵……他妈的！今儿划了一天的船，晕乎乎的感觉又袭上心头，推不开赶不掉了！常玮骂自己。

他不知怎么睡着的。一觉竟一直睡到阳光钻进木刻楞的窗子。明晃晃，碎金子般地撒在他的脸上。那只大花猫呢，不知什么时候已经跑了回来，正倚在老头的怀中酣睡，长长的毛随着均匀的呼吸一起一伏，闪着发光的弧线。

3

老头把常玮送出木刻楞，一直把他送到昨天夜里见到的那棵钉有木牌牌的柞树下。这一段路并不太远。可是，昨天夜里，他竟转了那么久。

"就往里走吧！不出二里地，就可以看见帐篷了！"老头指着前面，一片水泡子的水依然在闪着光。

"那是水泡子呀，昨天我蹚了……"

老头笑了："什么水泡子！前两天下雨积的水，这块地洼，越过这一段就没事了！"

常玮脱下鞋，绾起裤腿。老头挥挥手，转身告辞了。

"谢谢您！以后有工夫再拜访您！"

常玮冲老头背影大声地喊着。可是，老头没有回头，大步径走，很快就隐没在一片郁郁青青的林子里了。

果然，这片积水虽然很深，却只有一段需要蹚。过去之后，是一块平地，而且可以清晰地看出是拖拉机链轨的辙印。是道路。没错！昨夜，完全被这一小片积水迷惑住了，真背兴！如果，当时一咬牙，拼命往里蹚，不也就蹚过去了吗？还犯得上遭那么大难？话又说回来了，如果蹚过去了，还能有那样一场童话般的奇遇吗？还能结识这样一位带有传奇色彩，一直不肯留下姓名的老头吗？

有一利必有一弊。有一弊又必有一利。常玮这样说服着自己，往前走着。没走多远，已经看见绿色帐篷顶飘扬着一面小红旗了，还有几缕袅袅的炊烟，象张着白色的手臂，在欢迎着他呢。

帐篷前，常玮见到了育林小分队的队长，大块头范国强，蓉蓉和徐静也都在那里，嘿嘿地冲他笑。那笑容带有几分嘲讽，笑得他有些不大好意思。

"哟！我们的常大胆来了！"蓉蓉先不客气地冲他叫道。

常玮看见帐篷边放着一堆青菜和猪肉，放心了。昨夜里，他们把东西都从船上卸下来了。

"严力呢？"

"他呀！都是你干的好事！"徐静带有几分心疼的口吻嗔怪常玮。

"快进帐篷看看吧！"范国强说。

常玮跟他们一起走进帐篷。严力正躺在木板床上，盖着厚厚的棉被，额头上盖着一条冷毛巾。

"怎么了？"常玮惊叫起来。

"嘘！粗喉咙大嗓的！"蓉蓉说。

原来，他睡着了。

"这个胆小鬼，昨天夜里连吓带着点儿凉，病啦！"徐静说，话音还是带有心疼和嗔怪。

"没事！吃上两片药，睡上一大觉，保证你们严力活蹦又乱跳！你别那么着急，好象你自己得了什么大病一样！"

蓉蓉打趣徐静，徐静反过来搂着蓉蓉，捶着她的肩膀，骂着："你这死鬼，还说我呢！还不都是你们这位常大胆给闹的！"

"你胡说！什么我们、你们的！"

两个姑娘闹了起来。这是两个气质，身材、性格完全不一样的姑娘。

徐静长得文弱，个条瘦长瘦长，衣服肩膀处能衬托出她瘦削的骨骼。胸脯扁扁的，似乎没有发育起来。

蓉蓉不一样，她生在北大荒，长在北大荒。北大荒肥沃的土地，插根筷子也开花呢。不仅能长出好庄稼，也能滋养人。蓉蓉长得健壮。如果把徐静比成一枝秀竹，蓉蓉象白桦。她的身条给人一种端庄而丰满的感觉。高耸的胸脯和高耸的鼻梁一样秀美。肩膀圆溜溜，厚实实的，一看就有力量。常玮和严力他们初到北大荒时，正赶上麦收，在场院上扛麻袋入囤。蓉蓉灌了满满一麻袋麦子，足有二百斤，指着严力、常玮和大块头范国强叫阵："你们谁能扛起来？"哼，她是有点瞧不起这些细皮嫩肉的北京知青哩。严力扶扶眼镜，没敢上来。常玮刚要过来，大块头推开他，一步先跨过去。蓉蓉和另一个本地小伙子搭肩，范国强刚把麻袋扛上肩，没走两步，"哗啦"一下，麻袋倒下来，麦子撒了一地。众人哈哈大笑。蓉蓉没说话，弯腰又把麦子撮满，然后扔下簸箕，一手掐腰，一手扶着高到她胸口的麻袋，冲周围的人叫了声："搭肩！"上来两个人一搊麻袋，上肩，好劲！二百斤的麻袋，一座小山一样，稳稳当当地立在肩头，踏着跳板，颤颤悠悠，扛了上去,衬着蓝天、白云,那得意的劲头,那优美的姿态,赶得上体操运动员上平衡木。

自然,要动手打闹,徐静不是蓉蓉的对手。没打多一会儿,已经让蓉蓉拧住双手,胳肢得哇哇直叫了。

严力让她们给闹醒了:"什么事呀?一大清早,就闹起来了?"

两个姑娘不闹了。"什么事?你的好朋友回来了。你快问问他昨天夜里上哪儿逛去了!"蓉蓉说。

"嗬!你小子还回来呀!"严力见到常玮,坐了起来,"我还以为你喂了狼呢!"

"狼看我胆大,没敢吃我!"常玮呵呵笑着。

大家都笑了。

"快吃早饭吧!今儿为迎接你们二位,我们小分队特地开斋,改善伙食!"范国强招呼着大家。

饭桌上,是常玮和严力新送来的蔬菜和猪肉,还有范国强他们新采来的黄花菜和蘑菇。满是大森林扑鼻的清新味道。一边吃,他们一边聊了起来。

"又栽上多少树苗了?"

"快一千株了!今年干一春,明年再来它一春,就这么干它四五年,咱们七星林,不是吹的,赶不上小兴安岭,起码也是咱七星河两岸首屈一指的!"

"那咱们也为北大荒立了一功!"

"这还用说!"

……

啊!那时候,他们还是多么年轻,多么富有朝气呀!饭桌前,香味四溢,谈兴浓郁,他们的眼睛里,辉映着林木葱郁的颜色;他们的面前,展现着北大荒壮阔的远景。仿佛就在不远的将来,一片郁郁青青的大森林就要布列方阵般齐步向他们走来!

饭吃完了。该分手了。队里那边,吕春江还着急地等他们回去春播呢。

都有些恋恋不舍。四个人，分做两排。两个人，两个人，不敢肩并肩，隔着老大距离，谁也不说话。沉默得让人尴尬，让人焦急，又有一种让人说不出的甜蜜。太阳正在高高升起，林中的雾霭消散了，鸟儿啁啾鸣唱起来。晨风中，送来湿润而清新的大森林的呼吸……

范国强走了过来，冲他们大声叫道："行啦！别这么甜哥哥蜜姐姐地起腻了，严力病了，还没大好，先在这儿住几天。常玮你先回去，跟队长讲一声。怎么样，常玮，你一个划船回去行不行啊？"

严力和徐静抬起头，感激地望望范国强。范国强是个好人，他有个对象，叫穗穗，也是常玮的同学，留在北京没有来北大荒。这些日子，他一直在盼着她的来信。一直没有。这一次，常玮和严力来，还是没有带来穗穗的信。他们真觉得有些对不住范国强。仿佛不是穗穗没写信来，倒是他们没有写信一样。

"行啊！"常玮虽然有些舍不得立刻就走，却摆出一副慷慨的大丈夫气概，"我先走，没问题！"

范国强对蓉蓉说："你代表我们大伙送送他。"

蓉蓉高兴地答道："好！"

帐篷在身后了。森林在身后了。该说些什么了。在众人面前，他们不都是灵巧的八哥嘴吗？怎么现在都成了扎嘴的葫芦，没词儿了呢？

来到了小船边。扶着船帮，常玮不上船。蓉蓉也扶着船帮，垂着头，望着小船。河水冲着小船直晃悠。他们的手也直晃悠。常玮真想抓住这只圆润润的小手。这小手，他摸过一次。唉！只一次。那一次……呵，那哪儿是摸，是抓！是象钳子一样抓住了她的手！这一次，他没敢。他咽了好几回唾沫，望望这只小手，又望望蓉蓉。勇气象是春天水洼中的气泡，鼓上来了，又落下去了。号称常大胆的常玮呀，也有胆怯的时候。

"你爸爸让你回去一趟，说有事！"不知怎么搞的，常玮想起了这句话。他成了传声筒。

"我知道。"

"那你什么时候回去？我好告诉你爸爸一声。"

"我不回去！"

蓉蓉一撇嘴，一甩头发。

"干吗呀？赌气？"

"不是。"

"那为什么呀？"

"唉！你不懂！"

看她那神气，象是在说一个什么事都不懂的小孩呢。什么事呀？常玮不懂？青春的热血正在周身鼓胀、骚动。对于爱情和事业的渴望一起并进。他已经是二十二岁的壮小伙子了，孩子时代已经属于历史了。"你不懂！"这话应该是常玮对她说才合适呢。常玮瞥了瞥蓉蓉，蓉蓉正望着清幽幽的河水，一句话也不说了。

话卡壳了。总该再找点儿话说呀。

"蓉蓉，昨天夜里，你见一只大老猫给你们送信来了吗？"又是常玮先开的腔。

"见了呀！叼着一块白桦树皮。"

"你知道它是从哪儿跑来的吗？"

"知道呀！你昨天不就在那儿住了一宿吗？"

"你认识那个老头？"

"认识……"

"他是谁呀？"

"他……我不告诉你。"

蓉蓉调皮地一眨眼睛。她的眼睛真亮，真好看。

"他真是一个怪老头。"常玮摇摇头说。

"不，他是一个好老头。"蓉蓉摇摇头，说。

又拧了。话又卡壳了。

该分手了。没有不散的席。咬咬牙，常玮迈腿上船。总是男子汉大丈夫嘛，怎么能这样缠缠绵绵！

"下次还来吗？"蓉蓉抬起眼睛，问他。

"不来啦！"常玮解开拴船的绳子，故意赌气地说。

"不来，死！"

蓉蓉使劲一推小船，小船荡在河中，顺水漂了起来。常玮听见蓉蓉咯咯的笑声。他向她挥着手。她也向他挥着手。

船划走很远，很远，常玮看见蓉蓉还站在河边，一动不动……

4

一路顺风又顺流，又是轻载，吱哑哑，小船自由自在地漂着。常玮轻松地荡着双桨，望着两岸的绿草丛中飞起的野鸭子和长脖老等，禁不住大声吼了几句："乌苏里江水长又长……"

他心里挺高兴。虽然，挨了蓉蓉几次撅，但看得出，她爱他。这就够了，足以抵偿一切。尤其是当小船划远了，她依然立在岸边那最后一个镜头，总象电影一样在他的眼前晃，仿佛一伸手就可以摸到她。啊，那滋味……

一路上，没有了严力，只剩下他一个人，他可以尽情地想着心事。河水在流，往事在流，一起在眼前流动起来……

……"把手给我！"

那一次，听见她这一声叫，常玮的样子是多么惨呀！他正在水泡子的淤泥中，一下下往下沉，水面只剩下一个脑袋，一个伸得长长的脖子，和一双枯枝一样晃动的手臂。

"把手给我呀，拽住我！"

她再一次大声叫着。她的嗓门可真够大的。这个厉害的蓉蓉！第一次见面，是在场院，她叫号，压倒了包括他常玮在内的所有北京知青。打那以后，一见到她，常玮就往旁边稍。说实在的，他有点儿怕她。她不象有些北大荒土生土长的小姑娘，见到北京来的知青，有一股子羡慕的劲儿。

相反,她却摆出一副高傲的模样,象是一位公主哩。没想到,在这关键时刻,她出现在常玮的面前。

常玮把手伸给了她。啊,那是他第一次触摸到她的手。没有一种细腻、甜蜜的感觉,相反却感到一阵颤栗。她的手很有劲,拼命地抓住了他的手。无奈,两个人拽在一起,不能从泥中拽出来,却一起往下沉。

"快来几个人!"

她回过头招呼着。许多人赶上来,象接力赛一样,一个拽一个的手,这才使劲地把她和常玮从泥中拽了出来。那劲头,事后想起来,真有点象小时候听过的"拔萝卜"的故事。就在从泥中上来的那一刹那,重心不稳,常玮一下子倒进蓉蓉的怀中,常玮第一次和女性的身体接触,他感到蓉蓉的胸脯湿漉漉、柔软而富有弹性。这一瞬间,他的心里骚动不安起来,脸禁不住也红了。

初恋?这就是初恋?算吗?谁知道呢?抓住了手,却不是抚摸。倒在人家的怀中,却不是拥抱。常玮那年才十九岁啊!各方面正在成熟,年轻的一颗心象火燃烧着。他渴望着真正的抚摸、拥抱,当然,也包括接吻。

他们接触多起来了。

她常常到知青宿舍串门,找他借本书。那时,他还拉二胡,拉起《江河水》《赛马》来,正经有点儿味儿呢。他还会拉阿炳的名曲《二泉映月》。不过,虽说胆子大,还是不拉为妙。《江河水》可以随便拉,忆苦思甜嘛!《二泉映月》,却是封资修。可是,他真想拉,尤其是当着蓉蓉的面,拉一曲《二泉映月》。清清的潭水,映着明亮的月亮,映着两个人的脸庞,映着两颗相爱的心……想入非非。可是,那时候,常玮没少想入非非过。蓉蓉向他借过二胡,不过,一直学不会。她说她太笨。他说她不笨。他有着出奇的耐心,一遍遍教她弓法,指法,定弦……在家里的时候,妹妹动一动他的二胡,他都要对妹妹吹胡子瞪眼睛发脾气呢。

他也常常到她家去。借口找队长吕春江,其实呢,醉翁之意不在酒。而她呢,自己明白他的心意。每次来,都会在他和她爸爸坐下唠喀、谈事之间,端上来新煮的沙果,新炒的葵花子。然后,待他要起身告辞的时候,她早已神不知鬼不觉地把饭菜做好,端上桌来,笑咪咪地说:"你看,来得早,不如来得巧,赶热吃了吧!"待他坐下了,她又会麻麻利利地拿出酒杯和已经烫好的一壶酒,说:"陪我爸爸喝两盅吧!"反正,家里做饭全是她一人张罗。他爸爸也不说什么,只是让着:"喝吧!喝吧!别客气!"有一次,她竟然把一只正下蛋的大母鸡杀了,炖了。她的胆子也不小哩,还敢杀个鸡。他爸爸直责怪她:"你看看你,杀一只鸡也不跟我说一声,正下蛋哩,多可惜!"她只是在一旁咯咯地笑。

常玮知道蓉蓉也同其他本地的姑娘一样,羡慕他们北京知青,羡慕天安门、天坛、颐和园、故宫……还有百货大楼,能买那么多的东西。有几次,她对他说:"你什么时候回北京探亲,帮我买条徐静戴的那种拉毛围巾行吗?"

"行!"

"唉!什么时候,我也有福气上一趟你们北京就好喽!"

有一次,她这样感叹着。

"去呀!那还不方便,等我回家探亲时,和我一起走!"

她的脸红了,垂下了头。她还从来没有离开过七星河方圆这几百里的农场呢。

常玮脸也红了,也垂下了头。这话说得太露骨了吧?一个大姑娘跟一个大小伙子回北京,这意味着什么呢?

可是,他多么想呀!她也多么想能有这么一天呀!他们都是藏在心里默默地想,在没人的时候,才拿出来悄悄地自己看看……

那一年,冬天快要从北大荒溜走的时候,常玮、严力、范国强他们几个人到七星河去凿冰捉鱼,准备聚聚餐,为徐静庆祝庆祝。那一天,是她二十岁的生日。结果,刚刚提着鱼桶回到队里,就让瘤腿吕春江劈头盖脑给训了一顿:"谁让你们跑到七星河去了?你们不要命了?眼瞅着冰就开化,冰层薄得很,掉进河里怎么办?无组织无纪律,都给我写检查去!"

谁有心思写检查？都蹲在宿舍里看新捉来的鱼，逗鱼玩。鱼，一条条放进大脸盆里，有的张着腮，喘着气，扇着鳍，还能游呢。今天晚上，可以开斋了！清蒸鱼再熬上一锅鲜美的鱼汤。嗬！那滋味儿，他们似乎已经闻到了呢。乐得徐静闭不上嘴地扑哧哧笑……

"冬冬冬！"

敲门声。吓得他们都不敢看鱼了，一个个跑回自己的铺位上，伏在被垛上写检查。只有徐静没地方可去，索性一屁股坐在炕沿上，冲严力要一张纸。准是吕春江收检查来了。

进来的是蓉蓉。大家松了一口气。

"恭喜你们哇，一个个都在写检查！"蓉蓉开着玩笑。说着，她手里拿着一块冰砣砣，冲常玮扔了过去。

"干吗？干吗？"常玮叫着，冰凉的冰砣砣正打在脸上，怪冷的。

"干吗？你干吗把这个也扔了呀？"

她准是在门外捡来的。刚才，他们把鱼桶里剩下的冰都扔在门口了。

"破冰砣砣扔了，怎么了？"

"你看看这里面有什么？"

常玮一看，原来里面藏着一条小小的死鱼。有什么大惊小怪的！

"你知道吗？这叫老头鱼！咱们北大荒的特产哩。别看它现在象冻死在冰里，只要开春冰一化，它又能活过来呢！"蓉蓉说。

"这不象熊瞎子蹲仓了吗？"范国强叫着。

大家都围了上来，看这条奇怪的老头鱼。老头鱼？这么一点点儿？应该叫娃娃鱼才合适。

"为什么叫老头鱼呢？"徐静挺有兴致地问。

"为什么？它在所有的鱼里吃苦最多呗！你们看，别的鱼在冰层底下还活着，还能游。它呢，却死死地冻在冰里面了。忍了整整一冬的寒，到第二年开春，才又活了过来，容易吗？老人吃的苦就是比娃娃多嘛，所以，叫老头鱼！"

"这是你自己瞎编的吧！"常玮呵呵笑了。

蓉蓉自己也笑了。

"这倒真不错，等赶下次回北京探亲，我带上这么一条老头鱼给他们瞅瞅！"徐静对这老头鱼最感兴趣。

"看看！让冰化了，看它能不能活过来？"范国强说着，拿过冰砣砣就要往炉上扔。

"那可不行！这么一烤就死了！得让它自然而然慢慢地化。"蓉蓉制止住范国强。从他手里拿过冰砣砣，把它放进脸盆的冷水里。

"别着急，慢慢看！"

大家都蒜瓣一样头挨着头靠在一起，凑在脸盆前，象观察什么重大实验一样等待着看最后的结果。

冰在冷水里慢慢地化。这方法象冷水里泡冻柿子，可真急人。不过，大家都想看个究竟。

"骗人吧，你？"常玮沉不住气了，问蓉蓉。

"怎么是骗人呢？信不信由你！"

"哪有这事！冻死的鱼还能活？没听说过！"常玮还是不信。

"你在北京没听说过，我在北大荒可是见过！"蓉蓉一扬脸，翘起个秀气的鼻头。

"打个赌！"常玮还是不信。

"对！你们俩打个赌！"大家起着哄。

"赌什么吧？"蓉蓉叉着腰。

"赌——"

还没容常玮说出口，大家又起开了哄："谁输了，今儿的检查归谁一个人包圆替咱们大家写啦！"

"行！"常玮和蓉蓉都拍着胸脯。

大家又蹲在脸盆四周，聚精会神地看了起来。那劲头，溶进了新的情趣。

正当大家看得入神时，背后传来一声如雷的响声："你们就是这样写检查吗?"

坏了!回头一看,瘸腿吕春江不知什么时候站在他们面前。

"你来瞎搅乎个啥?"吕春江先赶走蓉蓉。

蓉蓉不甘心地和他顶着嘴:"什么大不了的事,不就是逮几条鱼嘛,动不动就写检查……"

"你懂个什么!真是万一出了人命,吃不了兜着走,谁的责任?还不是我的事?我看你快让他们给拐坏了!"说着,连推带搡,把她推出屋。然后,转过身对大家说:"都老老实实给我写检查,待会儿我再来!"

"得了吧!写检查,你也看不过来,还不卷了烟抽……"挤开门缝,蓉蓉又叫着。

大家都想笑,又不敢笑。

吕春江推着蓉蓉走了。宿舍里又安静下来。大家又都伏在被垛上写起检查来。常玮的纸还是一片空白。他的脑子里全是老头鱼。他忍不住了,跳下炕,跑到脸盆前。啊,冰化了,一条老头鱼正游呢!

"活了!活了!"他高声叫了起来。

大家谁也不写什么检查了,都蹦下地,观看着北大荒的奇迹。

这一次的检查,全由常玮一个人写的。词都一样,不过,他多少变换点字体,免得让吕春江认出来。这一天,累得常玮够呛,乐得大家够呛。

常玮想再到七星河里逮几条老头鱼。可惜,去了几次,都没有碰到。这种鱼,在北大荒不多见呢。

春天来了。蓉蓉和徐静去七星林育林了。他们分手了。分手头一天晚上,他们两个人偷偷地溜到七星河边,讲了好多好多的话,包括最坦率的"你喜欢我吗?""我走了以后,你会想起我吗?"之类属于爱情的话。可是,有一句话,他们始终也没有问过谁。那就是:"你妈妈呢?"

他们俩人都没有妈妈。象两只孤零零的小鸟,在北大荒的土地上相遇了。也许,正是这最隐痛的一点,才使他们这两颗破碎的心融合在一起……

想着心事,小船变快了,路途也缩短了。

5

　　十天之后，再一次给七星林里的育林小分队送菜和肉的任务，又是常玮主动要求去的。上一次任务完成得不错，吕春江挺放心，把一船蔬菜、猪肉，外加这十天来的信和报纸，都交给了他。这一次，天好，又是顺风，吕春江要给他派个帮手，他没有要。"一个人，有富余！"他夸口说道。不要帮手，省下一个劳力，正好可以派做别的活。吕春江自然高兴。只是送他上船时，又嘱咐他："你告诉蓉蓉，让她这次跟你的船回来一趟，我有事！""行哩！"让蓉蓉和自己一船回来，悠悠的河水，五个多小时的水路，那不更是美事？常玮乐颠颠地答道。

　　小船顺顺利利地在黄昏日落之前达七星林边。范国强领着几个棒小伙子来接船。

　　"有我的信没有？"

　　船还没有拢岸，范国强便迫不及待地嚷道。

　　"有。"

　　这一回，还真有他那北京的来信。船靠岸，范国强先接过信，撕开信封，看了起来。

　　"怎么样？有戏吗？"常玮问。

　　"她说要来咱们北大荒……"

　　"那好啊！这不就等于明戏了吗？"

　　"她只是说来看看……"

　　"看看？再走？那也好啊！看看，兴许她就会让咱们北大荒迷住了，不走了呢！"常玮安慰着范国强。

　　"卸货！卸货！"范国强突然把信往兜里一揣，大声冲大家嚷嚷开了。那么大的火？不来信，发火。来了信，也发火？

范国强忙着卸货去了。常玮对他说了句:"我先走了,有点儿事!"

"什么事?"

"林子里住着一个老头,你知道不?"

"他呀?你少跟他打连连!"

"为什么?"

"你可能不知道。临来前,队长早就嘱咐我了,他不是个好东西!劳改过!"

哦,队长也曾经这样对范国强说了。自从那次奇遇老人之后,回到队里,他曾经问过几个老人。老人们一听问那个怪老头,先是一愣,然后不是摇头,就是支支吾吾不知所云。最后,他问瘸腿吕春江。吕春江反问他:"你问他干吗?"

"我见到他了!"

"你见到他了?"

"是啊!上次送菜,我在林子里迷了路,是他救了我的命!"

"救了你的命?现在,我也救你一条命,政治上的生命!那老头是劳改释放犯。"

"他犯了什么罪?送他劳改?"

常玮愣住了。老头竟是个罪人?他糊涂了。

"你就甭打听了。这都是北大荒陈芝麻烂谷子的事了……"吕春江不耐烦地说着,一瘸一拐地走了。仿佛这段陈芝麻烂谷子事牵惹了他的哪根痒痒筋,弄得他突然不痛快起来。

在这个森林中奇怪的老头周围,简直笼罩着一团谜一样的雾。常玮觉得,即使犯过罪,这么些年了,也该允许人家改正吧?总不能永远把人家当做罪人吧?更何况,他曾经救过我的命。我总得感谢人家吧!这是人之常情。常玮就是胆子大,硬是不听吕春江和范国强的话,独自一个人向林子里走去。

夕阳的余辉在林间跳跃,树叶上挂满金光,象打碎了无数的金片,撒在上面。整个林子给人一种温暖的、明快的感觉。脚下是松软的泥土和去年秋天落下来，积厚的败叶，软绵绵的，象踩在海绵上，那样富有弹性，反弹在人的腿上，似乎使腿充满格外的活力。天亮，路很好找，一找到那片秀美而挺拔的白桦林，老头的木刻楞就算找到了。沿着白桦林往里走不远，就可以看见那掩映在一片矮矮的灌木丛中的木刻楞了。它是七星林里最神秘的一角。真难以想象，这许多年来，老头孤独一人，与大森林相伴，与野兽为伍，是怎样度过来的？

门前开满达紫香、野百合、益母花和许多金星般的矢车菊。那只大花猫正蹲在那里打盹。长长的毛茸拉在地上，它象坐在杂乱的毛线团中。听见脚步声，它立刻警觉地睁开眼睛，一见常玮，先是"喵——喵——"几声怪叫，然后张牙舞爪地扑过来。显然，它已经不认识这位十天前曾经光临过小屋的常玮了。

"这家伙，简直象条恶狗！"常玮心里骂道。真是的，哪见过猫有这样凶恶的？怪老头养的一只怪猫。老头叫它猫仙呢！常玮左右躲闪着，骂着，就是进不了屋。

屋门推开了，老头出来了，见是常玮，冲大花猫打了个唿哨，猫摇着尾巴，在常玮的身边打了个圈，一蹦一跳地跑到老头身边，伸出舌头舔着老头的脚和手。

"啊哈！是你，常玮！哪阵风又把你吹来了？别又是迷了路吧？"老头爽朗地笑道。

"我是专程登门感谢您来的！"常玮说道。

"感谢什么！"老头连连摆手，"还应该感谢你们这些北京来的知识青年哩。别看我一年四季猫在林子里，事情也知道些。帮助在这里造林，就是造化呀，积德呀……快进屋，慢慢唠！"

老头把常玮让进木刻楞。常玮刚进门坎，立刻愣住了。屋里还有一个人，正坐在那天他曾经睡过的床上，微微笑着望着他。大花猫早已经钻进屋来，扑在她的怀中，老相识般在她那柔软的胸脯上蹭着痒痒。

"蓉蓉！"

常玮禁不住叫了一声。这一声的弦外之音是：蓉蓉，你怎么在这儿？

蓉蓉不说话，还是笑着望着他。他隐约感到，除了他、蓉蓉、老头和那只大花猫，似乎大自然中还有一种神奇的力量，弥漫在小屋四周。

"快坐吧！"老头客气地说道，给他倒了一杯掺着野蜂蜜的甜水。

常玮还是痴痴地愣着。

"坐呀，傻样儿！"蓉蓉说话了。

"你……你也在这儿？"

"对呀！我知道你今天要来！"

"你知道我今天要来？"

"是呀！"

"你怎么知道？"

"我会猜！会算命！"

"快坐吧！要是谁会算命，就好喽！"老头又一次招呼他。

常玮觉得这话飘乎乎的，不可捉摸。他坐了下来，从书包里掏出一条哈尔滨牌香烟和一瓶西凤酒来。这都是队里小卖部新进的货。这一个月的工资，他花了三分之二。他是个慷慨大方的人，讲究个人义气。

"好！这个我收下，是个心意嘛！不收下你会不高兴的！"老头也是快人快语，豪爽得很。说着，他把酒、烟收在床前一个破木柜里。然后，从床底下掏出一把带鞘的小刀，对常玮，也对蓉蓉说："你们也要接受我这件礼物！这把刀不值多少钱，年代却久远了。这是我母亲当年送给我父亲的。我父亲和我都拿着它杀死过野兽，在这片林子里闯荡多年。送给你们吧，留做个纪念物。"

常玮不知道该收还是不该收。他想起队长的话。收一个罪人的礼物，合适吗？

"拿着吧，这是我老头子的一点心意！"老头说得格外庄重起来，望望常玮，又望望蓉蓉。

"收下吧！"蓉蓉在一旁说。

069

收下了。管它呢！这时候，蓉蓉的话，比她爸爸的话占分量。小刀沉甸甸的，刀鞘上有一束小花的图案。常玮觉得在哪里见过。他抬头望一眼老头，想起来了。老头腰间系的腰带的头里就绣着这样矢车菊的图案。

"谢谢！那我就告辞了。"常玮收起小刀，起身说道。

"好，我也不留你！后会有期。我知道你是爽快的人，老天会保佑你的！"

不知怎么搞的，这一句普普通通带有迷信色彩的话，说得常玮的眼睛潮乎乎的。

老头转过身又对蓉蓉说："你也跟他一道回去吧！天要落黑了。"

蓉蓉站起来，应了声："呃！"便跟着常玮一起走出这座木刻楞。

暮霭正在垂落。晚霞正在飘散。林子里半明半暗，鸟儿在归巢，扑楞楞，打得树枝直摇，直响。林子里弥漫着一种难以排除的忧郁、伤感的情调。也许，都是人之心情所致。不知怎么搞的，常玮心中总有一种怅然的感觉。对这个他至今一无所知的老头，凭心的直感，他觉得是个好人。可是，人们对他却讳莫如深，甚至还把他当做罪人一样放逐在深山老林。这究竟是为什么？而蓉蓉，似乎和老头很熟，一定知道老人的身世，她为什么也不把这一切告诉给自己？一切，谜一样，雾一样，飘荡在他的四周。蓉蓉一直不讲话，默默地走着，不知为什么，在偷偷地擦着湿润的眼角。

"老头那只猫，真有意思，他管它叫猫仙……"常玮打破了这沉默。毕竟半个月没见面了，他多想说点热乎的话啊！可是，他却扯起了这只猫。

"是的，是猫仙！"

"老头大概一辈子没结婚，就拿这只老猫当老伴吧！"

"你胡说！"蓉蓉蓦地站住了，瞪大眼睛，气鼓鼓地对常玮说，"你知道什么？那是只野猫，不知被什么野兽咬了，在林子里乱蹿，倒在木刻楞前，流了一地的血，是……"

常玮垂下了头，他明白了，是老头救了它。猫也是通人性的。它给了孤老人安慰和欢乐。常玮不了解猫，更不了解老头。他觉得这里一定隐藏着许多故事。他想知道。可是，蓉蓉就是不说。

"你知道……为什么送你这把刀吗？"突然，蓉蓉问起了刀。

"为什么？"难道除相互赠送礼物略表心意之外，还有什么别的深意吗？

"你呀，什么都不懂！"

"我是不明白，到底是因为什么呢？你倒是告诉我！"

"以后吧，以后一定告诉你！"

蓉蓉不说话了。他们默默地走着，树叶在脚下发出飒飒细语。帐篷就在前面了。已经听见范国强的粗嗓门，和徐静、严力愉快的笑声了。

蓉蓉突然站住，对常玮说："不要对他们讲我去木刻楞了！就说咱们俩在林子里走了走。"

没容常玮回答，她又说："回队时，也不要对我爸爸讲。"

她说得那样沉重，仿佛郁积着一肚子心思。

林子完全暗了下来。夜幕四合。第一颗星星，象一粒小小的水银珠，升上了瓦蓝瓦蓝的天空……

6

又过了十天。又该去小分队送菜、送信了。

这一次，吕春江没有答应常玮的要求，相反，他自己瘸着一条腿，一拐一拐地跳上船，划着船去了。

第二天晚上，常玮他们几个小伙子都已经脱了衣服睡觉了。"啪"！"啪"！有人急促地敲门。

常玮穿着条短裤和一件背心，跳下炕，打开了门。他愣住了。是蓉蓉，两眼哭得跟烂桃一样。便问："怎么啦？你怎么回来了？"

"你出来。"

常玮赶忙回炕上找衣服。睡在他旁边的严力悄悄地拉了他一把，轻轻地对他说："你别出去！"

"为什么？"

"你听我的!"

好象他明白蓉蓉为什么要哭。常玮顾不得了,蹬上裤子,光着膀子披上件棉袄就跑出屋。春天的北大荒的夜晚,沁凉如水,冻得他不住打哆嗦。

"你告诉我爸爸我到林子里的木刻楞里去了吗?"蓉蓉劈头盖脸地问。

"没有哇!"常玮被问得丈二和尚摸不着头脑。

"我想也不会。那是谁呢?"蓉蓉自言自语,又象是在问常玮。

是谁?怎么啦?告诉她爸爸,又怎么啦?不容常玮想,蓉蓉又劈头盖脸地问:"我问你,你说你对我怎么样?"

"不错呀!"这话问得常玮更是不知所云。

"不错?什么叫不错呀?敞开窗户说亮话,你爱我不?"

"爱呀!"

"那好,那我先让你替我办件事,你有这胆子没有?"

"什么事吧?我是有名的'常大胆',你还不知道!"深更半夜,心爱的人来求助自己,一定是有急事,常玮当然义不容辞,拍着胸脯答道。

"你现在帮我把队上那条船偷来!"

"干吗呀?"常玮惊奇万分,望着两眼直发愣的蓉蓉,以为她犯了神经病。

"你敢不敢吧?"

"我问你干什么?"

"我要回七星林,你送我!"

"这深更半夜的,你回哪家子七星林呀!出了什么事?你倒是对我说呀!"

"我要回去……"蓉蓉捂着脸抽泣起来。

"别哭!别哭!"常玮不知怎么劝她才好。越说,她哭得越响了。心里一急,常玮一把扳起她的肩头,摇着她说:"别哭!有话慢慢讲!"蓉蓉一头倒在他的怀中,哭得更响了。

这是常玮第二次搂住她的身体。他感到浑身象通了电流一样,那柔软的身子在他怀中颤抖，他象抱着一条刚刚蹦上岸的鱼，怎么拢也拢不住。

"蓉蓉，我爱你！你有什么话，对我说，只要我能做的，我一定帮助你去做！"

"常玮，我爸爸今天非把我拽了回来，还打了我，打了我呀……"

"什么？"常玮愣住了，"为什么呀？"

"因为我去了木刻楞，因为我……"

仅仅因为去了木刻楞，就要打自己的女儿？这也太不象话了。还是个堂堂的队长哩！一股保护自己心爱人的无名火立刻拱上心头。

"你替我偷条船，帮我划回七星林，我什么都对你说。快！"

"行！"

常玮也顾不上回去再穿件毛衣了，披着棉袄就往河边跑。爱情，什么叫爱情？这才叫真正的爱情。常玮觉得自己有些象过去电影和小说里所描写的那种为了自己心爱的人敢于铤而走险的大丈夫。

跑到七星河边，他们俩人都愣住了。船边站着一个人，正是瘸腿吕春江。他慢慢地一瘸一拐地走到他们俩人的身边，说道："常玮，你快回去睡觉。蓉蓉，你也跟我回去。"

蓉蓉嚷道："我不！"

"你不要小孩子脾气！"

"我不是小孩子了！我长大了！我什么都明白了……"

"你明白个屁！"蓉蓉的话没说完，"啪"的一下，吕春江扬起巴掌，打了蓉蓉一耳光。

"队长，你干吗打人？"常玮上前挡住蓉蓉。

吕春江一把拽开他，又一把拽住蓉蓉："你给我老老实实回去！"然后又对常玮说："这里的事用不着你管，你给我回去睡觉！"说着，推着，揉着，把蓉蓉拽走了。

第二天，知青中间传开了这样的消息：蓉蓉和林子里的一个老头相好了。

"那个老头呀，早年就是大流氓！为了这种腌臜事，害死了一条人命，送去劳改，出来后才钻进了这老林子里。"

严力找到常玮，悄悄地告诉他这些传闻。他不信。他怎么也不能相信自己心爱的蓉蓉会这样爱上了一个糟老头子。

"哎呀！你还不信？北大荒比这埋汰的事有的是！这地方就是荒凉、野蛮、落后。我在七星林里住了七天，几乎天天见她往老头那儿跑。她自己不说，还以为别人不知道哩！"

"什么？是你向队长告的密？"

"什么叫告密？这是为你好！"

常玮的眼睛睁大了。他想起那天在木刻楞里遇见蓉蓉。难道，她天天去那里，会是爱上一个糟老头子？他痛苦地捧着脑袋，闭上了眼睛。他实在不敢想下去了。

"这样也好，是脓早挤出来好！你也别伤心。本来，你找上一个本地的'柴禾妞'，我就老大不同意！劝也没法劝你。这回，趁早吹掉，省心！北京知青里好姑娘有的是嘛！"

常玮感谢严力的好心。可是，他还是不相信。

常玮陷入深深的苦恼之中。

这一天上午，他看见吕春江到地里检查春翻地去了，家里只留下蓉蓉一个人，便独自一个人推门进了屋。

蓉蓉见到他，眼睛里闪着激动的光，立刻扑上来，倒在他怀中。一时间，他的心酥了。他不能相信这样钟情他的蓉蓉会爱上一个老头子。

"常玮，你快帮助我！划条船，到七星林……"

到七星林？常玮松弛的弦又绷紧了。我就在你身边，你又要苦苦地回到那七星林里去干吗？

"你要去那里找谁？找那个老头？"常玮推开她，警觉地问。

"对呀！"蓉蓉根本没有察觉他这一瞬间的变化，还在天真地说。

"你还去找他？你……你真的……"常玮真不情愿说出这句话。

"是呀！"

常玮觉得自己脸上被狠狠捆了一巴掌。他再也忍不住了，扭头夺门而出。蓉蓉在后面喊他："你听我说呀！你听我说呀！"他什么也听不见了。

蓉蓉追了出来，她跑得那样快，几个箭步就跨到常玮的面前，拦住了他，一时间，两个人都愣愣地站在那里，不知道要干什么，也不知要说什么。

不能挽回了。也不听她再做任何解释了。常玮一咬牙，扭头刚要走，只听见蓉蓉哆哆嗦嗦地对他说："你知道吗？他……他是我的爸爸呀！"

爸爸？那老头竟是她的爸爸？常玮感到是那样突然。算了！爸爸！你竟然有两个爸爸！算了！别骗我了！别在想扭回我的心了！北大荒的柴禾妞呀，懂事早，成熟也太早了！常玮一时间脑子发胀，都要爆炸了。他一下子把她想得那样坏。他已经完全丧失了理智。他头也没回，只说了一句："爸爸！干爸爸吧？"便一直跑回宿舍，一头扎在被子里，失声哭起来。

他就这样哭着，哭着，不知不觉地睡着了。等他一觉醒来，已经快中午了。他清醒了些，也渐渐恢复了平静。爸爸！爸爸！他的脑子里全是这两个字。难道真的是她爸爸吗？还是为了遮掩自己而欺骗他常玮呢？这里会有什么文章吗？吕春江为什么又要打蓉蓉呢？是因为她败坏了自己的名声……不，不管怎么说，蓉蓉是从来不说假话的。他不应该就这样轻易地怀疑蓉蓉的话。他要了解了解，弄出个究竟。

他找了许多北大荒的老人。他们一定知道内情。

"请你们告诉我，究竟那个老头是谁？究竟谁是蓉蓉的爸爸？……"

有人摇头。有人叹气。有人拍拍他的肩膀，……终于，有人告诉了他。

咳！该怎么说呢？怎么说呢？……

7

五十年代初期。这里还是一片沉睡的荒原。七星河两岸，只有一眼望不到边的青青的、肥肥的荒草。第一批垦荒大军从哈尔滨集合出发，向荒原进军,向北大荒要粮了。

开进七星河两岸的开荒队队长就是吕春江。那时他还是个棒小伙子呢。虽然小学没毕业就到松花江边扛大个、拉小套了,没什么文化,却有着一膀子力气。他一进七星河,就探听到这里有一片林子,叫做七星林。七星林中间有这附近几千平方公里唯一一块开垦出来的处女地。开地的老汉姓沙名凤梧。传说,他进来开荒时,七星林只是一个榛柴包。是他一棵一棵地栽上的树,几十年过去才长出这一片郁郁苍苍的林子。找到老汉,无疑是开荒队最好的向导和顾问。吕春江派了几名得力干将去查询老汉的踪迹。其中有一名眉清目秀的女将,叫詹丽娟。她是个高中毕业生,是怀着一腔热情和一脑子天真的幻想,闯进了北大荒的。

走进七星林里,詹丽娟和伙伴们走散了。象常玮一样,在茫茫的林子里迷了路。也象常玮一样,意外地遇到了开荒队渴望找到的向导。她把来意向老汉父子俩讲了。老汉父子俩常年在这里奔波,和土匪、野兽打交道,根本不知道全国已经解放的消息。听完詹丽娟的话,半信半疑。老汉拍拍儿子的肩膀说:"你先跟她去一趟,要真是那么回事,再回来叫我!"

儿子沙景昌和詹丽娟上路了。老汉给他们用桦树绑了一个木排。他们俩人跳上去了。老汉见儿子背着一杆双筒猎枪,而姑娘却两手空空,便从腰间解下一把刀子递给詹丽娟:"留在路上用吧,以防万一。"

这就是那把刀鞘上雕有矢车菊图案的小刀。

那时候,沙景昌是一个标致的男子汉。有着健壮的身躯,隆起的肌肉,棱角分明的脸庞和一双深沉而富有魅力的眼睛。这都是姑娘所崇拜的男子汉的力和美的标志。

来到垦荒队,詹丽娟把老汉派儿子来的意思向队长吕春江汇报了。吕春江把招待沙景昌的任务交给了丽娟,詹丽娟自然小心翼翼,照顾得极其周到、细致。甚至把自己带来的新花被给了他,自己和伙伴挤在一个被窝里。从来没有尝过别人的关心照料的沙景昌感动了。他相信,这是一队好人。他们的话是可信的。

三天过后，沙景昌不辞而别。大家莫名其妙。吕春江要派人去追。

詹丽娟却信心十足地说："不用追，他一定会回来的，他是叫老爷子去的！"

沙氏父子果然来了。垦荒大军兴旺了。

高岗的荒地先开出来几十公顷，青草被翻进黑黝黝的泥浪中，北大荒肥得流油的沃土第一次见春天了。老汉做梦也没有想到，能有这么多人跑到这里来，开出这么大面积的荒地来，高兴得昏花的老泪纵横。

第二年，播下种子了……

第三年，要丰收了……

事情来了。乐极生悲，这句古话应验了。

一个是詹丽娟和老汉的儿子沙景昌竟然悄悄相爱了。这怎么可能呢？詹丽娟是哈尔滨的高中女学生，整个垦荒队的明星。沙景昌呢，不过是跑腿的野人。吕春江出面干涉了。他对詹丽娟说："一定是这个坏小子始终在这片荒原上转悠，没见过一个女人，对你存歹心了吧？"

"不！你别冤枉他。他是个好人！"詹丽娟大声替沙景昌辩白着。

"那么，是你真的爱上了他？"

詹丽娟垂下头，没有回答。

此刻不回答就等于回答。吕春江急了，一脚踹开沙景昌的帐篷门。正巧，老汉不在，帐篷里只有沙景昌一人。

"告诉你，请你来垦荒队是来开垦的，不是让你来搞女人的！"吕春江象喝醉了酒，怒气冲冲地对沙景昌说道。

"你说什么？我不明白。"沙景昌说。

"你不明白？我明白！我明明白白地告诉你，詹丽娟是我的人，你听见了吗？"

说着吕春江一把揪住沙景昌的衣领，当胸就是一拳。接着，两个人扭打在一起。

就在这时，詹丽娟把老头叫了回来。

"都给我住手！"老汉大喝一声。

两个人都停下手来。

老汉走向前去，左右开弓，啪！啪！冲儿子就是两个大耳光，骂道："畜生！"

谁能想到呢？没过多少日子，老汉竟也同样给了吕春江两个大耳光。

是为了盖房。

吕春江带着人马去七星林伐木。开始，老汉以为只是伐几棵。谁知，附近几个垦荒队盖房，纷纷都上这里伐木。老汉急了，带着儿子找到吕春江："不能这么伐呀，这么伐法，用不了多少日子，就得把整个七星林剃了光头呀！"

吕春江不听那一套。

沙景昌看不下去了，对吕春江说道："这片林子是几百年才长起来的，伐掉它可快，用不了几年！盖房，也得慢慢来！要栽上新树苗，一年年让它长……"

没有沙景昌说还好，一有他搭茬儿，气得吕春江大手一挥，冲着拿电锯的工人们说："给我伐！在这里，我还是队长！"

老汉一把拽住吕春江的胳膊，几乎用一种央求的声音喊道："不能伐！不能这样胡砍乱伐呀！"

吕春江一推，这一推竟使老汉摔倒在地。那么硬朗的老汉竟半天没有爬起来，把吕春江吓得够戗。沙景昌扶起父亲，老汉咳出两口血。他晃晃悠悠走到吕春江身边，左右开弓，给了他两个耳光，骂道："你这个败家子！我非告你去不行！"

老汉没能告成，就躺在床上起不来了。七星林里，一天天还在伐木，那刷刷的、冬冬的响声，震在老汉的心窝上，锯在老汉的心口上啊！几十年来，他的生命就系在林子里。林子养活了他，他也养活了林子。现在，林子就这样一天天在自己眼前毁掉吗？他怎么能不揪心呢？

不出半个月，老汉一口气没上来，死了。

沙景昌要接替父亲到省里告状。

他走了。走到半路,他看见一个姑娘站在那里,默默地等着他。是詹丽娟。

"我跟你一块去!"

"你回去!"

"我要跟你一块去!"

"你回去!"

谁也说服不了谁。沙景昌在前面走,詹丽娟在后面跟。詹丽娟哪里跟得上大步流星、轻车熟路的沙景昌?没过多一会儿,她就连滚带爬,裤子、衣服都脏了,脸也磕破了。沙景昌心疼了,只好回来,搀扶着她一起走。

状告赢了。七星林保住了。搭进了老汉的一条命。好象是为了补偿这世界上死去了一个人,上帝又派来了一个新的人顶替了他的位置。第二年春天,詹丽娟添了一个女孩子。她就是蓉蓉。这一年,詹丽娟还没有结婚。孩子,是她和沙景昌爱情的结晶。年轻人,谁没有过气盛、幼稚的时候呢?告状归来的路上,胜利冲昏了头脑了吧?他们拥抱在一起。爱情的种子提早播撒了……

这还得了!吕春江可抓到了话柄,先是打报告,报告沙景昌道德败坏,强奸垦荒队女队员,后是开大会批判。意外的事故,使沙景昌和詹丽娟都有些发懵。他们没有想到会有孩子,一旦知道有了孩子,已经无可奈何,非生不可了。这也许是个过错,但决谈不上罪行。

詹丽娟失踪了。吕春江和沙景昌都大惊失色。沙景昌揪住吕春江的脖领子说:"她要万一有个好歹,我找你算帐!"

詹丽娟抱着落生还没满月的蓉蓉,又去告状了。谁知道,刚刚走到半路就昏死过去了。当人们把她救了回来,她和孩子的身体虚弱得都象秋风中的树叶,时时都有飘落枝头的危险。那时候,又没有个医院,没出三天,詹丽娟死去了。蓉蓉却奇迹般地活了下来。

詹丽娟死了。

沙景昌打折了吕春江的一条腿,进了监狱。

三年之后,沙景昌出来了。

他向农场场部要求，回到那木刻楞去。他要求永远留在那片七星林里，做一个守林人。为了保护这片林子，他失去了父亲，失去了爱人，又失去了孩子。对跟着吕春江长大的蓉蓉来说，他完全是一个陌生人了。

8

小二十年过去了。除了偶尔到县城买些粮食，卖些毛皮，偷偷回队里看过几次小蓉蓉之外，队里再也没有出现过他的影子。谁也不再提这段往事了。吕春江待蓉蓉视若掌上明珠，象自己的亲生女儿一样。老人们，谁也不愿意提那段伤心的事了。年轻人，谁也不知道那段伤心事。好事的人，偏偏爱捕风捉影，添枝加叶，去编造骇人听闻的桃色事件……

如果不是那一天，也就是场部决定育林小分队开进七星林，蓉蓉坚决报名要去，惹得吕春江气极了，烦透了，喝了一肚子闷酒，醉得一塌糊涂，自己吐出这段真情，也许，蓉蓉永远不知道自己的亲生父亲就是沙景昌。当她知道了，她再也控制不住自己，象撒开缰绳的野驹。而当吕春江知道自己一时失言，担心失去自己宝贝女儿的时候，他追悔莫及，焦虑万分。他那心情是可想而知的。他打了女儿。他越想把女儿拉回到自己的身边，却越是拉不回来了……

常玮又找到蓉蓉。

"蓉蓉，原谅我吧……"

可是，一切都晚了。偶然的一瞬，竟酿造了终生恨事。信任，对于一对恋人是多么的重要。倔强的蓉蓉什么话也没有说，静静地把他的话听完，似乎专心地在听什么报告。常玮知道已经深深伤了她的心而无可挽回了，只好拖着沉重的步子走了。刚走两步，她叫住了他："把刀子还给我吧……"

吕春江失去了他的女儿。常玮失去了他的恋人。

吕春江一气之下，把育林小分队提前撤了回来，结果，他受到了农场的处分。

常玮一气之下，要求离开这个队，到一个新开荒队建点去。那里，离七星河很远。

临走前一天，严力为常玮饯行。酒酣之际，严力捧着酒杯说："常玮，骂我吧！都怪我！我实在不知道蓉蓉的父母有这样一段悲欢离合的故事。要不是那天从七星林回来，我告诉了队长蓉蓉常到木刻楞里去，兴许就不会发生以后的事了……"

"算了！过去的事，不要说了！"常玮仰脖一口把酒喝尽。他的痛苦只有他的内心最知道。初恋，给人的印象最深刻，够他一生去回味，去咀嚼，去忏悔。真想不到，失去得竟这样快……

"蓉蓉是个好姑娘……"严力还想安慰常玮，他不知该说些什么好，竟然说出这么一句能勾起常玮无限伤感的话来。

"是啊，蓉蓉是个好姑娘。"常玮应了一句，一把把酒杯摔在地上，抱着头，呜呜地哭起来。

哭吧！北大荒那充满笑声和甜蜜的一页，翻过去了，永远地翻过去了！

9

四年过去了。

常玮再没有回队里去过，更没有到七星林去过。那里，给他留下了太多触目伤情的回忆。即使有的伙伴利用休息天，沿着七星河到七星林转转，玩玩，采回来白胖白胖的蘑菇，黑亮黑亮的木耳，或拳头大的猴头，他都不去凑热闹看一眼。那一切，已经不属于他了。

如果不是这样一个机会，也许今生今世他再也不会到七星林去了。可是，命运安排了他，在他的人生中相识了这一片奇特的七星林；在离开北大荒之前，必须到那里再去一趟。去干什么？告别？缅怀情思？忏悔过去？……不知道。反正，鬼使神差，他去了。

大批的知青，不仅北京的，上海的，天津的，哈尔滨的，杭州的都开始陆陆续续活动了，象雨前忙碌的蚂蚁。有的奔走于农场大小头头的家门，有的往返于北大荒和城市之间，有的到商店去买高档货，有的去医院开假证明……八仙过海，各显神通。常玮有些觉得奇怪，大家来的时候，并没有这般肠子一样多的弯弯绕绕的花招。如今要走了，大家竟学会了这么许多！

这一年冬天，常玮办回北京的手续很顺利。他的母亲是个中学校长，"文化革命"中被红卫兵在暴日之下连续批斗了一个星期，最后终于支持不住了，一个跟头跌下高高的台子，脑溢血，当场死亡。红卫兵小将以为她装死，十几个女红卫兵用宽板皮带轮流抽打她，抽得衣衫褴褛了，抽得她们自己也汗流浃背了，这才扬长而去。那一年，常玮才十四岁。他当然不会忘记这悲惨的一幕。如今，只剩下老父亲一个人，退休在家，无人照顾，他是独生子，理应批准返城。北京来了证明。妈妈所在学校发来公函。几枚朱红大印一盖，一张薄薄的准迁证就这样落在他的手里了。没想到妈妈当年的惨死，今天竟意外地成全了他。一想到这里，他心里就格外难受。仿佛他能回北京，是用妈妈的一条命换来的。

常玮暂时没有走。他要等一等严力、徐静和范国强他们。他们返城的手续还卡着壳，正多方疏通渠道，大概用不了太长时间了。大家一起来的，当然，走也应该一起走。常玮是个讲义气的人。

范国强这几年心气一直不顺，大块头一个劲儿地掉膘。他那个穗穗总和他若即若离，总说来北大荒，总也没见她的影。范国强省吃俭用把钱寄给她当路费，一次，两次，几次做着北大荒相逢的梦。回北京探亲时，她便和他亲密得象一个人。只要范国强一回北大荒，就象热水一下降到冰点，连信也象房檐上的雨，滴滴嗒嗒，断断续续了。他当然巴不得早点儿办回去。只要一回北京，一切是花好月圆了。穗穗太漂亮，而且……他曾经悄悄地告诉过常玮一个人，他们俩人已经偷偷地发生过好几次关系了呢。当然，他心象毛毛虫在爬，更多一分思念他的穗穗了。

严力和徐静本来去年十一要结婚了，一听说返城风要刮，徐静坚决要求把婚期推迟，拿着准备结婚用的几百块钱先回北京，去买路子，套关系。

严力想也对，回北京再结婚吧！现在全力以赴办病退。病退不行，办困退。一时间，他和徐静竟成了全队有名的病号。准备结婚的家具全卖了，钱全花了，病退的证明这才弄齐全，就等着农场批了。

象一场大撤退。象洪水汹涌之后的退潮。望着伙伴们奔波忙碌的样子，望着北大荒这几年开垦出来的荒地上长出那么茂盛的大豆、小麦和高粱，常玮心里惘然若失。

一天，范国强，严力和徐静，还有几个棒小伙子，一起找常玮来了。

"常玮，你小子真傻！要走了，还傻愣在这儿干吗？还不去划拉点木头，回北京好做点家具？要不回去结婚该干着急了。"范国强说。

"弄木头？"常玮倒是想过。可是，木材厂备存的木料早让先走的知青划拉光了。现在，上哪儿弄去？

"到七星林呀！"范国强又说。

"是啊！好些老插已经去七星林伐木了，拉回来上电锯破成木板，带走不老少了！场里现在管也管不了，法不责众了！"徐静说。

"走！弄两棵黄檗椤去！"严力也撺掇着。

常玮就这样再一次闯进了阔别四年的七星林。

一切还是老样子！一切还象昨天刚刚见过一样。就在这里，常玮曾经迷了路。就在前边，是那片难忘的白桦林，白桦林深处有那座木刻楞……每一棵树的树枝都象是长长的手臂，在召唤着他。每一棵树的树叶都象是绿色的眼睛，在凝视着他。他的心抽搐了。他后悔了，他不应该到这片林子里来。为了几根木头，不值得，不值得……

他不知怎样跟着大家来到当年育林小分队扎过帐篷的空地。附近已经出现了伐木的痕迹，光秃秃的树桩象死人惨白的脸。

"嘭"！"嘭"！范国强已经抡起斧子了。那斧子象砍在常玮的心上。

"嘭"！"嘭"！大家都抡起斧子，拉响了锯条，一排红松倒下了，象一排壮烈牺牲的壮汉子。

"不能砍！不能砍！"常玮心在呼喊着，手颤抖着。

严力不愧是他的好朋友，已经给他伐倒了一棵黄檗椤。这是制造枪托的最好的军用木材，做写字台当然最轻巧，最好看了。它象一个亭亭玉立的少女，披着一头绿色的秀发，倒下了，倒在了常玮的脚下。

"拿走！"

"严力！我不要！我不要！"

"你怎么了？"

"严力，你说，咱们这样做对吗？你忘了，当年……"

严力垂下了头，手中的斧子，"冬"的一声，摔落在地上。他哑巴了，一句话没说。

"还管那些！现在是爹死娘嫁人，各人管各人了！"

范国强走过来，大声吆喝着。这个当年育林小分队的队长啊！有个小伙子甩掉头上的皮帽子，擦着热腾腾的汗，边伐边应合着。

"就是！这么些年了，咱们把青春都献给北大荒了，也够对得起它了！拿它几根破木头还不应该？"徐静满脸淌着汗水，对常玮说着。一时间，常玮觉得他们似乎都变成另外不认识的人一样了。他的心剧烈地颤栗着。

就在这时，传来一声雷鸣般大吼："住手！你们都给我住手！"

常玮回头一看，是沙景昌。四年没见，他依然那样精神矍铄。他身边跟着的那只大花猫似乎更老了，几乎走不动道。可是，甩着尾巴还在"喵——喵——"地叫着。

"你管什么闲事！你这个老流氓！"

范国强先出口不逊，又抡起斧子。

沙景昌上前一把夺过斧子，把范国强推倒在地，又把斧子扔在地上，冲范国强骂道："这么些年了，这片林子都没有毁掉。为了这片林子，你们也都洒过汗，出过力，栽过苗，育过林……今天，怎么？自己用自己的手毁呀？"

范国强爬了起来，叫道："用不着你在这儿假积极充大铆钉！"说着，抡起斧子又要砍树。

沙景昌听不懂这句北京土话，却明白那其中的意思，挺身过去："你要砍，先把我这把老骨头砍了吧！"

范国强一把推倒沙景昌。这一下，沙景昌也急了，爬起来，和范国强争夺手中的斧子。那帮小伙子一看打起架来了，纷纷涌上来，上手一起打沙景昌。

常玮和严力拉架、劝架。没有人听。

"住手！住手！"

拳头、棍棒，雨点儿一样落在沙景昌的身上。沙景昌晕过去了。大家才散开了。大花猫跳过去，用舌头舔老头的脸。老头却不能用大手抚摸它的长毛了。范国强上前一脚把猫踢走，猫惨叫一声跑开了。他捡起地上的斧子向猫砍去，没有砍着。猫蹿进林子里，消失了踪影。

常玮实在看不过去了。他走上前，一步一步逼视着范国强。范国强一步一步后退着，退到一棵大树上，撞着了他的脑袋。

"你……你要干什么？"范国强话语哆嗦了。

"我……我……"常玮话也哆嗦了。

"还不都是为了你！"范国强强硬着。

"为了我？为了我？"常玮突然扭过头，扑倒在老头身旁，大声呼叫着："老爹！老爹！我对不起你！对不起你的女儿！对不起七星林，也对不起北大荒呀……"

严力趴在他的身旁，劝着他。徐静早吓得远远地躲在一边，咬着手指，不敢走上前，也不敢说一句话。

"走！"范国强喘息过来，招呼着那几个棒小伙子，把砍倒的树装上马爬犁，准备顺着冰封的七星河运回去。

没走几步，他们停住了。一个披着皮大衣，系着蓝色围巾的姑娘立在前面。姑娘身边是那只大花猫。显然，已经老态龙钟的猫，还是为主人报了信。这姑娘就是蓉蓉。她已经和自己亲生父亲，为保护这片林子，共同生活了好几年。这些日子，她和父亲天天要和前来伐木的知青争执。见多不怪，她学得冷静了，象块冰，默默地望着眼前发生的一切。

大家都被她这出奇的冷峻惊呆了。

沉默。暂短的沉默。孕育着一场新的冲突。

"你们从北大荒带走的就是这些吗？"

突然，蓉蓉指着爬犁上的木头，问。

沉默一打破，范国强缓过气来了："你管不着！"

常玮和严力走过来，什么话也没说，只是悄悄把爬犁上的木头扔在地上。范国强想拦住他们，被他们挡在一边。徐静心疼地跑过来拉住严力说："别都扔了，留几根呀！"被严力推到一边。这个瘦小的严力不知这时候哪儿来的那么大劲儿，竟一下子把徐静推倒在地上，当着众人的面，这无异于极大的羞辱。徐静捧着脸嘤嘤啜泣起来："好！我也不管！甭结婚！……"

他们谁也不去管她，只是把木头一根根卸下来，然后把老头抱在爬犁上，对范国强说："大范，别太过分了！北大荒没有对不起我们！快送老爹上医院！"

范国强想说什么，望望常玮和严力，又说不出什么来，扬起鞭子，赶着马爬犁向场部医院奔去。

常玮走到蓉蓉身边。四年没有见到她了。当年，他曾经拥抱过她呀！那时，她身子就在自己的怀中。贴得那样紧，那样近。如今，却显得那样远，又那样陌生。

"我们把你爸爸送到医院治好，再把他给你送回来！"常玮很想说几句亲热一点的话。可是，临跳上爬犁前，他只说了这么一句。

蓉蓉没有回答，也没有看他，只是看着眼前一片残枝败叶、树木横躺竖卧的零乱景象，长长的睫毛上挂着晶莹的泪珠。

10

到七星林偷伐树木的事情并没有因此而断绝，依然屡屡发生。只是常玮、严力、范国强他们再没有去。

老头的伤不重，主要是气火攻心，在场部医院住了几天，便坚决要回七星林。他非要一个人回去。在七星河冰封的河面上来往穿梭，几十年来已经不知多少次了，可是，常玮和严力非坚持要送他，因为，常玮还想再看看蓉蓉，再说，老头已经不是当年的壮汉子了。老头便也不再说什么，常玮和严力赶着一个马爬犁，拉上老头，沿着七星河，上路了。

正是清早，风，干冷干冷的，象裹着无数小刀片。阳光很明，很亮，象垂下无数的温暖的小手，摩挲着人的脸庞。河面上闪着耀眼的金光，一群雪雀在爬犁前象雪花一样飞落，等爬犁驶近时，又象雪花一样扬起了，飞上了高高的蓝天……

真是一个难得的好天气。可是，这样的天气已经再也不会属于我们了！常玮伤感地想着。也许，这一次去七星林，是他这一生最后一次了。他不想再等大家一起走了。他怕惹出新的麻烦来，搅得他灵魂不安。他决定送完老头回七星林，然后回队里收拾一下，立刻动身回北京。

爬犁驶进七星林时，忽然看见林中升起一团团火光，火红火红的，映照在碧蓝如洗的天空。

"不好！"老头立刻站起身，"林子起火了！"

他跳下爬犁，向林中跑去。常玮和严力也甩下爬犁和嘶鸣直叫的马不管了，跟着他跑去。

他们跑到木刻楞前，老头呼喊着："蓉蓉！蓉蓉！"没有回声，只有一团毛绒绒的东西蹿到老头的身旁，冲着起火的方向叫着"喵——喵——"。老头从屋里绰起一把半人高的巨斧，向前跑去。常玮和严力紧紧跟着他。

蓉蓉正在火中。她的棉衣和蓝围巾都烧烂了。脸也被烟火熏得黑黑的，简直认不出来了。

"爸爸！快来！"她大喊着。

老头冲进火中，急切地问："怎么起的火？"

"怎么起的火？你问他们吧！"她瞥了瞥常玮和严力，"又是来偷木头的，看也看不住！还抽烟！火着了，人跑了……"

"不要扑了，火太大，快打防火道，保住林子！"老头说着抱起斧子，向林中跑去。

地上有几把斧子，一定是刚才偷木头的知青急急忙忙丢掉的。常玮和严力捡起来，跟着老头跑去。蓉蓉也跑了过去。

"你们都回去！"老头回过头，喊着。

"我不！"蓉蓉先说。

"我们也不！"常玮和严力也说。

"都回去！水火不留情啊！别把你们的命也搭进去吧！"老头急了，推着蓉蓉和他们俩人，"前面是一片榛柴包，现在只有把那片榛柴都砍光，打个防火道，保住后面那大半拉林子吧！你们要都是我的孩子，都听我的话，快跑！搭上我一条老命没关系，别顾黄枝顾青枝吧！"

"爸爸，我要跟你一块去！"

"老爹，我们也……"

"你们今儿谁要不听我的话，我现在就一头扎死在这儿！"老头急了，"快跑！快跑！"他推他们，然后自己一头钻进林中，闪电般消失了。

他们三个人面面相觑，只好跑走了，跑到七星河边，眼巴巴地瞅着一片燃烧的树林。

四处蔓延的火势终于被控制住了，可是，却没见老头从林子里走出来。他们三个人沿着那长长、宽宽的防火道找啊，找啊，却没有找到老头的影子，只捡到一根烧坏的腰带，依然还能看见上面烧煳了的矢车菊图案。农场派吕春江带队赶到这里救火时，已经晚了。一队人马沿着林子几乎找遍了，别说找到老头，连那只大花猫也没了踪影。

为了保护这片七星林，老头牺牲了。

农场在林边为老头立下一块碑，碑后的坟里没有老头的尸体，只埋下了那已经烧坏的、绣有矢车菊图案的腰带，和那把刀鞘上雕有矢车菊图案的小刀，做为他的衣冠冢。

立碑的那天，正是黄昏。吕春江来了，是他带人把一块花岗岩的石碑埋在林边的。冬天，土冻得梆梆硬，他亲自动手拿镐刨，一镐下去，只打下一个象牙咬的白印。别人想替换替换他，他都不干。石碑埋下了。那碑上刻着"七星林老人沙景昌之墓"几个工整的楷书大字。

蓉蓉一直痴呆呆立在坟前，不哭，也不讲话。

吕春江走到她的身旁，轻轻地说："蓉蓉，原谅我吧！老头是个好人……"

蓉蓉没有讲话。

"现在，你和我都只剩下一个人了，跟我回家吧！"

蓉蓉还是没有讲话。

吕春江默默地走了，一瘸一拐的。跌跌撞撞的，象一片随风飘摇的叶子。

直到现在，常玮才深深地感到，对北大荒这片土地感情最深厚的是她，是他们！而自己竟只象一个匆匆的过客。他深深内疚了，悄悄地走到蓉蓉的身边，轻轻地呼唤了一声："蓉蓉……"

蓉蓉依然没有讲话。只是默默地望着坟，望着碑。

"蓉蓉，原谅我吧！我不走了，我留下来，我陪着你……"

可是，蓉蓉依然一动不动，象一尊雕像。

一直在旁边悄悄流泪的严力走过来，拉了拉常玮的胳膊，说："走吧！让她一个人静静地在这里呆一会儿吧。"

他们悄悄地走了。只有蓉蓉一个人立在碑前。晚霞的霞光洒在碑石上，洒在她的身上。薄暮时分静谧的气氛笼罩了一切……

尾声

一切都过去了。那一段故事似乎飘逝了那么遥远。只有对常玮自己，才会觉得那样近。仿佛他刚刚从结了冰的七星河边，从晚霞烧红的七星林边走来，走到北京这小小嘈杂的四合院里……

啊！他本来觉得留在北大荒，陪蓉蓉在一起，放弃了回北京的机会，是一种牺牲呢。没有想到，竟遭到了蓉蓉的拒绝。他灰溜溜地走了。

象一群鸟一样都飞走了。只剩下严力一个人。

严力，这个瘦小而又软弱、胆小的人，竟然果敢地下决心不办什么回京手续了。他要留在北大荒。虽然，他没有对蓉蓉说，却以自己的行动，证明和蓉蓉做伴了。

又一个四年过去了……

在北京……

在北大荒……

常玮和严力常有信件往来。严力来信告诉他，大批知青走后，七星河，七星林，七星农场，变得清静了，拖拉机趴窝了，小学生没有老师上课了，一群巴克夏和一群长白猪没人管，分成敌对两拨在打架……队长吕春江大病了一场……常玮看着信，流下了眼泪。

他也问到过蓉蓉。蓉蓉还没有结婚。她一直守在七星林里。不过，那座木刻楞已经被那场火烧毁了。农场在林中当年育林小分队扎帐篷的空地上，新修了一排红砖瓦房。房顶上新架起了蜻蜓翅膀般的电视天线。农场新的育林大队就住在这里。蓉蓉成了这里的队长。

严力也在这里，成了技术员。

这四年当中，蓉蓉带领大家在原来烧毁的林子的空地上，又栽上了新的树苗。他们还想向七星河岸边扩大植树面积呢，想让七星河岸边栽满树，形成一道绿色的屏风哩。自然，这是远景。眼前，烧毁的林子被新的树苗代替，一片崭新的绿色，绿得醉人哩。

有意思的是，当年蓉蓉从常玮那里借走的二胡居然还保存着。而且闲来无事，坐在七星林里，换一把弓弦，涂上些松香，蓉蓉常常拿出来拉拉，居然能拉出挺动听的曲子来了。前些日子，她还让严力帮助她找找新出版的刘天华的二胡曲谱。她要学着拉拉《二泉映月》呢……

常玮他们回北京来了。他们干了些什么呢？

范国强顶替了他爸爸的工作，干个钳工，总算有了正式的事干。可是，他那个穗穗已经和别人结婚了。同常玮一样,至今还是光棍一个。

"他妈的!早知道这样不回北京了,和严力、蓉蓉就个伴,就在北大荒扎下了!"他常常找常玮,这样念叨。

徐静呢,一直没有正式工作。和严力吹了,伤心过几日,也后悔过几日,很快就象风吹云散过去了。回到北京,她的变化可真大。她仿佛喝醉了酒,才醒过来,才回过味来一样。"在北大荒,我真傻,我真傻……"她常常象祥林嫂一样这么念叨着。她变得实惠而大方,仿佛以往曾经失去的青春,要加倍地捞回来。爱情,象她换衣服一样了。她曾经走马灯似地搞过好几个对象,又都象走马灯似地吹掉了。

今年年初,徐静在一家区服装厂找了个会计的工作。上班的头一个星期,她和一个比她大十多岁的平反的右派结了婚。据说,会计的工作是那个平反的右派跑的门路,为了照顾他,也为了照顾她,属于落实政策一类。她也落实政策了。

只有常玮至今还象一片云彩,飘飘悠悠,无处可落。他还没有一个铁饭碗的正式工作。冬天,卖大白菜;夏天,卖西瓜……这都是当成战役来打的,紧张得很,挣的钱也不少。只是,燃不起他一点兴趣。他常常想起蓉蓉和严力……

这几天,从新疆运来一大批哈密瓜。他又去卖瓜了。卖一斤赚三分五。"哈密瓜!不甜不要钱呀……"他推着一辆小推车,沿街吆喝着。买瓜的人还真不少。瓜甜嘛,价钱又不太贵。谁都尝个鲜。

在来买瓜的顾客中,有不少年轻的姑娘,和上了年纪的老头。不知怎么搞的,常玮总觉有的人看着面熟,好象在哪儿见过似的。是谁呢?啊!是蓉蓉!是那个老头沙景昌!象他们!是因为想他们!他真盼望能出现这样的奇遇:他们真的神话般突然出现在自己这摆满哈密瓜的小摊前……

可是,在北京,是不会出现这种奇遇的。

一九八三年九月于北京

北大荒酒

1

佳木斯。听听这名字,带有点儿俄罗斯风味,准知道是边疆,离西伯利亚不远了。

八年了!离开佳木斯整整八年了。

八年前,也是这样一个八月的夜晚,我扛着全部的行李,悄悄地坐上火车,离开了这里。那一晚,灯光昏黄,晚雾蒙蒙,整座城市隐没在苍茫的夜色中,我是多么庆幸它的黑憧憧,影绰绰,雾蒙蒙呀!它悄没声息地遮住了我的身影,免得我被人发现。仿佛我仓惶逃走一般……

啊!那时候,我可曾想到:我还会回来吗?今天,我来了!应黑龙江农垦总局的邀请,作为北京青年作者回访团的一员,又回来了。

变了,街头立起高高的巨幅广告,多了理发店三色柱前烫发的美人像,多了自由市场上猴头、木耳、榛子之类北大荒的特产,多了人流、马喧、叫卖声,和一片嘈杂却也热闹的气氛。当年探亲时曾经住过的招待所,似乎也变得干净整齐了。那因为我没有带介绍信,曾对我横眉立目的服务员也变得和蔼可亲了……

我们到达的当天晚上，总局领导亲自招待我们。宴会上，摆在餐桌上那琳琅满目的酒，一下子把我"镇"住了。这倒不是因为我爱喝酒，主要是因为这些酒红红绿绿，如林似海，太丰富多彩了。细脖长瓶金商标的山葡萄酒，853农场的；系着红绸子瓷瓶的友谊大曲，友谊农场的；颜色鲜黄、泡沫雪白的鲜啤酒，七星农场的；还有许多名字并不大出众的人参五味子酒、红果酒、苹果酒、嘟柿酒……全是北大荒的。

总局领导往我们的酒杯里频频倒着各种酒。酒香飘飘，弥漫在整个餐厅，荡漾着一股股浓郁的味道。我们每个人的脸都喝得红红的。说得雅点儿，象三月的山茶花；说俗点儿，象刚刚出锅的虾。

为什么餐桌上没有那种北大荒牌的白酒呢？绿底色的商标，上面画着金色的麦海，红色的康拜因，北大荒三个楷书字堂皇醒目，六十度白酒一行小字清新秀气。我们每次回家探亲，都要带上几瓶孝敬父母，或者招待亲戚朋友，让他们尝尝我们北大荒的酒！

我把这个疑问轻轻告诉坐在身边的秘书小林。他竟嘿嘿笑起来，仿佛我说了一个十分可笑的笑话。

"那种用麦头子做的北大荒酒快要淘汰了。怎么能上得了席？那是北大荒造酒初级阶段生产的酒。现在，除了少数几个农场还生产那么一点儿，一般你不大容易见到喽！"

仅仅从酒上，也可以看出北大荒在前进呀！

"你怎么想起了这种酒呢？还是对北大荒有感情呀！快喝！"小林说着，往我杯中又倒满酒，喷香的味道立刻扑上鼻尖。

这一晚，我喝了个头重脚轻，晕晕乎乎，脚象踩着雾。小林把我扶到招待所，刚躺在床上，"哇——"，我就吐了一地。其实，所有的酒，没有一种能抵得上北大荒牌白酒的劲大。可是，我却醉了。

啊，北大荒！

2

他第一次学会喝酒,就是喝这种北大荒牌的白酒。正象他第一次恋爱,也是和一位北大荒的姑娘。

那一次恋爱,失败了。

那一次喝酒,却成功地一学就会了。

那时候,他正在队里一所小学校里教书。北大荒的土地好开阔,好肥沃哟,不仅能滋养出丰硕的庄稼,也能蕴育出浓郁的诗情。这真是一块宝地。他在课余的时候偷偷地写起诗来。白桦林、七星河、傻狍子、黑瞎子、粮囤、晒场、豆地、麦田……都写进了他的诗里。似乎北大荒的一草一木都能融化成一首首芬芳的诗。不知不觉,居然写满了四大本。

小学校里一位戴眼镜的老师,也是北京来的知青,要看看他写的诗。他给他看了。没过几天,这位眼镜带着队长来了,查抄了他所有的诗和日记。又没过几天,队长召开全队大会,扬着他的诗册,批判他写反动诗,险些把他打成现行反革命。其实,诗里不过有几句什么"这里是飞鸟都不到的荒原,流放列宁的西伯利亚就在江对岸……"你把北大荒形容得这么荒凉?把它和流放列宁的西伯利亚相提并论?问题就这样轻而易举地提了出来,不容置辩。

那时候,人们都成了惊弓之鸟。现行反革命仿佛象七星河里的鱼,随手便可捞上一网。散会后,人们都象避瘟神、传染病一样避开了他。就连他的那些同坐一趟车皮来的北京知青,也不敢和他搭话了。他象霜打的草,头垂得低低的,仿佛自己真的成了罪人。

就在他快走到宿舍的时候,有一个人在叫他的名字。声音不高,轻轻的,象石子落在静静的水面。他怀疑自己的耳朵是不是听错了,便又低下头走。

那声音又在唤他,飘悠悠,象从遥远的天边传来。他抬头一看,是她,站在宿舍前一堆烧炕用的豆秸垛旁。她也是学校的老师，不过，平常接触不多，只是在办公室或去教室上课的路上，偶尔见到她。他没怎么注意过她，甚至没有正眼看看她长得什么模样。

"晚上有空吗？"她问。象在拉家常。仿佛刚才没有开过那个批判他的大会。

他莫名其妙。不知该怎么回答。

"有空吗？"她又问。目光落在他的身上，他感到分外柔和，象一阵轻轻的风，象一阵温柔的抚摸。

他点点头，依然觉得好生奇怪。

"有空的话，我想请教请教你。"

"请教我？请教我什么？"

"写诗呀！"

天！写诗！诗都写出毛病来了，她居然还要请教写什么诗！她的脑子里大概少根弦吧？

"我听大会上队长念的你那些诗写得不错。"她的声音渐大，完全不管过往的人。这是宿舍门前呀，人们的必经之地呀！

"晚上，我在学校等你呀！"

她走了。象一片轻快的云。黄昏，北大荒的晚霞飘散了，金子般的霞光洒在广漠无垠的田野上。他痴痴地立在那里，望着她的身影消融在绚丽的霞光中。

晚上，他没有去教她写什么歪诗。不过，黄昏时那美好的一瞬，他永远记在了心头。

没过几天，他被发配到七星河边修水利。打眼放炮，挖土方，背石块……北大荒人讲话，那活——小白布衫，不青（轻）呀！一切，全是几句轻飘飘的诗引来的结果。与其说是他咒骂队长和那个眼镜——王连举，不如说他是咒骂诗。他再也不写诗了。

冬天来了。大烟泡一刮，铺天盖地。干了一天的活，胡子、眉毛、帽檐上全是冰雪,浑身冻成了冰棍。那个倒霉的水利,总也修不完。仿佛是个无底洞。

那一天,他回到工棚,脚也懒得洗,脱了一身寒气的衣服就钻进被窝。"布衾多年冷似铁,娇儿恶卧踏里裂。"他虽无娇儿,却自己撕蹬得棉花套子都飞花扬絮了。杜甫这老头说得真对!啊,他又想起了诗……

这时候,同伴走进来,捅了捅他:"喂,有人找!一个挺俊的小妞。"

会是谁呢?在一个大风雪天,到水利工地上找他?他穿上衣服,走出工棚。啊,是她!一身绿军棉大衣,头裹着一条红色的拉毛围巾,在四周一片白雪中显得格外耀眼。他激动了,竟然说不出一句话。

"我们到建三江管局学习去了。车在前面经过。顺便来看看你!"她说着,挺大方,挺自然。

他还是说不出什么话。

"怎么样?日子过的?学生们都挺想你呢!"

不知怎么搞的,他只想哭。要不是在一个女孩子的面前,他真要哭。

"我是来告诉你个好消息的。这次到管局,我顺便把你的情况向管局领导汇报了。领导挺重视。大概会解决的。"

他该说些什么呢?亏了他写了那么几大本诗,现在却连一句囫囵话都说不出来了。

前面的风雪中传来汽车喇叭声。大概路障排除了,要开车了。

"再见!等着你回去,请教请教你写诗哩!"

她招招手,跑走了。红围巾在风雪中飘动,象跳着一簇火苗苗……

这一宿,他失眠了。被子又被踹烂了好几个口,露出了棉花套子。

春天刚到,柳枝还没有来得及吐出绿芽芽,他的问题果然解决了。也许,多亏了她……

他又回到队里的小学校教书。队长在队部接待的他。学生在教室迎接的他。她在办公室向他伸出了手……似乎,什么都没发生过。

一天晚上,他在学校的办公室里找到了她。办公室里只有她一个人,正在备课。晚风轻柔地吹着，夹杂着远处田野里刚刚复苏的青草和泥土的气味，清新而湿润。月光朗朗地照进窗来，映在她的脸上，肩上，把她勾勒得玉骨冰肌般清澈透明。他第一次感到她是那样漂亮，心在微微颤抖着，象琴弦抖动着一串摇颤不已的音符。

"哦！你来了！"她抬起头，站了起来。

"我……我们……谈谈好吗？"他的舌头怎么不听使唤了呢？

"好呀！教教我写诗吧。"

"我……"他说不清。他的心中充溢着诗情。在这一刹那，他忽然彻悟了一个道理，真正的诗句是埋在心中的，是无法用语言来表达的。

"我……我想，我们俩……"他还在支支吾吾。不过，从他热烈的目光中她明白了他要说的一切。

"啊，不！不……"她连连摆手。

啊，他也明白了她的一切。但并不甘心："我们能不能……"

她打断了他的话，急促又竭力平静地说："我们是好同志，好朋友，不更好吗？"

"我爱你呀！"他终于说出口了。这句千百年来被人们重复了无数次的话："你不爱……我吗？"

她摇摇头，笑了。那笑，并不自然，更不动人。只是嘴角机械地一扭。

他明白了。一切都明白了。同情、支援、帮助，并不是爱。爱是什么呢？

满天星星在眨眼。

一个堂堂的北京青年，竟然被北大荒当地土生土长的小妞当面拒绝了。这未免太栽脸了。一连多日，他眉头不展，闷头不语。肚子里愁肠百结，心里象打翻了一个五味瓶。

就在这个时候，他学会了喝酒。

赶巧，队上小卖部的酒都卖光了。真是喝凉水都塞牙缝。

"这几天怎么了？走！到我那儿，咱爷俩干一盅！"

站在他背后的是曹本勇，老曹头他是队里种菜的好把式。整天猫在菜地边的窝棚里不着家，一门心思把队里的菜浇灌得姹紫嫣红，铺金叠翠。小小的菜园，象他描的一幅画。老头是队里有名的几大酒鬼之一。他那里自然不会没有酒。

不容分说，他被老曹头拽进那间小窝棚。窝棚门前蹲着一条大黄狗，见老曹头走来，老远就摇着尾巴，大老远就向老头跑来，伸出舌头，舔着老头的手脚和裤腿。那亲热劲，真让人眼红。

鬼使神差，他捏起了老曹头那带着油黑污垢的酒杯。这就是那种贴着绿商标，画着金色麦海，红色康拜因，写着"北大荒"的六十度白酒。

"什么事呀这几天不高兴？"老曹头给自己也倒满一杯，放在唇边抿了一口，问。

他没有回答。

他们坐在矮矮窝棚里一张木床上，床上絮满乌拉草，软乎乎的，象坐在草丛中。大黄狗大概看惯了老曹头喝酒，伏在老曹头脚下，睁大眼睛望着他们。

"是不是还为了写诗挨批判的事呢？"老曹头又象变戏法一样，从窝棚里不知什么鬼地方变出一盘卤肉，一盘花生仁，一盘西红柿和几条顶花带刺的黄瓜，统统端上床，摆了一溜，见他还没说话，又说："哦，那一定是因为搞对象的事喽！"说着，他眯着眼睛，嘿嘿笑起来。

他没有心思笑。

"别愁！别愁！年轻时，我也象你，为个媳妇上愁！喝它一瓶酒，什么都齐了！"老曹头把一大块卤肉扔给大黄狗，大黄狗美滋滋吃着，舔着舌头，张大眼睛望着他们俩。老曹头又扔下一块肉。

"娶媳妇，你这个爱写诗的人管它叫什么爱情，没什么了不起的。男子汉，一辈子干的事多着哩，这算什么呀！黄瓜头，茄子蒂，西红柿秧，扁豆的小花骨朵……"说着，他自己仰脖一口把酒喝尽。

他在安慰着他。这个好心的老头。

"喝！喝！"他又在劝，"这北大荒酒，味正经不错哩！"他给自己又倒满一杯，仰脖喝光。

他端起酒杯。酒，抿进嘴唇，顺着舌根滚进喉咙。呵，第一次尝到这家伙，象吞进一团火，热辣辣地烧着他那颗干渴的心。顿时，汗冒出了额头，心象一下子拱在喉咙口。

"怎么样？喝光它！睡上一觉，什么都忘了。明儿，什么也别想，只当什么事没有过。干你的事，写你的诗，天下好姑娘有的是。这姑娘是谁，你连想都甭再想了……"

大黄狗扑在老头的膝头。老头一把搂着狗，用手抚摸着它光滑的毛，仿佛是在搂着个金发的美人。

老曹头又开始喋喋不休安慰起他了。他该怎么感谢老头呢？又该怎么对老头诉说呢？要知道，那姑娘不是别人，恰恰是他老曹头的千金——曹丽呀！

3

建三江！原来的师部，现在的农场管局所在地。别看在地图上一时还找不到它的位置，它在整个北大荒，显得够气派、够堂皇的哟！新铺的柏油路面，新建的建三江宾馆，新修的建三江火车站……

这里居然有火车了。当年，每次回家探亲，我们从农场出来，过七星河，颠簸整整一天，赶到这里换乘长途汽车，到佳木斯才能坐火车。要是挤不上长途汽车，便要在这里猫一宿，钻进招待所拥挤的小饭馆里喝几两北大荒牌的白酒，味道发酸的葡萄酒，和结着冰茬儿的松花江牌的啤酒……啊，那是什么滋味！现在，那拥挤的小饭馆哪里去了？

晚上，管局领导——我都熟悉的老上级，听说我们是从京专程来的，在漂亮的宾馆里设宴招待了我们。自然，又少不了那带有北大荒风味的琳琅满目的酒。喝酒，体现出北大荒豪爽的一个侧面。只是，又没有见到那种绿商标上画着金色麦海、红色康拜因的北大荒牌白酒。它依然没有资格上这种酒席。

我真没出息！这一晚，我又醉了。躺在漂亮的宾馆的席梦思软床上，我又吐了一地，晕晕乎乎睡着了。第二天早上醒来，我看见一个穿得挺洋气，长得蛮漂亮的年轻女服务员，在替我打扫着那一地秽物。那中间有一半是酒，是北大荒如今名贵的酒……

4

在北大荒，他和老曹头喝过多少次酒？如果把他们喝酒的空瓶子堆放一起，一定能把他们俩埋住。如果，他不离开北大荒，也许那会是他们的酒冢。

可是，那一次，他错过了喝酒的机会。而且，从那次起，他就再没有能够和老曹头一起喝过酒。

那一年深秋，他到七星河捞鱼，一下子病倒了。

当然，秋水如刀，每滴水珠都象一枚钢针，扎得人刺骨的疼，这是他病倒的原因。但更主要的是……

中秋节前夕，曹丽和一个拖拉机手结了婚。小伙子也是土生土长的坐地户。个头不高，长得结实，黑黝黝的，算不上漂亮。他弄不明白，自己哪一点不比他强，为什么曹丽偏偏相中了他？

结婚那天，曹丽请他，他没去。老曹头又特意招呼他去，他借口胃痛，也没去。婚礼闹到半夜才散。新房明晃晃的灯直到天快亮了才关。他屋里的灯却一直亮到了天明。

他到七星河捞鱼来了。不是为了鱼，却对伙伴说为了鱼。清幽幽的河水，款款游动的鲫鱼、白条、鲢子……鱼也在成心和他做对，一条条，振鳍掉尾引诱着他，待他捉去时，又都刺溜一下从他手中滑走。一条没捉到，他却一脚陷进泥塘里，越陷越深……

他不知是怎样被人救上来，抬回宿舍，又是怎样醒来的。他只知道醒来以后，一条大黄狗"咚"地把屋门撞开，嘴里叼着一条尺多长的大鲫鱼。身后跟着老曹头。可是，他正发着高烧，已经吃不进鱼了。

"没关系！没关系！以后你病好，咱们再吃，再一堆儿喝一盅！"

大黄狗伸着舌头，友爱地舔着他的手。不知怎么搞的，他一把搂住大黄狗，竟呜呜地哭了起来，完全象一个毛头孩子。

"别伤心！别伤心！我知道！我知道！心里的滋味不好受！哭出来好！好！好姑娘还有，北大荒的水土滋润人，有的是！……呃，你的诗怎么不写了呢！"突然，他谈锋一转，"受点儿挫折，就扔下了？写呀！听说，写《红楼梦》那个和我当家子的曹雪芹，也是受了不少窝囊，跑到荒郊农村写了十好几年才写出来的呢！你这不算什么。绕世界没有一条是直路。你就记着我这句话……"

他哭得更厉害了。

"快点儿就热把这鱼汤喝了，补养补养！麻利儿地好了，我还等着咱爷俩喝一盅呢！"

他把鱼汤熬好，端在炕头，嘱咐他以后，牵着那条大黄狗走了。鱼汤白乎乎的热气飘在炕头，小屋里温暖起来。

秋天没有过完，他的病还没有好利索，老曹头也象他一样，开始倒运了。发现没有老曹头党的关系材料。说他是混进共产党的假党员，揪出来批斗了。那时候，运动真多，批斗一个人，象从鸡窝里提拉一只鸡那样轻而易举。

那一天，他被工作组叫去了。简而言之，让他上台揭发批判老曹头。他莫名其妙，觉得老曹头压根儿就不象是坏人，从来也没发现过他有什么罪行。

"怎么会没有呢？一个假党员嘛！什么阶级说什么话嘛，什么瓜秧结什么瓜嘛！"

"比如说他是怎么拉拢腐蚀你的。听说他常拉你一起喝酒，还鼓励你写歪七扭八的诗。你原来并不会喝酒嘛！第一次喝酒，就是从他那儿学来的。酒是什么？穿肠毒药！这是用软刀子杀人嘛……"

工作组的两位要员启发着他。耐心、细致、也带有几分威胁。他不知该怎么办好了。酒，第一次闪着梦魇般的魔影，象罪人一样出现在他的面前。北大荒酒呀，难道是因为你，又要毁了我，也毁了老曹头吗？他这样苦恼地想着。

他不知道怎么回到宿舍的，只觉得身子软绵绵的，仿佛又一次落进冰冷的七星河里。

没过几天，他听说工作组在整理他的材料。而且，有小道消息传出，工作组组长在内部会议上已经一锤定音，点了他的名字。说他是过年的猪，早杀晚不杀了。关键就看他敢不敢上台揭发曹本勇……

这是好心的同学告诉他的。有几个知心的好友这样劝他："你别再充大铆钉了！让你揭发，你就揭发！再说他女儿曾经甩过你，正好报复报复！"

也有同学这样劝他："你可瞅准了再下笊篱。老曹头平常待你象对亲生儿子，够意思！你别干昧良心缺德的事！"

他象站在三岔路口上。真恨不得那次落进七星河就再也没有上来。真恨不得和老曹头一起挨斗得了。

当批斗大会开始，他被叫上台发言的时候，望望站在台上的老曹头，望望旁边站着的工作组的人，他的勇气象云彩飘走，一点儿也没有了。他发现自己这辈子可能永远当不成英雄。他竟然发言了，揭发了老曹头的罪行。什么罪行？酒。啊！北大荒酒啊……

他一边发言，一边用眼角的余光瞧瞧老曹头。老曹头站在一旁，垂着头，佝偻的身子枯瘦枯瘦的，象荒地上的枯柴。老曹头哪里也不看，只看自己的脚面。可是，他总觉得老曹头的目光落在了自己的身上，象火……

那一晚，他走回宿舍时，在宿舍前的豆秸垛旁，看见了一个熟悉的人影。天已经黑了，月光洒在她的身上，象披着一层洁白的轻纱，显得格外楚楚动人。仿佛是一个从天而降的月宫仙女。

"曹丽！"

他禁不住轻轻地唤了一声。他敢说，那一声唤中，充满着他的柔情、内疚和几分忏悔。

她没有说话。依然默默地站在那里。仿佛在等待。等待什么呢？

他走近了，不知道她有什么事，突然要找他。就在他靠近她的时候，蓦地，"啪"，"啪"，她扬着手，左右开弓，扇了他两个大耳光。然后，什么话也没有说，扭头走去了。

从那以后，他再没有和老曹头喝过酒。还有什么脸面？有什么勇气？

从那以后，他也再没写过诗。一切都是丑恶的，包括自己的心。还能写出什么动人的真正的诗句？

5

又是一桌子酒！我们就象一群蝗虫，风卷残云，吃得痛快，喝得痛快，说得痛快。

这一阵子，我们喝过多少次酒呀！回到北京这八年当中——四五清明节，为天安门前的壮举而悄悄聚首干上一杯。粉碎"四人帮"白日放歌须纵酒，畅快地喝它个一醉方休！同学们结婚，我考上大学，第一次长工资，第一次分到房子……啊，在拥挤嘈杂的家里，在槐荫匝地的院里，在永定门外、安定门外的小酒馆里，在新侨，在老莫，在萃华楼，在四川饭店……喝过的酒，真是太多了，太多了。贵州的茅台、董酒，四川的全兴大曲、剑南春，河南的状元红，烟台的味美思，一直到国外的威士忌、白兰地、朗姆酒、小香槟……我们喝过的太多了，太多了！

可曾有一次想过北大荒酒？那种绿色商标上印着金色的麦海，红色的康拜因，三个楷书字"北大荒"牌的六十度白酒？用麦头子烧成的，带有苦辣味和浓郁香味的白酒？想过。随后便象过眼烟云一样淡忘了。它太笨拙、粗俗、而显得酒味不足，很快被这许多姹紫嫣红、名目繁多的酒的波山浪谷淹没了。

我们一路喝将过来，越过七星河新修的水泥大桥，来到了我曾插队六年的大兴农场。农场领导又设宴款待了我们。他们当中就有当年批判老曹头的工作组组长。不过，那毕竟是过去的事了。他早忘了。现在，他满面春风，一杯一杯和我撞着杯。最后，竟索性拿起一瓶啤酒，一边往杯中倒，同时用嘴唇咬着杯口喝，瓶中酒不断线，杯中酒不溢出……

这一晚，我又醉了。第二天清早醒来，我才认出，我住的招待所这个有三个门的典雅房间，是当年师长出巡此地的行宫。

6

临回北京前，大家在一起聚会了一次。其中也有那个眼镜。一切，都似乎离得很远很远，他们似乎都忘记了那段不愉快的往事。眼下，心情是一样的。桌子上别的没有，北大荒牌白酒可劲地造，居然锅里还炖着一条狗，喷香的味道，没进屋，老远就能闻到。狗就是眼镜搞来杀掉的。

狗肉端上桌，完全是朝鲜人的吃法，不搁任何佐料，只是用手撕扯着，沾着青酱、盐和大蒜。手挥动着，牙啃咬着，使人感到几分原始人的遗风。

可是，当大家端起酒杯，说几句祝辞的时候，都有些手发抖，声音哽咽了。

"这一走，就再也回不来了……"

不知道谁讲了这么一句，大家都悄悄地抹眼角了。他哭出了声。不管怎么样，他们曾为北大荒贡献了青春。北大荒曾给予他们难忘的回忆。沉重也好，痛苦也好，美好也好，圣洁也好，北大荒毕竟已经化作了他生命的年轮，成了他们历史上不可分割的一部分。

这是他最后一次在北大荒喝酒。他很想请老曹头来，一起碰碰杯该多好！以往，他每一次喝酒，几乎都是和老曹头在一起的呀！

前两个月，曹丽自费跑到老家山东菏泽。在县委档案室里找到了一页已经发黄的马莲纸，上面端端正正地写着曹本勇的名字和入党的日期：一九四七年四月十五日。正是牡丹盛开的时候。一页发黄的马莲纸救了他……

她是真正的巾帼女儿，一身豪气、正气。

可是，他不敢去请老曹头。还有什么脸面呢？就这样偷偷地离开算了。北大荒啊，我们曾经干过多少傻事、错事、荒唐事，请原谅我们的幼稚、年轻、没远见吧！捧着酒杯，他心里这样默默地祈祷着。

酒至半酣，一条狗吃掉一半，门忽然被推开了，曹丽挺着一个凸起的大肚子，气势汹汹地望着他们，望着他们吃得杯盘狼藉的桌面。

不知怎么搞的，不知现在一见她，他心里就咚咚敲起小鼓，就担心会有不愉快的事情发生。他甚至怕她那五个手指再落在自己的脸上。

"你们……你们好狠心！……"

果然，事情来了。她在大骂，手指着桌子。他不明白怎么回事。有几个知青已经避开了她那火辣辣的目光、垂下了头。

"你们高兴了，激动了，就来了，来到北大荒！你们不高兴了，失望了，就抹抹嘴，拍拍屁股，走了！走就走了吧，为什么还要糟践我们的东西……"

什么东西？他睁大了眼睛。

"你们为什么要把我爸爸的狗偷走，杀了吃？不怕烂肠子吗？"

啊！他们吃的竟是老曹头那条宝贝大黄狗吗？

"你们赔！你们赔！"

正嚷着，老曹头手里拿着一瓶北大荒牌白酒走进屋，他推着女儿："快回去！回家去！"

"不嘛！来了这么些年，你哪点对不住他们了？他们这样对待你？还不如这条狗，喂熟了，还懂人情……"

"不许这么说！吃就吃了，一个畜生，算什么！"

他觉得这话在骂他。

老曹头把曹丽好歹推走了，转身又回来，用嘴咬开手中的酒瓶盖，咕咚咚倒进杯中，冲大家说道："喝吧！喝吧！都别愣着了。"

大家又端起酒杯。

"大家要走了，我心里挺不是味的。你们在，热热闹闹的，也不觉什么，这一走，走得我心里都空了。北大荒离北京那么远，兴许我这把老骨头再也见不到你们了……"他说得很伤感，但满脸还带着笑容。

"哪能呢！赶明儿您到北京逛逛紫禁城，再找我们哥儿几个去！"

大家的情绪又象被火点燃起来了。纷纷向老曹头对着酒。

咕咚咚，老曹头往自己的杯子里倒满酒。一手提拉着酒瓶，一手端着酒杯，满脸放光，眼睛闪着亮，冲大家说道：

"对！赶明儿到北京城找你们去！北京城也算有我的亲戚哩！你们可别忘了我哟！"

"看您说的！哪能呢！"

酒杯在碰撞。一杯杯热辣辣的酒，象火，吞进了老曹头的喉咙。

他再也没有喝。他总觉得肚子里一阵阵发胀。仿佛那条大黄狗活了，正在他的肚子里踢蹬。

"喂！我说，你还得写那诗呀！别瞅我看不懂，你那个湿的、干的，我可知道你是那材料！这绕世界里，金木水火土，阴阳五行，缺什么也不成。诗，缺不了，缺不了。你看着吧……"

老曹头喝得有些迷三倒四了，摇着酒杯冲我说。酒从杯中洒出来，唾沫星子从嘴里飞出来，一起溅在他的身上。他直想哭。

老曹头醉了。他哪里知道，这帮坏小子欺骗了他，他们喝的是白开水，却拼命地给他灌酒。他手中那一瓶北大荒酒统统喝光了。酒瓶摔碎在地上，他也象一摊泥，倒在地上……

大家陆陆续续地走了，回北京了。象被洪水卷走的一片片树叶子。

他走的那一天，没敢去和老曹头告别。他怕见他，也怕见曹丽。偷偷的，象一个逃兵。

谁知，就在七星河口，老远，他就望见了老曹头站在那里，身边还蹲着那条大黄狗。蒙蒙的水雾遮着老曹头和狗，飘乎乎的，象浮动在水面中。

等他走近，才看清，没有狗，只有老曹头一个人，静静地站在早霞中，金色的霞光披满他的双肩，象是一尊雕像。一切，都是自己的幻觉。那条狗，早进了他和伙伴们的肚子。

"走，我来送送你！"

老曹头身后是条小船。那时，七星河上还没有桥。人们要坐摆渡才能过去。摆渡摇在河中心。霞光飘悠悠洒在水面，浮光耀金，象打翻了姑娘的胭脂盒。

"走吧,这些年,也难为你们!离家这么老远,就闯关东了,给北大荒干了那么多的大事,不简单呀!……"

老曹头让他跳上船,也不知老人家是从哪儿搞到的船。一双钢锉般粗络筋脉布满的大手摇动起桨。船,吱咂咂地驶动了。

"老曹,我……"

他想说什么,却怎么也说不出。他不知此时此刻该说些什么。他真怕老曹头再对他说什么。不管什么,每一句话,每一个字,他都觉得那是一根根针,能刺伤他的心。幸好,老曹头没再讲话,只是轻轻地摇着桨,望着平静的水面。河岸边的芦苇丛中飞起一只只洁白的天鹅,长脖老鹳和几只灰雁。

划到对岸。他怎么也抑制不住,一下子扑在老曹头的怀中,竟嘤嘤哭泣起来。

"别这样,别这样!男子汉嘛,要经的事还多着呐……"老曹头安慰着他,又一次安慰着他……

啊,再见了,老曹头!再见了,七星河!再见了,北大荒!我永远也不会忘记你们!他终于明白了,此时此刻,他应该对老曹头讲的是这些。可是,他还是一句话也讲不出。他只有在心中深深地呼唤着,深深地……

7

其他的人又到别的农场转去了。我留在这里又呆了三天。三天的时间太短了,匆匆忙忙,象绷紧的弦。医院、学校、机关、商店、……还有几位和坐地户结婚而留在此地安家的北京知青,到处请吃饭。一天三顿饭根本应酬不过来了。只好一天五顿,六顿。不管吃多吃少,只要你去了,沾了沾筷子,主人便高兴了。豪爽而好客的北大荒人啊!自然,每顿饭少不了酒。这是北大荒人的豪爽之气。自然,所有的酒中不会有那种绿色商标的北大荒牌白酒。大家都要把好酒拿出来,绝不会把那种低档酒拿出来露丑。

我仿佛忘记了一件应该办的事。什么呢？我的胃塞得满满的，脑子里却空空的，象颗粒未收的荒地。

直到我坐上汽车，挥手向场领导、老熟人和那几个老知青告别的时候，一个熟悉的人影向我走来的时候，恍悟才象电光一闪，突然照亮了我那已经落满灰尘、睡死过去的记忆的荒僻角落。

是曹丽。虽然八年没见，但我还是一眼认出了她。完全是凭直觉，而且相信决没有错。她的身边跟着一个八岁左右的小女孩，不用说，一定是她的女儿。

该死！我为什么就没有想回队上看望一下老曹头？甚至连他的情况都没有打听一下呢？忘了！全都忘了！不该忘的竟忘了！忘得无影无踪。酒！都是这可恶的酒闹的。我骂酒，更骂自己。

她走到汽车前。我把头探出窗外，嘴里嗫嚅着："我……我……"

我能向她解释什么吗？此刻，任何解释都是苍白无力的。而行动，如同刀子刻在石头上的字，是明显易见，又不能涂抹的。而且，这行动并不很难，或付出多大的代价。只要记忆唤醒，迈开脚步即可。可是，许多事情，细小和巨大不是可以截然区分的，而且，有时起的作用竟会恰恰把位置颠倒。不知怎么搞的，我总觉得脸上烫烫的，仿佛那年曹丽搧过我的那两个耳光的手指印还留在脸上。

她没有说什么。只是冲我笑笑。不过，那笑，是那样陌生。我记得，她原来的笑不是这样的。

"叫叔叔！"

过了好大一会儿，她让孩子叫我。是孩子天真的声音打破了难堪的沉默。

"听说你今天走，爸爸让我赶来送你。"

我说不出话来。

"你回北京写过好多的诗，我看了，告诉了爸爸，爸爸让我念给他听。大家都替你高兴。"

此刻，那些我自己曾经得意过的诗还能打起什么分量来呀！

"爸爸一直在等你。以为你一定会来的。他留着一瓶酒，等你来一起喝……"

酒！老曹头的酒！

她从书包里掏出来一样东西，是酒，递给我："酒没有喝成，爸爸让我送给你！"

"他老人家身体还好吧？"我说话哆嗦了。这问话，轻飘飘，是多么拙劣呀。

"爸爸前年闹下的病，半身不遂。好长时间不喝酒了。这瓶酒，他说什么也要和你喝一口！昨天晚上，孩子她爸爸从佳木斯送粮回来，到家想打开这瓶酒，喝几口解解乏，让我爸爸给说了一顿，说那是等你来一起喝的……"

可是，我没有去。我再一次失去了和他一起喝酒的机会。这时候，我才体会到：失去的比得到的珍贵得多。汽车响起喇叭。马上就要开车了。我的眼泪快要流出来了。即使流出来，又管什么用呢？

马达隆隆，车子响了几声喇叭，缓缓驶动了。许多熟识的和不熟的人向我挥着手。她身边的小女儿也向我挥着手。只有她木然地站在那里，一动不动。我几乎没有勇气向她挥手，只觉得手臂沉沉的，心里也沉沉的，不住地往下坠，一种从来没有过的失落感……

酒瓶在我的手中颠簸着，摇晃着。阳光透过车窗照在瓶子上面，泛着光亮。酒！是那种阔别八年的久违的北大荒酒。当年，我曾经和老曹头喝过多少次，喝过多少瓶啊！绿色的商标，上面画着金色的麦海，红色的康拜因，和北大荒三个端庄有力的楷书大字。

啊，北大荒酒……

一九八三年五月天津——徐州

抹不掉的声音

一

梦。象梦！我居然又能回阔别八载的北大荒一趟！现在，又做梦一样回到北京。象蝉儿脱壳，我仿佛变了一个人，连走道都变快了，变重了。心象春水荡漾中的小船，兜满了春风……

到家时，已经半夜。轻轻敲敲玻璃窗。没有回音。只能听见妻子微微的鼾声。

"淑敏！"我的声音响了些，激动得有些发颤。

灯亮了。一团粉红色的光晕，象一朵红云。那是我们结婚时买的罩着粉红色纱罩的台灯。看见它，感到家的温馨。

"死鬼！回来也不打个电报，黑更半夜的，吓人一跳！"

一脚踏进门，妻子在我的怀中颤抖。久别胜过新婚，真的呢。一听见我的声音，她连衣服都没顾得上披，拖鞋左右脚也穿反了。"噗哧"，我笑了。她用拳头轻轻地捶打着我的胸膛，也笑了。

"胃病没犯吗？"她接过提包和书包，放在椅子上，关切地问。

"都好啦！"我拍拍胸脯。

"去一趟北大荒，比去北大医院还管事？"

我们俩禁不住都笑了。

三岁的小女儿真真翻了个身，我到床边想亲亲她。

"嘘——轻点儿！好不容易才哄睡了。快洗把脸吧！"她边倒洗脸水，边问，"给我和小真真带回点儿什么宝贝呀？"

"你猜猜！"

"猴头、木耳、蘑菇、金针菜……？"

我边擦脸边摇头，粘着白色肥皂泡沫的鼻尖，惹得她嘿嘿笑起来："我就知道你呀，带不回来个正经东西。猪脑子！"她那细润的手指戳在我的脑门上。

她说的对吗？

一个多月前，公司领导意外地把去北大荒的任务分配到我头上："你去一趟吧！现在完达山牌奶粉获得了国家银质奖章，在市场上是俏货。不大好办回来呢！你去过北大荒，人熟为宝，兴许好办事！争取多办点儿回来！"真是喜出望外，我插翅欲飞！说句老实话，我脑子里没有一袋奶粉，有的全是北大荒那熟悉的草甸子、白桦林、椴树花……傻狍子、黑瞎子、白天鹅……八年了，整整八年了呀！

我急于要把这个消息告诉妻子。要知道，我们俩是一起从北大荒回来的呀。

"什么时候去？"妻子挺平静地问。

我是在家门口前的自由市场上找到她的。每天下班后的第一件事，她保证要到这儿逛一圈。也难怪，这里的货色齐全，价钱也不比公家的贵多少。她每天都能花最少的钱，买回尽可能多的新鲜蔬菜。这里对于她，无异于美妙的音乐，精彩的画展，或是一出热闹的戏剧。不！她简直就是亲身参加演出一场有声有色的活剧。她正跟一个卖鸡蛋的老婆婆讨价还价。我把她拽走了。回到家，她望望我，说："你行吗？这两天老闹胃病，北大荒那大楂子饭，受得了？"

"没事！"我开始翻箱倒柜找随身要带的衣服，"好不容易的机会。真想呢！"

"也是！"她蹲下来，从箱子里拿出毛衣、毛裤，"把这个也带上。你忘了，有一年，'十·一'刚过，就下起雪来了？"

收拾利索，她把一个盛着花花绿绿膨体纱的提包腾出来，说："喏！给我们娘俩带回点北大荒的特产。记住，瓜子不要，自由市场上多的是，快臭了街啦！带点儿稀罕的，猴头呀、木耳呀……"忽然，她大叫一声："哎哟！我的鸡蛋没换回来，面票都给了那个老太太了！"说着，就要往外跑。

"算了吧，都这么老半天了，人家还不走！"

"都是叫你这北大荒给搅的！"

"我的北大荒？不是你的？"

她抿着嘴笑了。北大荒，每一次我们俩要是锅碗碰瓢勺地磨擦起来，总是它化干戈为玉帛。

"快到幼儿园接孩子去吧！我生火做饭。"妻子是个麻利人，能吃苦。这也是在北大荒锻炼出来的。

全家三口人围坐在一起吃晚饭时，北大荒跑到饭桌前，话题全是它。只可惜，没有鸡蛋。小真真叫起来："妈妈！我要吃蛋蛋！"

"蛋蛋？等你爸爸回来，给你带猴头吃……"

"猴头？孙悟空的脑袋瓜儿吗？……"真真惊奇地睁圆了眼睛。

现在，我回来了。猴头呢？……

淑敏以为我忘了。我会忘吗？那是北大荒的猴头呀！我怎么会忘呢？

"看——""哗啦"一下，我拉开提包的拉锁。

"嘀！"淑敏轻轻叫了一声。满满一提包猴头、木耳、金针菜，探出了无数个黑黝黝、金灿灿、毛绒绒的小脑袋。

"还行，没忘了我们娘俩！"淑敏从提包里小心翼翼地捧出几个硕大的猴头，又小心翼翼地放了回去，生怕破坏了它们的绒毛，仿佛捧着几只毛绒绒的小鸟。然后，她又掏出一把木耳和金针菜，黑木耳、金针菜顺着手指缝水一般流了下去。满屋散发着一股树林子里那种清新的味道。那是北大荒完达山的树林子呀……

望着淑敏高兴劲儿，我的心里也泛起浪花，冲她神秘地眨眨眼睛，说道："告诉你，还有比这些更好的宝贝呢！"

"是吗？"她的眼睛里闪着光亮，嘴角弯弯的，象个月牙儿，笑着。

"当然！这宝贝就是特意给你带来的！"我拍拍书包。

她一下子蹦起来，跳过来，一把按住我的手："你先别拿出来！我也准备了个宝贝，等着你回来呢！"

"什么？"

"你猜！你临走前想要的。"

我摇摇头。

"咱俩一起拿出来啊！一、二——出！"她快乐得象个孩子。

我手里——一盒录音磁带。

她捧着——一个咖啡壶。

这是一个非常精美的咖啡壶：白色的圆圆的玻璃肚、尖尖弯弯的壶嘴、红色的盖可以旋转控制流量、天蓝色的壶把象小巧玲珑的耳朵。……还是一个多月以前，我们一家逛王府井。在工艺美术服务部的门口，偶然看到有人拿着这样的咖啡壶，一下子吸引了我。"把它当晾水杯，多别具一格呀！摆在桌上，象个装饰品！"妻子赶忙去问价格，还真不贵。

"你快去！"妻子把钱递给我。小小的柜台被人海包围着，象一座小岛。怎么也挤不近柜台前。买完咖啡壶的人拼命往外挤，象退潮的水，把我一次次冲了出来。

"你呀，真是'废物点心'！"妻子把小真真递给我，拿过钱，向前挤去。

挤柜台，是门学问。光凭力气是不行的，要瞅准机会，瞄好空档，看清哪里最容易突破，然后用肩膀斜斜一扛，顺着人缝一挤，才会象泥鳅一样钻进去。妻子几乎每个星期天都要逛商店，有经验。

记得我们俩回北京第一次逛王府井，是采购结婚用的东西。从早上转到中午，什么也没买成。不是看不中意，就是太贵。那时，她和我一样笨拙。一对儿"土鳖"，怎么也不好意思去前胸贴后背挤柜台，只好远远站在外面观望。转了一大圈，最后，才在王府井北口一家顾客稀少的小商店里，买下了那盏罩着粉红色纱罩的台灯。拿回家，就遭到她弟弟一通贬："样子太土，颜色太'怯'，处理品吧？"

久经沧海难为水。现在，妻子已经成购货能手了。不一会儿，她就挤了进去。旋即又挤了出来，扫兴地对我摇摇头。咖啡壶已被抢购一空。显然，和我们具有同等审美眼光的大有人在。

没想到，只不过是我一时的愿望，妻子却认真了，如今真的买了回来。妻子的心，细得象针鼻儿呢。

"你知道，多难碰呀，时髦货！跑了好几趟，抱着个孩子……"

我端详着这精美的咖啡壶，轻轻抚摸着妻子小巧的手，传递着感情的"微波电流"。

"听听我这个吧！"我拿起那盒录音磁带。

"没听过怎么着，非现在听？"妻子露出失望的神色。

"你还真没听过。"我把收录机拎了过来。

淑敏一把按住我的手："都什么时候了！"妻子掩着嘴，打了个呵欠。

是啊，时候是不早了。隔壁李大娘的自鸣钟都敲响了十二下。小真真又翻了个身。

"快睡吧！明儿个还得上班呢！"淑敏躺进被窝，关了台灯。

咖啡壶和磁带都放在桌子上。它们睡不着。星光月色挤进窗来，照在上面，跳跃着银子般的碎光……

二

第二天早晨醒来，妻子已经不在了。桌上，咖啡壶里冲满了麦乳精。壶底压着一张纸条——

> 把麦乳精喝光。送小真真上幼儿园。副食本上的鸡蛋都买光了，到自由市场买几斤。挑一挑，冲太阳照照。留神老农坑人！
>
> 敏

送完孩子，我到公司汇报出差工作。一千箱完达山牌奶粉随后就到。领导很满意，特意放我两天假，好好歇歇。

现在，我又走在北京宽敞的大街上了。一切，仿佛变得更加美好，更加亲切。这一个多月不在北京，大街上的人似乎又多了不少。视野所及，永远望不到那遥远的地平线，都被高高的楼房、巨幅广告牌和弥漫的烟尘遮盖住了。而北大荒，随你在那长长的，弯弯的，象黄缎带子般的土路上走到哪儿，一眼望去，蔚蓝的地平线总在你的前面，向你深情地呼唤……

啊！北大荒的土路！前些天，我还走在那上面呢！

当我又重新踏上那条通往连队的土路的时候，我的心跳得多么厉害呀！那路旁高高的白杨树，那田野里摇铃的大豆，那姹紫嫣红的野花，那飞来飞去的蝴蝶、蜜蜂，那远处的红砖瓦房，房顶上一支支电视天线杆，象一只只扑闪着翅膀的红蜻蜓……

我的眼睛为什么一下子湿润了？八年了！八年没有见到你啦！

十四年前，我从北京坐火车，到佳木斯换汽车，到总场换马车，好不容易才到分场。那时,还没有这条土路呢。一条蜿蜒的七星河,隔着一片荒草甸子。划着小船,摇碎一河云影,惊起一群洁白的天鹅、灰色的野鸭。划呀,划呀,划到了这片草甸子上。唰啦啦,支起了一顶顶绿色的帐篷。三个连队建立起来了,炊烟冒起来了,灯光亮起来了,歌声响起来了……奋战了整整一冬,放炮、背土方,一尺尺垒高,修起了这条路。别看它不起眼,一下雨,又是水,又是泥,能把高腰雨靴粘掉,我们却自豪地叫它"水泥马路"。它是这里开天辟地的第一条路呀!

这条土路真正牵惹起我的感情,是在什么时候呢?

初春的早晨。一个小伙子赶着一群"猪八戒",在这条土路上走着,要到前面的大草甸子去放猪。那片草甸子中间是一汪深幽幽的水泡子,拖拉机开不进去,还没有开垦出来。我们给它起了个漂亮的名字:天鹅湖。其实,天鹅只在七星河上飞,从来不到这里来。不过,湖边有青草,湖中有水葫芦,却是最好的猪食。

离草甸子不远了,他看见有一个十多岁的小男孩正往一棵大柳树上爬。细细的树枝在摇晃,随时都会被坠折。

"不要命了!"他冲孩子高声叫着。

孩子根本没听,还是往上爬。树枝晃得更厉害了。

他的心提到嗓子眼儿,赶紧跑到树下。猪嗷嗷地趁机跑散了。

孩子猴儿般灵巧地上了树,折下一根干树枝,刺溜一下滑下来。树枝上粘满了鳔胶,粘着一只毛绒绒的小鸟,绿尾巴,红嘴巴,很可爱,也挺可怜。不用说,胶是早刷在树枝上的。为了逮这只可怜的小鸟,这孩子没少费心思哩。

他从上衣的口袋里掏出一支钢笔,金帽、红杆,递给孩子:"换你那只鸟,怎么样?"

孩子接过笔,摆弄了摆弄,挺喜欢,插进口袋,把粘在树枝上的鸟拿下来,递给了他。

轻轻地一松手，他把鸟放走了。小鸟在他头顶上绕了一圈，箭一般飞上蓝蓝的天空。

孩子望望天，又望望他，莫名其妙地睁大了眼睛。

他追回那一群猪八戒，赶着它们，继续向天鹅湖走去。

"喂！喂！"他的背后传来一阵脚步声和喊叫声。他回过头。是一位陌生的姑娘，鼻尖上沁出细细的汗珠。

"有什么事吗？"他的眼睛在问。

"这是您的吗？"姑娘递过来那支红杆、金帽的钢笔。

他点点头。

"还给您！"

这时，他看见那个调皮的男孩子躲在她身后，紧张地望着他。

就在这条土路上，就是这支钢笔，他和姑娘结下了不解之缘。

他，就是我。姑娘，就是淑敏。男孩子是她的学生，名叫二愣子，逃学出来逮鸟。

我是怎样告别了我的这群猪八戒？第二年的春天，又是怎样磨着场部的头头，主动要求到了淑敏的连队，在晒场干上了活？都记不清楚了。只记得淑敏总是带着孩子们有事没事跑到晒场上转悠。这帮调皮的毛孩子，不是把我们的苇子弄倒，就是把种子弄撒。她呢，总是笑着帮我一起把苇子扶好，把种子灌好。这当然瞒不过我们晒场主任大老张的眼睛。

大老张是十几岁闯关东来到北大荒的。现在，往五十上奔了。典型的山东大汉，又高又壮，象黑李逵。一件掉了花的破棉袄好歹一裹，腰间系一条草绳。我第一天到场院干活，头一眼见到他，他正在太阳地里择虱子呢。"来啦！"他瞅瞅我，站起来，笑笑，一抖落破棉袄，"看，我这儿的虱子全是双眼皮！"和他一起干活，我总觉得身上痒痒。

一天，大老张走过来，悄悄对我说："晚上，到晒麦棚来！"

"谁呀？"

"谁？谁知道谁呀！"他诡秘地冲我一眨眼，喷出一口呛人的关东烟，

117

走了。

我们的队长赵德旺赵大胡子，曾在全队大会上宣布过不知从哪一级下来的"十不准"文件：一不准搞恋爱，二不准男女单独交谈……那年月，恋爱这个词是和资产阶级紧密相连的。好吓人哟！大老张这一举动，胆子不小哩！

晚上，我和淑敏在晒麦棚幽会了。正是春播时节，"隆隆隆"，拖拉机的响声震碎了宁静的夜色。明晃晃的车灯划破了浓重的夜幕。一袋袋麦种、豆种，堆在晒麦棚里，黑黝黝的，象一座小小的丘陵。倚在种子囤下，我听见淑敏"咚咚"的心跳，我看见她的眼睛、嘴角、酒窝和迎风飘荡的黑头发。就在这天的晚上，她扑进我的怀中……

突然，一柱强烈的手电筒光象探照灯一样扫来，吓得淑敏一下子躲到我背后。"咚咚"的脚步声象擂鼓。不用问，大胡子来了。我的心也紧缩起来。要是让他看见，在全队大会上一数落，后果是不堪设想的。该着我倒霉，天塌了，地顶着吧！

谁想到，传来大老张的喊话声："大胡子，怎么着，大晚上还不放心种子呀？你这是不放心我吧？告诉你，没问题，播种机吃多少，我这儿喂多少！开得起店，就管得起大肚汉！你可别小瞧我这晒场主任哟……"

"怎么刚才我好象看见种子囤下有两个人影呢？"大胡子嘴里嘟囔着。

"你见鬼了吧？"

"最近队里传着小焦和淑敏搞对象，这种资产阶级思想儿要注意喽！"

"你快忙你的去吧，搞对象搞到哪儿，也搞不到我的晒麦棚里来！"

脚步声渐渐远了，听不见了。可以听到淑敏"怦怦"的心跳声。

这就是我们的初恋。甜蜜，紧张，又有些惊险，象秘密的地下工作。

第二天，我对大老张说："真谢谢您了！"

他笑笑，抽着那呛人的关东烟，没讲话。浓浓的烟雾遮住了他的脸。

没出半个月，事情还是让大胡子发现了。全队大会上，他点名批评了我和大老张。随后，大老张的晒场主任被"罢官"了，调去赶马车，我被发落去养猪。

啊，重新踏上这条土路，勾起我心中几多回忆。是苦？还是甜？对于北大荒的往昔，是怀恋？还是诅咒？我为什么那么迫切要重返北大荒呢？是来索回那逝去的青春？还是来讨还那欠我的旧帐？我分不清了。

快到队道口了，前面大步流星走来一个人。

"欢迎！欢迎！"隔着老远，他粗葫芦大嗓向我招呼着。

是大胡子！

一只钳子般的大手紧紧握住了我的手，另一只手使劲拍打着我的肩膀："不容易！你还能回娘家来看看！家里都好吧？……"他开始仔细询问我和淑敏回北京后的一切。过去的事呢？他已经忘了吗？

"昨天晚上听说你要来，我扳开手指头算了算：现在全队七十多户人家，调走的调走，新来的新来，还有二十来户，你认识……"

大胡子一边搂着我的肩膀，一边滔滔不绝地讲着。那激动的劲头象操办一件什么大喜事，欢迎一位至爱亲朋。原来，他对我是多么厉害呀！回到北京以后，我和淑敏可没少骂他、咒他呢！

昨天晚上，是他打着手电筒，挨门把这二十来户人家通知到了，商量妥了："小焦这次来，不易！时间紧，呆不了长工夫。挨家跑，一天吃八顿，撑破了他的肚皮也吃不过来。我看，咱们大伙都聚到我家得了，我那还宽绰点儿！"

一清早，大胡子亲自掌刀，杀了一口二百斤重的长白猪。他说："这种猪是瘦肉型的。现在，城里人都讲究吃个瘦的。"那二十来户人家一起出动，踩着露水，从各家的菜园里摘下顶着花的黄瓜、扁豆，戴着蒂的茄子、西红柿……好劲！足足扛了几麻袋，堆在大胡子家门口……

当我又踏上通往家属区的林荫匝地的小道，听着大胡子讲述这些场面的时候，我肚子里准备好的许多问候的话，光在嗓子眼里打转，一句也说不出来了。

三

中午，我前脚刚刚到家，淑敏后脚就跟了进来。

"怎么这时候就下班了？"我挺奇怪。

"请了半天病假，明儿又是星期天，能陪你一天半！"她笑着。那笑有几分得意。

她现在本事大得很，厂里卫生室的大夫和她关系混得厮熟，病假条随要随有，仿佛那大印就在她自己手里一样。这我得服气。刚回北京时，好不容易分配她到一所小学教书。教了一年半，她说什么也不愿意干了。"你不是挺喜欢教书的吗？北大荒那帮孩子跟你关系不是都很好吗？"我问她。她叹口气："喜欢的事多啦，北大荒的孩子和我关系好有什么用？得过日子呀！"也是！既没有好爹妈，也没有阔亲戚，一个背了一身债，落了一身病的"老插"，有什么办法！于是，她东托人情，西找门路。临离开北大荒，大老张送给我们的一张狐狸皮，那是他提前送给我们的结婚礼物。淑敏把它做为买路钱，送给了这个卫生室的大夫，进了现在这家丝织厂，专门做出口丝织品，奖金多，还常常处理一些出口转内销的东西，有些油水，贴补了家里不少。只可惜那张狐狸皮，淑敏也挺心疼。那样好的狐狸皮，在北京的皮货商店里都不大好找哩！

"你呀！你丈夫刚从北大荒回来，你就请病假休息，不怕别人说？"我责怪她。

"谁说谁呀？都一屁股屎！我这算什么呀……先别说这个了。你还没吃饭吧？我也没吃。快弄饭，吃完了听你那个宝贝录音！也不知你都录点子什么，还真想听听。一上午上班都心思不定的……"

一提录音，我来了情绪。那是一盘什么样的录音磁带呀！

淑敏舀米。我捅火。火苗儿渐渐上来了，我便把磁带插进录音机里，想一边做饭,一边听,两不耽误。还没有按下键钮,隔壁的李大娘进来了,手里拿着两张电影票,招呼道:"你们小俩口看电影去吧!"

"什么电影呀?"淑敏放下手中的米,接过电影票,问道。

"《骆驼祥子》。新片儿。"

"太好了!正想看呢!"

"快去吧!一点整的,大华电影院。路不近,别晚喽!"

李大娘走了。淑敏也不舀米了,拽上我:"快走吧!路上买点儿随便吃吃得了!咱们横有一个多月没在一起看电影了……"

可不是,一个多月没看电影了。淑敏除了逛自由市场,挤商店,就爱看电影。我也是个电影迷。李大娘最清楚,断不了有些她不看的电影票送给我们。

八年前,终于从北大荒回到了北京,可松了一口气。仿佛走了多远的道,总算可以好好歇歇了。什么什么都耽误了:工作,没有,暂时待业;房子,没有,挤在家里新盖的小房里;青春,更没有了,早留在北大荒了……别的甭说,光是电影就少看多少场吧!在北大荒,看一场电影,要跑到十八里以外的分场场部,而且是露天地,站着看。夏天,穿着高腰雨靴,蚊子、小咬照样咬得你腿脚都是大包。冬天,西北风一刮,冻得脚发麻,心发颤,后脊梁骨冒凉气。看的是什么老掉牙的片子呀!老三战:《地道战》、《地雷战》、《南征北战》。百年不遇演过一场《卖花姑娘》,好劲!得排队轮拨看。轮到我们队正是半夜十二点那场。就那样,顶着大西北风,也照样看,一边搓手、跺脚……

"那时候,多惨,讲起来,别人准不信!"每次回想起来,淑敏都有几分感慨。

"那时,我们是多么年轻啊!要是现在,还有那股子半夜跑十八里地看一场电影的劲头吗?"我也同样感叹着……

赶到电影院门口,已经是差五分一点了。淑敏叫我等一会儿,转身跑到电影院旁边的食品店。一个小伙子走过来,缠着我非要买退票。我说没有,他还不信,一直到淑敏跑回来了,得意地挽着我的胳膊走进电影院。电影已经开始了，银幕上，虎妞正把一个大馒头塞在祥子手里。淑敏把一块奶油夹心蛋糕递给我。

"牙！看虎妞的牙！真绝！"淑敏轻轻对我说。

是真绝。斯琴高娃演得也真绝。我点点头。

虎妞死了。小福子死了。祥子老了。淑敏抹抹眼泪，挽着我的胳膊走出影院。清凉的秋风扑面而来，远处不知从哪儿飘来一阵桂花浓郁的香味。我感到一种说不出的滋味。望着大街上奔忙着的人们，我想：这里面肯定有不少是咱北大荒的老客。全北京城得有多少象我们这般大的人去过北大荒呀！他们是否还在惦记着北大荒呢？他们是否知道北大荒还在惦记着他们呢？我真想把心中涌起的感情告诉淑敏。不过，这是一时无法说清的。必须等她听完录音磁带。

我永远也忘不了那一天！大胡子家里，来了多少老人儿呀！挺宽敞的屋子挤得都快要爆炸了。

我们猪号的老王头来了，大老张的闺女桂芹来了，膝头倚偎着一个八岁的小姑娘，穿着一身漂亮的新衣服……

呃，大老张呢？他怎么没来？

正说着话，一个小伙子扛着麻袋进来了，咕碌碌倒出一地瓜，一边冲我叫道："快吃瓜！快吃！"说着，把一个花皮西瓜，用拳头使劲一砸，脆声一响，裂开两半，蜜汁流了一手。他递我一大块，说道："快吃！赛过蜜！"

"你是……"我认不出他了。

"你忘了，他就是二愣子呀！"老王头对我说。

他就是二愣子？就是那个逃学、爬树逮鸟的二愣子？八年前，我们临走时，他小学刚刚毕业。那时候，他个子矮矮的，敦敦实实，象根树桩子。现在，窜成一棵钻天杨了，比我都高，嘴巴上长出毛绒绒的小胡子了。一身整齐的蓝的卡制服，上衣口袋里插着支钢笔——是我那支红杆、金帽的钢笔吗？

那年,我发落到猪号,和老王头做伴,万念俱灰,连淑敏的面都不敢常见,只能远远望望她的身影。该死的大胡子!不许恋爱?!他呢,孩子一大帮,象鱼甩子一样。前些日子,又添了个崽!北大荒,落后、愚昧而荒凉的北大荒呀!我也曾咒骂过你!

一天,刚擦黑,我就钻进了被窝。迷迷糊糊刚睡着,耳朵眼儿一阵痒痒,睁眼一看,是他,二愣子,正用根七节草捅我呢。见我醒来,他嘿嘿一笑,用手一指。我看见枕头旁边有张叠成一朵五瓣花的纸条。打开一看,是淑敏写来的!小家伙,成了我们传递书信的"红娘"。

"怎么,你们要排节目?"看罢纸条,我问。

"嗯。"

"大胡子同意了?"

"样板戏,他敢不同意!"

不知从哪儿又来了一股子热情,象一簇簇火苗窜了起来。立刻,我穿好衣服,蹬上鞋,向小学校跑去。二愣子提着一盏马灯,在前面照路,小小的身影一蹦一蹦的,象火苗苗。北大荒的夜又充满了温馨。北大荒啊,我不该咒骂你!

"他都睡着啦……"到了小学校,见到淑敏,二愣子学着我蒙头大睡的样子,嘿嘿笑着说。

"是吗?这么懒!象个蹲仓的黑瞎子!"淑敏也笑了,"帮我们排排戏吧!早听说你在学校是文艺宣传队的主角!"

她的消息真灵。我点点头,没说话。

"别消沉呀!你看,这么些孩子,这么些家长,都在看着你呢!"她劝起我来。那时,她是多么富于激情。

开排了!《红灯记》。二愣子演磨刀人。叮叮当当,锣鼓家伙敲起来,小学校夜夜灯火通明。

这成了全队一件大事。自从建队以来,开天辟地,自己能演戏了。以前都是看电影里演的戏呀!新鲜劲,热火劲,象过年。大胡子头几天晚上打着那特号手电筒,光临学校视察一番,放心地走了。而且亲手用黄菠萝木给做了几把八路军用的枪和一把鸠山用的大马刀。

二愣子变化可大了,他爱上了演戏,也渐渐爱上了学习,还经常为街里街坊做好事。只是那股子调皮劲一时改不了,孩子嘛!

有一天,刮起了"大烟泡",风雪把天地搅得一片白。烧着冒出松脂气味的木桦子,火通红通红的。我们正在小学校排着半截戏,老王头急冲冲跑来找我:"快去追猪吧,那头'小克郎'跑了!"

不管是"李玉和",还是"鸠山",全队人马都向小树林跑去。为了捉着眼看就要到手的那头"小克郎",淑敏一不留神,掉进了窨黑瞎子的陷阱,一身雪,一身蒺藜狗子。二愣子急忙去拉,也掉了进去。我和老王头死拖活拖,才把他们拉上来。淑敏眉心流着血,二愣子手也扎破了,可吓坏了老王头:"这可怎么好!这可怎么好!没伤着眼睛吧?"

"没事!碰破了点儿皮,快逮猪吧!"淑敏用手绢擦擦血,又跑去逮猪。二愣子早跑了。

终于逮住了。往回走的路上,老王头被树桩绊倒了。年纪大,骨头脆。从此,瘸了一条腿。

我和淑敏去医院看望他老人家,感动得他说:"一辈子孤苦伶仃,我要是有你们这么一对儿女,就是一跟头摔死也不冤!"

淑敏伏在他那条伤腿上抽泣着说:"您就把我们当做您的儿女吧!"

为了一头猪,两个人落下伤残。值得吗?当时,我们谁也没有想。我们只是干,付出了昂贵的代价。我们干的毕竟有回声。

……总唱样板戏,唱腻了,听得耳朵都起茧子了。二愣子那条磨刀用的板凳都摔散了架啦。

"咱们自己编点儿新的怎么样?"淑敏兴奋地说,信心十足。

"行呀。"

歪七扭八的,我居然写了一出东北的拉场戏,起个名叫《北大荒的人们》。写的就是我们分场的人和事,有老王头的家史,有建场时的英雄事迹,还有二愣子的成长呢。由二愣子演他自己。我演老王头,淑敏也登场了。

真紧张呢!白天,我要在猪号干活,淑敏要给孩子们上课。晚上,要排节目。排完这一场,还得商量下一场。为了一句唱词,怎么也想不好,愁得我们俩竟没着没落,象断了魂。夜深了,分手了,轻轻地吻一下。回到猪号,倒在炕上便睡,累得半夜里手脚抽筋。可是,高兴。

《北大荒的人们》终于演出了!

新年那天,照例应是召集全队人马,由大胡子讲一套"抓革命、促生产","学大寨,跨黄河"之类的陈年皇历,要不就是读"两报一刊"的社论。可是,这一年的元旦,破天荒,改为由小学校演出《北大荒的人们》。"二齿钩挠痒痒,小焦和淑敏是把子硬手!"大胡子得意地夸奖着,四处招呼人看戏,好象他是个大导演似的。

人来得可真多。平常开会从不露面的家属们,抱着孩子,扶着老人,也来了。库房当成剧场,人多挤不下,有的只好在外面趴窗户看。淑敏扯扯我的肩膀,指指那些玻璃窗外鼻头挤扁的面孔,我们俩心里热乎乎的,感到一种从来没有过的充实。

我们特意带着学生,徒步十八里,到场部医院,专为老王头演了一次。老王头感动得直掉眼泪,连连说:"好!好!咱队里星宿下凡了,也出梅兰芳、小白玉霜了……"

回来的路上,一阵马铃声传来。轻脆,欢乐,象悠扬的小夜曲。"上来吧!"啊!是大老张,特意赶着马车来接我们了!

三匹大红马直喘粗气。大老张紧着摇鞭子不住吆喝。笑声,我们的爽朗的笑声,在北大荒的田野上尽情地飞荡……

这出戏,本队里演完,别的队请去演。最后,分场场部调去演,还奖给了我们每人一套《毛泽东选集》,一本塑料皮的日记本。

大胡子到猪号找到我:"行啦,以后你不用喂猪了,还回晒场吧,过几天还想把你调到队部当文书。"

我摇摇头。

"怎么？还记恨我？"

我又摇摇头。

"那为啥呀？"

"老王头瘫了，刚刚出院，他得有个帮手。"

"换个人不得了嘛！"

"我和老王头脾气对路，活儿又熟……"

大胡子没再讲话，拍拍我的肩膀，走了。

晚上，淑敏找到我："听说调你去队部当文书，你不去？"

我点点头。

"好样儿的！"她扑在我的怀中，"为了北大荒，我们应该付出一切！"

那一晚，我们的心贴得多紧啊！

淑敏还记得吗？

一切都过去了吗？

奖给我们的那套《毛泽东选集》和那本日记本呢？《毛泽东选集》上早落满了尘土，日记本让淑敏撕了一张又一张，给真真叠飞机、小船、花篮……最后已经剩下不几张，索性都撕光了，剩下了一个塑料皮，用来夹粮票、油票用了。

四

看完电影，才三点钟。秋日的阳光温和地洒在我们的头顶。

"走，到幼儿园，先把真真接出来，到妈那儿吃晚饭去。吃完饭，逛逛夜市，今晚是秋季商品展销会开张头一天！"

淑敏总是能很妥善地安排时间，决不浪费这半天病假。以往也是这样，凡是她请病假回家，总要干许多事，比上班还要忙。不是给真真做衣服，就是替家里买粮食，要不就是陪她弟弟相亲，搞对象……总之，凡是有事要办,她便请病假。接长补短地总请病假,竟弄假成真,全车间都知道她有病,是个老病号。而且常常要在她病假过后,关心地问问她:"病好点儿了吗,淑敏?"

"算了吧,今晚甭去了,回家听听录音吧!"我说。

"今儿夜市头一天开张。咱们吃完饭就走,赶头一拨,备不住能碰见好货。你那录音磁带放在那儿也飞不走,着哪门子急?逛完了,回家再消消停停地欣赏欣赏你那宝贝录音!"

"行!我也想买点东西呢!"

"你?"淑敏有点奇怪。

"怎么?兴你买,就不兴我买?"

她乐了。我也乐了。

从幼儿园提前接出小真真,听说要到姥姥家,晚上还要逛夜市,小家伙自然高兴得很。吃罢晚饭,把孩子洗得干干净净,打扮得漂漂亮亮,一家三口热热闹闹出门了。小真真习惯了,常常这样跟着我们出门,逛商店,挤柜台。她喜欢去。我们去的目的是买东西,她去是为了吃零嘴:雪糕、糖葫芦、巧克力……

夜市上真热闹。五彩斑斓。服装。家具。自行车。小百货……各家的小喇叭争先恐后赛着嗓门地推销自己的商品:"物美价廉"。"品种齐全"。"实行三包"。"誉满全球"……

凡是挤的地方,保证有俏货,有便宜货。这是规律。每到这种场合,淑敏就把小真真塞给我,挤进去,挤出来。"没什么!卖真丝手绣围巾的!"一脑门子汗,接着往前走,"没什么,卖处理尼龙衫的!"我总觉得,我们唯一的作用就是给这繁华的夜市增加两份拥挤而已。除此之外,什么也不会买的。一个月的钱总是紧巴巴的,不够花。"唉,工资象眉毛,物价象胡子。光见胡子长,不见眉毛长。什么事呀!想买点什么都不敢买。拉扯个家,真难!都怪插了那么多年队,要不,现在家也早置得差不多了。唉!

北大荒……"她叹一口气,那省略号里百感交集。

她有着无穷的苦恼。在北大荒时,我们也曾苦恼过。它们的内涵一样吗？那时,压力多大呀,生活多苦呀,环境多差呀,离北京多远呀……苦恼,一个接一个,是为了什么呢？为自己？为小家庭？为钱？为买点便宜货？……现在,又是为了什么呢？环境！一个人,是逃脱不了环境的。不是改造环境,就是被环境所改造。我们的生活为什么一下子变得单调起来,黯淡起来了？牢骚满腹。难道一切罪过,都要归于北大荒吗？

北大荒,在我们漫长的人生中,永远是一个崭新的世界。是的,我永远忘不了,虽然,那里曾无比寒冷……

"快！开喝！为小焦重回北大荒干一杯！"大胡子高声招呼着。

小屋里,炕上的两张炕桌接着炕下垫上砖头的两大张方桌。饭菜端上来了。青的青,绿的绿,红的红,黄的黄,香味四溢。一瓶瓶北大荒酒摆上来了,象一排透明的杨树林。

酒杯端起来了。我问:"大老张呢？"

"先别等他了。他说你爱吃鱼,昨儿个到鱼梁子去捞,没捞上来几条象样的。今儿个一清早又上七星河捞去了。我说不让他去。他非去。到天黑能吃上他的鱼就不错！"大老张的闺女桂芹说。

"什么呀,妈妈！姥爷说了,一定能吃上大鱼！"桂芹的小女儿替姥爷鸣不平了。

大家都乐了。我的嗓子一阵哽咽,几滴眼泪怎么也抑制不住,扑簌簌落进酒杯。七星河,离这里往返要五十多里地呀！

那年开春,总场要开发天鹅湖那片荒草甸子了。大胡子带队,"轰隆隆",十几台拖拉机拉着五铧犁,向这片未开垦的处女地进发。全队第一个站出来报名的就是大老张。

"好！给你个立功赎罪的机会！到天鹅湖好好干,别净把小青年往坏道上引！"

大胡子这番话气得我鼓鼓的，恨不得上去搧他两耳光子。

大老张倒沉得住气，一句话没说，只是把赶车的鞭子交给了大胡子，扭身走了。

"我也报名！"我要和大老张在一起。

"你？算了吧！留下来帮助小学生好好搞搞宣传队。编编演演，你拿手。开荒还得我们，姜老的辣啊！"大胡子摆摆手。

"我去！"我犟起来，"到那儿，我可以编个新节目，叫《向荒原进军》！"

"也好！"

刚进天鹅湖，连人带车，一起陷进了泥淖。水草和淤泥，象蛇似的死死缠着我的腿，拼命往下拽。我只觉得眼前一片浑沌，整个荒原、蓝天旋转起来。

正在紧急关头，有人伸过一只大手，拼着死命把我拖出水泡子。是大老张。我张开嘴，要讲什么。他大声说："别讲话！小心呛水！"

我不知怎么被他救上岸的。他把我扶在地上，用拳头砸我的后背，"哇——"，我大口大口地呕吐着，仿佛把肠子都要吐出来。

大老张又不见了。大半截车身陷进泥水中，一点点正在往下沉。前面的拖拉机跑回来，想把它拽上来，可是，找不着车头前的挂钩。大老张一个猛子扎进泥水，又一个猛子泅出来，手里攥着长长、粗粗的钢丝绳。潜水挂钩！足足在水里折腾了一个来小时，终于挂上了。我奋身跃起，扑上去："我来！"被他一把掀了个趔趄，一猛子又钻了进去。等他钻出水面，只穿着一条裤衩，浑身冻得紫一块、青一块，不住颤抖着。刚站稳，"扑通"就倒下了，象一棵伐倒的树。我赶紧把大衣给他披上……

第二年，天鹅湖在我们手下开发出来了。

第三年，天鹅湖打出粮食来了。那年秋天，大豆收成出奇的好，晒场都不够用了。豆子堆在地头没法晒干就入囤了。冬天又是那样早就来临了。

急得大胡子搓着手,嗷嗷地叫。"挑水!浇一个晒场!"大老张挑着一副水桶,大声招呼大家。多少桶水呀,浇成了一个冰场,又平又大。大豆倒在上面,咕碌碌地蹦;人踩在上面,不留神就滑一个大跟头!笑声撞着豆粒,豆粒撞着笑声,在整个晒场上飞荡。

"小焦,大老张还真行!这是个发明创造!编个节目表扬表扬!"大胡子冲我说。

"我早想好了,叫《水晶晒场》!"

《水晶晒场》演出了!《向荒原进军》演出了!淑敏带着小学生们又忙开了。可惜,演出的那一天,大老张没在家。他病倒了,高烧不退,总场派专车把他送到镜泊湖去疗养……

大老张啊,我们一个个象炒熟的豆,都蹦走了。你没有动窝,你还是晒场主任,也没升个一官半职。你对北大荒的土地还是那样一往情深,你对我们也还是这样一往情深呀……

"喝!喝!门前清啊!"大胡子在尽地主之谊,热情地劝着酒。

我仰脖一饮而尽,热乎乎的酒滑进喉咙,肚子里立刻升起一团火。我又满满倒上一杯,郑重地端起来:"为了北大荒,干杯!"

大胡子也站了起来。屋里所有的人都站了起来。大家端起酒杯。小屋里一下子肃穆起来。

大胡子郑重其事地说道:"小焦代表许多回北京的知青讲了话,我也说几句。我代表咱们全连广大指战员和贫下中农……"

大家都乐了。还是老词儿!

"别乐呀!"大胡子舔舔嘴唇,"小焦在北京,咱们在北大荒,两北加一堆儿,得干出点儿劲头来!"

真会转词儿:"两北加一堆儿"!大家乐得更欢了……

"怎么?我又说得不对了?小焦当初,帮助咱们组织过宣传队,还开发过天鹅湖,从精神到物质,都有过贡献嘛!他回北京以后保证也差不了!"

"这倒是！倒是！一想起，我们总念叨呢！"老王头的酒喝了不老少，端着酒杯摇摇晃晃地说着，大家纷纷应承着。

对北大荒做过贡献？我们？我们回北京后曾经这样想过吗？这样肯定过吗？乡亲们肯定了！乡亲们常这样想！我们呀！……

二愣子端着满满一杯酒，从炕上跳下来，走到我跟前说："这一杯，你一定要干！不光代表你，也代表我们淑敏老师！"

"对！干！"大胡子怂恿着，"你知道吗？二愣子现在是咱队上小学校的优秀老师呢，分配他开'康拜'，这小子就是不去，非要当孩子王不可。"

多快呀！二愣子都当老师了。记得我们临离开北大荒，淑敏为他们上最后一堂课，二愣子还是那样调皮呢。全班同学知道老师要一去不返了，都格外安静，好象要把老师讲的每句话都听进去，留在记忆里。唯独二愣子实在憋不住了，咳了一声，轻轻地向同桌说了一句话。这对于他，已经是不错了。可是，下了课，淑敏刚刚回到办公室，孩子们围上了二愣子，你一句，我一句，责备，骂，最后竟动手捶他，连平常最温顺、曾经在《红灯记》里演铁梅的小姑娘也用拳头捶他的肩膀。要是平常，他早还手了。可是，那天，竟垂着头，任大家的拳头象雨点一样砸来。他哭了。眼泪扑簌簌滚落下来。

淑敏知道这件事后，感动地哭了。

临走的头两天，二愣子拉着我和淑敏，非得上他家吃晚饭。吃完饭，他提着马灯送我们，一直送到宿舍门口，也不回去。小家伙哭着对淑敏说："老师，是不是我太调皮了，气了您，您才要走的吧？我再也不气您了……"

该怎么向小家伙解释呢？我掏出那支金帽、红杆的钢笔送给他："留个纪念吧！"

他还是不走。淑敏走到他跟前说："快回去吧，天都这么晚了。"

他还是不动窝。呆了半天，才嘟囔出一句："老师，你回北京照张相片给咱寄来，行吗？"

"行！"

"在天安门前照！"

"行！"

"别照上你眉心那块疤！"

淑敏一把搂住他，掉下了眼泪……

可是，回到北京了，托关系找工作，走门路找房子。结婚。生孩子。到处烧香磕头找托儿所……这张小小的照片，淑敏却忘记了。

对于北大荒，我们欠下了多少账呀！北大荒又给了我们多少情义呀！

这杯酒，当然要喝！

老王头满脸胀得通红，一瘸一拐地走了过来。他手里握着酒瓶，又给我满上，然后给自己也满上："小焦，我不说什么啦，八年前，咱爷俩就该喝这杯酒哇……"

是的！是的！八年前，听说我们要走，老王头特意为我和淑敏做了一桌子菜。那几天，各家纷纷为我和淑敏饯行，竟没有他一顿饭的时间了。他说："没关系，临走那天早上，你们无论如何也得上我这儿吃一顿。好不好，是个意思吧。我是一直把你们当儿女看待的呀！"谁知道，我们回北京心切，那天赶巧有一辆卡车去火车站拉煤，半夜就走。我和淑敏挤了进去。老王头那一桌子酒菜，竟然白做了。听说，他自己没动一筷子，整整摆了三天……

"老王大爷，真对不住您！那年临走时，您那一桌子饭菜……"我的手颤了，酒溢出杯口。

"快别这么说！今儿个不又吃上了嘛！这叫山不转水转，人和人总能见面的！这是咱爷俩的缘份！"他把酒杯又斟满，对我说："干！"他喝醉了。话也稠了："啊！你们说走走得一个也不剩了，走得我这心里都空了。刚开始，还以为你又是回北京歇探亲假，呆个仨俩月的，就又回来了。谁知，一等等了八年……"老人掉出几颗浑浊的泪珠。酒，又使劲灌进了喉咙。

"干嘛呀，这是？高兴的事，抹什么眼泪呀？"大胡子叫道，"小焦这不又回来了，就说明他没忘了咱们北大荒！来，干杯！干杯！"他又张罗起来。

干了多少杯？说了多少滚烫的话？生活啊，能把花岗岩碾成碎末，也能把碎末凝聚成花岗岩的生活啊，我刚刚理解到你的真谛。

突然，门"咣当"一声开了，震得满桌的酒杯直颤悠。一个壮汉背着一网兜水淋淋的鱼，进来就喊："小焦在哪儿？"

啊！大老张！我碰翻了几把椅子，碰碎了一个酒杯，紧走几步上前一把攥住他的手，答应道："我在这儿！"

"小焦在哪儿？"他的眼睛直愣愣的，还在四下搜寻，一件和尚领的背心被汗溻得精湿，腾腾地热气直冒，象刚揭开盖的蒸笼。他太激动了。

"小焦就在你眼面前嘛！"大胡子走过来，拍着他的肩膀说。

他这才瞅清我，紧紧扳住我的肩膀，后退一步，端详了半天，嗫嚅地说："老了，老了，都有皱纹了……嗨！没老！看这双眼睛，还那么精神！"说罢开怀大笑，震得人心直颤。

"哎呀！紧跑，慢跑，七星河的鱼今儿个都成精了，成心跟我做对！真难逮！……呃，淑敏呢？淑敏在哪儿？"他的目光又四下搜寻。

"她没来，就我一个人来的。"

"干嘛不带她一起来？应该带她来看看！咱们那晒麦棚早塌了屁的！现在，塑料顶的晒麦棚了，咱们这儿也洋气起来，阔气起来了。还没到天鹅湖去看看吧？变得你要认不出来了。……呃，快做鱼，吃我的鱼呀！"

"我实在吃不进了，肚子都快要炸了！"我拍拍肚子。

"吃不下，也得吃。就是为你逮的鱼嘛！"

经过再三"协商"，大胡子从中抹稀泥："这样吧，鱼是实在吃不下了。熬个鱼汤吧，多少是大老张的一份心意！"

"好！鱼汤就鱼汤！都怪我，回来得晚了。闻个鱼味吧！"大老张拎起鱼，到厨房去了。

不一会儿，鱼汤端上来了。乳白色的汤，嫩绿的葱叶，几弯鲜红鲜红的辣椒，几瓣鲜黄鲜黄的姜片……我从来没有喝过这么鲜美的鱼汤！

酒足饭饱，已是繁星满天。完达山隐在朦胧的夜色中，璀璨的星光月色象明晃晃的流水,在北大荒的田野上静静地流淌。晚风是那样温柔地拥抱着我,象要把我融化。激情在我的心中膨胀、涌出,冲向北大荒广袤无边的田野。在我的眼前,一切仿佛都展现出新的光彩。北大荒啊,我又重新认识了你!

……

该告辞了。我不知该怎样表达内心的激动。

老王头已经醉成一摊泥,被人们扶走时,抓着人家的手,叫着:"小焦,什么时候再来呀?咱俩还得好好喝一盅,今儿没喝够,没喝够……"

大老张紧紧搂着我的肩头,半天没讲出话来。慢慢松开手,一句一顿地说:"别忘了,下次再来,带上淑敏,带上孩子!"

"这是我新照的照片。这张是——"二愣子也挤了过来,话没说完,已经让别人把照片夺走。那是一张姑娘的照片,弯眉细眼,齐耳短发,模样蛮秀气呢。不用问,准是二愣子的对象。

"还记得吧?演铁梅的,淑敏的学生呀!和二愣子般配吧?我的大媒!"大胡子得意地嘿嘿笑着。

"你捎给淑敏老师吧!请她给我寄一张她的照片来。她是我的第一个老师啊!"

"这是我学着做的一套小衣服,听说你要来,连夜赶的,针脚粗,样子怪丑的,别嫌气!送给你们的小闺女吧!"

桂芹往我的书包里塞进一套小孩的花衣服。我真对不住她。八年前临走时,她正怀孕,淑敏答应为她快落生的孩子做一身小衣服。走得匆匆忙忙,来不及做了。淑敏说:"回北京做得了,我一定给你寄来!"后来也忘了。

"我告诉你!大家伙这些话,你可得都带回去给淑敏听听!一句话也不许贪污呀!"大老张说。

"哎呀!这我可真怕说不完全,要是淑敏来了就好了,亲耳听听……"

"别着急!咱们这儿有现代化的玩艺儿!"说着,大胡子把一架三洋牌录音机提了出来,轻巧地一按键,"啪"的一声,把一盒录音磁带取了出来，递给我："大伙说的，都录进去了。带回去给淑敏听听，真人真音，真切得很哩！"

啊！我刚才怎么没注意这里还有架录音机呢？粗犷的大胡子，还有着这样细的心！我捧着这盒磁带，象捧着一颗赤诚的心……

五

夜市上，还是那样热闹，人还是那样多。卖录音机的地方，立体声、大音箱，流行歌曲嗡嗡地响。只是见不到那开阔的、透明的、象水流淌一样的星光月色。都被这强烈的碘钨灯、高压水银灯给搅散了。

突然，我看见前面的货架上挂着一件小孩连衣裙。红色的下摆，随风飘起，象盛开的喇叭花；白色的上身，象一朵浮动的云。我把孩子推给淑敏，自己挤了过去。然后，也是一脑门子汗挤了出来。

"今儿破天荒了，你也有兴趣挤柜台了？看见什么好货了？"淑敏笑着问我。

"带的钱够吗？"

"干嘛？"

"喏！"我指指连衣裙，"九块六，尼龙的！"

"给小真真？太大了！"

"给桂芹！桂芹的小孩，八岁了，送她吧！"

"桂芹？"

"怎么，你忘了？晒场主任大老张的闺女。"

"算了吧！八杆子打不着的。厂子快分房了，该送礼的还送不过来呢！你横是抽疯了！"淑敏抱起孩子就走。

我不知道说什么好，慢慢地走在她的身后。小真真冲我叫着："爸爸！爸爸！"

那朵喇叭花，那朵小白云，甩在了身后。

仅仅一件小孩的连衣裙呀！淑敏怎么变成这个样子了呢？如果明天，我要她抱着小真真特意为二愣子照张相寄去，她是不是也会象现在一样，舍不得那一块来钱呢？

夜市逛完了。唯一的收获是花了两毛四分钱，给小真真买了两根雪糕。

回家吧！刚走到半路，小真真倚在淑敏的肩头睡着了。她把孩子替给了我。到了家，火也灭了，暖瓶也空了。现生火、烧水。洗完脸，洗完脚，把小真真放进被窝。淑敏麻麻利利地干完这些活，累得精疲力尽了。淑敏也够能干的，够辛苦的。一天到晚奔波劳碌。上班，路远。下班，正赶上车流高峰时候。挤车、换车……为了什么呢？不就是为了这个家吗？要说，也真不容易。

那些老北大荒人能想象得到我们当时千方百计象赶末班车一样，好不容易挤上了车，赶回了北京，过的就是这样一种紧张得象上足发条的平庸生活吗？这是值得羡慕？还是可怜？在北大荒时，生活也是紧张的。都是紧张，它们的内涵一样吗？想起这些，心里真不是滋味。

淑敏带领二愣子他们排节目的情景，难道真是那么遥远、那么遥远了吗？难道在淑敏的身上就找不到当年的一点影子了吗？

一切收拾利索。淑敏坐在床头，喘着粗气，冲我苦苦一笑，伏在我的肩头，象一束歪倒的谷穗，喃喃地对我说："别怪我！变得抠门了！有什么办法……"

我的脑子里还想着在北大荒，她领着孩子们排节目、演节目的情景。我不怪她。我只是想那个时候，我们是多么年轻……

"淑敏，你还记得咱们在北大荒排节目的事吗？"突然，我问她。

"嘻！那算什么节目呀！弄几个毛孩子上台穷蹦，我也上去蹦，象耍猴，逗那帮北大荒的'土老赶'哈哈一笑，想起来都寒碜！也就那会儿年轻。现在，倒找钱我也不干喽！"她呵欠连天了。

"看你说的！幼稚归幼稚，当时，乡亲们还确实是欢迎呀，起码我们填补了一点儿队上文化生活的空白。"

"那是你这样认为，老王卖瓜！"

"怎么能这么说呢？难道我们自己否定自己？"

"照你这么说，知识青年上山下乡倒该肯定怎么着？"

"事物是复杂的，更何况有当时的历史背景。该否定的否定，该肯定的还得肯定。反正一勺烩不对！"

"算啦！算啦！哲学家，不和你争了！这既不能当饭吃，又不能当衣穿。插队插了这么些年，青春都交待在北大荒了！现在比谁都不如，和小弟拿一样二级工的工资，还提那些顶屁用……"她的困劲消散一些，声调渐高。说的也是，好不容易回到北京，怎么样呢？有的小青年儿竟拍着我的肩膀说："嗨，哥们儿，北大荒兜一圈，赚得过儿吧！听说那儿出人参，没弄回点儿来呀？"嘻！

"那你就一点儿也不怀念北大荒？"我们总不能跟那帮小青年一样的认识吧？我推推淑敏，问道。

"干嘛不？怀念归怀念，恨归恨！刚插队时，一提起自己是北大荒人，感到自豪。现在，一提，心里是什么滋味？"

"现在，我并不感到自卑！"

"我看你去了一趟北大荒，变得五迷三道了！"

"你不觉得我们回到北京后，整天被忙乱的生活挤压得失去了点儿什么吗？"

"要说失去，最主要是失去了青春！北大荒能够还给我们吗？"

"难道你不承认在北大荒，我们毕竟贡献过我们的青春？……"

"什么！贡献？！是埋葬！"

"听听那个录音，你一定不会这样说了！"

"行！听听你这个宝贝录音。打昨晚你一进屋，就念叨个没完没了！我还真想听听！"

她已经钻进被窝，枕在枕头上，招呼着我："你也快躺下吧！不耽误听！这一天，奔命呐！"

"行！"我装好磁带，按动机键，也躺下了。躺在温暖的被窝里，听着那来自北大荒的声音。啊，那是一种什么样的感情！

淑敏的眼睛睁大了。她在仔细辨别着那是谁的声音？那声音对于她变得陌生了，遥远了，有些分辨不清了。而我，却再一次沉浸到几天前那令人激动难忘的情景中。那每一句曾经听过的话，现在听起来，仿佛更加亲切、清晰，而且又有了新的滋味……

"啪"，磁带转完了。我要取下磁带，翻转过来，准备听另一面的时候，我发现淑敏已经睡着，微微地打起了鼾。北大荒，成了她的催眠药！

唉，睡吧！刚要睡着，她蓦地翻了个身，迷迷登登地问了一句："鸡蛋买了吗？"

该死！忘了！

六

第二天，星期天。

那一面录音还要不要听呢？

刚刚醒来，淑敏瞅见放在床头的那盒磁带，笑了："看我，听半截，睡着了。迷迷登登什么也没听清！"

正说着，门被敲响了。是淑敏的弟弟。

这是一个完全现代派的小伙子，二十二三岁。他浑身上下，我们都没法比：十二功能的电子表，瓦尔特服，直筒裤，高跟长舌盖鞋，潇洒、笔挺。以往，每见到他，见到他一样年龄的小青年，我都感到羞愧，总觉得我们永远是落伍者。

可是，今天见到他，我觉得自己和他一样年轻。三十五岁的人，仿佛萌发出第二度青春。一切还来得及，还可以跑到他们前面去。他们有他们值得自夸的地方，我们也有我们值得骄傲的地方！他们的今天，也是我们的今天！而我们的昨天，并不是他们所具有的。他们远没有我们付出的那么多的代价。然而也没有我们的无比丰富的收获！我们毕竟没有仅仅收获荆棘。青春，决不仅仅是一朵娇媚的花，一片缥缈的云。不！它是痛苦和热情的化合，它是幼稚和成熟的结晶，它是扎根在大地上的一棵四季常青的大树！北大荒曾这样告诉我。我现在也要这样告诉他们！

他今天新搞了一个对象，非得让淑敏帮助参谋参谋。怎么说呢？对象都快搞一打了，还在挑，象换衣服，象菜摊上挑选时鲜蔬菜，象牲口市上看看牙口……这就是他的青春时光！今天，我是怎么啦？居然有一种居高临下的高傲感。让淑敏去陪他参谋吧！回来再听录音。比较，是一位最好的老师。

"你带小真真上天坛公园玩会儿吧，带她坐坐那水里的玩具鹅。我中午就回来！"

"你早点回来。咱们再好好听听那盒录音……"

"行啦！知道了！整天就是你的这盒录音！"淑敏耸耸秀气的小鼻子，推着她弟弟去相亲了。

中午，我带着小真真回到家，推门一看，一地烟头。桌子上，几只茶杯零落地围在咖啡壶四周，象鸡雏围着一个大肚的鸡婆。显然，有客人刚刚来过。

"转了一圈，净是人，没别处可去，我把弟弟和他那位对象领到咱家来了。还真不错，长得挺标致，还蛮喜欢音乐呢！这回和小弟算对上路了！"淑敏高兴得满面容光焕发。

"看你，象自己搞对象一样高兴！"

"我？咱们搞对象时，哪有这份条件？咖啡壶、录音机、沙发……"她指指屋子四周，"咱们是在黑咕隆冬的晒麦棚，大胡子连长四下转悠，吓死人啦！"

我高兴了。北大荒的回忆能填平我们今天的沟壑："你还记得这些？"

"当然！怎么会不记得？可过去喽！"

"你快来听听这盒磁带吧！它能唤回我们许多美好的感情……"

她不说话了。

"饭晚会儿，没关系！"说着，我走到桌旁，找那盒磁带。没有了。我走到录音机旁，揿动键钮。啊！磁带已经装在里面了。

"你都听过了？"

没有回答。

"怎么啦，你？跟木头人一样？"

还是没有回答。

在标名"PLAY"的键钮上，我按了下去。那盒迢迢千里而来的磁带转动了。声音响起来了。呵！什么声音？怎么变成了苏小明的歌声："毛毛雨呀毛毛雨，你是多么温柔……"

"怎么？怎么搞的？"我莫名其妙。

"刚才，小弟他们要录苏小明的歌听听玩。我没注意，用了这盒磁带……"淑敏垂下头。

没注意？你为什么没注意？你都注意什么了？

毛毛雨？！倾盆大雨！！我火了，心怦怦地跳。在我们的一生中，也许只会有这一次重返北大荒的真实记录……我对不起那些北大荒人啊！

"咚咚咚"，我在小屋里来回踱着步，象一头笼中狮。小真真吓得扑在淑敏的怀里。

淑敏大概象一条鱼，刚才沉在了水底，现在又缓了过来，冒出水面，气咻咻地对我说："你要怎么样？你看把孩子吓的？你还要吃人怎么着？不就是一盒破磁带吗？"

"什么？破磁带？！"我更火了，顺手抄起桌上的咖啡壶，使劲摔在地上。"砰"地一声，碎片四溅，吓得小真真哇哇哭起来。淑敏也嘤嘤啜泣了。不知是心疼这个精美的咖啡壶，还是……

我紧紧攥着那盒磁带，攥得咯吧咯吧响。

啊，北大荒的声音！又在我耳旁响起，响起，愈来愈大……

一九八三年三月二十九日夜改毕于北京

已经是秋天

1

今年秋天,一个偶然的机会,我到北大荒转了一圈。离开那里整整八年了,旧地重游,真是别有一番滋味在心头。回到北京后,我想约原来一起在北大荒插队的"老插"们再聚会聚会,转达转达那些老北大荒人的问候和关切,又怕大家忙,热气不足,聚会成了泡影。要知道,大家先后脚从北大荒回到北京这八年当中,各自东西,很少能碰个面,有点鸡犬不相闻,老死不相往来。更何况,每个人都背着家庭的小夹板,象上了套的车,小车不倒只管推吧!北京城的生活,早上,挤车、上班;晚上,取奶、买菜、生火、做饭……一天二十四小时象安上轮子在飞转。忙得你脚后跟恨不得能打后脑勺。哪里会象我刚刚从北大荒归来,有着这份激动的心绪?

我错了。

我给周平打电话,刚刚挂通,听我讲完,他头一句话就说:"咱们当然得聚会聚会了!你定日子、地点吧,我是碾道的驴,听喝!"临放下话筒前,他又说道:"吴、郑两位大诗人,我负责通知了!"

看看,多大的热情!毕竟是一起在北大荒摸爬滚打过来的,这感情就是不一样。可以和那些扛过枪、渡过江的父辈们的情谊比比哩！

我马上又给王乐元打电话。他的声音响得震我的耳朵："难得！难得！再忙，这聚会不能不去！你还记得咱们在北大荒时的聚会吗？"

这句话更激动得我心里象冒起了火苗苗。北大荒的聚会，那象梦一样的聚会，逝去了，却忘不了……

2

春天。每一年的春天。当覆盖了一冬的冰雪刚刚融化，一滴滴，渗进黝黑的土层，大地变得松软，富于弹性，但还没有翻浆，变成一片泥泞的时候；当沉睡了一冬的七星河刚刚苏醒，大块大块的冰排，轰隆隆响着，撞击着，满河奔腾，一只只洁白的天鹅和长脖老等在河面上尽情飞翔的时候；我们几个人都要聚会聚会。每一次，我都是东道主。因为我们之中，我年龄最大，被尊称为大哥。我尽量准备好冬天进完达山打来的野鸡、狍子；秋天进老林子摘来的猴头、蘑菇；开春在田野里采来的金针莱……再开上几筒各式各样的罐头，摆上一排六十度的北大荒白酒和852农场的特产山葡萄酒。我们要来一顿地地道道北大荒风味的野餐！

那时候，大家相距最近的要属周平和我，十里地。相当从北京火车站到和平门了。最远的是我和王乐元，三十里地。可以从天安门跑到颐和园了。那时候，距离似乎缩短了。里变成了尺，十变成了一……啊，北大荒，真是神奇的北大荒！

每次聚会，总是周平第一个到。他是一个瘦瘦、矮矮的小伙子。似乎是在国家自然灾害那几年明显的营养不足，而未发育完全，象一条风干的鱼。虽是春天了，他依然要穿着从北京来时发的仿军大衣。大家戏谑为"国防加强特别绿"。没有办法，他暂时没有换季的衣服。队上连年亏损，年底仅仅发了他三十块钱。寄给老母亲二十，还剩下十块，为了这次聚会，统统买下队部小卖店仅有的五瓶烧酒。

这一下，惹翻了队上正在打井的弟兄们，一个个找上门来，叫道："周平，就这么几瓶酒还让你垄断了，你还让不让我们活啦？"

打井这活，不是好玩的。别看春天了，北大荒的春风可不象北京那么柔和，尖硬得仍象小刀片。谁下去打井，也得灌两口烧酒暖和暖和身子呀！没有酒，今儿这活难干。小伙子们开始动手抢酒了。

周平在队上一直喂猪。这时，正往猪圈挑食。听说五瓶烧酒被抢走了，两桶猪食撒在地上，他也顾不过来了，撒腿就跑，拦腰截住他们：要酒！

"要酒可以，这井你得替我们打一打！"这伙人看看他那瘦小枯干的样子，成心来了个恶作剧。

"行！"

周平真的下井了。巧不巧，还没打一个小时，井喷水了！凉渗渗的水喷了他一个透心凉，刚刚出了一身的汗全浇了下去，冻得他浑身直打哆嗦。大伙把他拉上井口，几件棉大衣把他团团围住，又捂出一身汗。

"为了庆祝井喷水，咱们得干一杯！"有人提议。

"对！咱队连年亏损，今年有了井，有盼头了！周平给咱队带来好运气，是得干一杯！"有人应合。

"那不行！"周平坚决不干。

最后折中、妥协：五瓶中开两瓶，一人一小杯。杯和杯碰得山响，欢笑撒满原野。大家也不白喝，喝罢之后，特地把前几天打的一只狍子割下半扇送给他，支援我们这次的聚会。

这一会热，一会凉的，晚上，他浑身烧得烫人。一试表，三十九度四。打了一针青霉素，第二天兜里揣着一针青霉素，扛着半扇狍子，不管猪号的老饲养员怎么劝，也不管那群猪八戒怎么叫，一清早他就往我这儿奔。宁失江山，不失约会呀！那时候，每一次的聚会，都是极其神圣的，都象磁铁，牢牢吸引着大家的心……

为了那次聚会，吴新和郑宝山险些没丧命。吴新胖胖的，在队里食堂当司务长，长得象相声演员马季。郑宝山高高的，在队里开拖拉机，长方形脸膛，眉眼周正有神，长得极象现在的排球健将汪嘉伟。不过，两个人既不爱说相声，也不爱打排球。他们都喜欢写两句歪诗，曾经给我们农场的小报偷偷投过无数次稿。可惜，一直到快离开北大荒之前，才登出来他们两个人共同创作的一首诗。拿来一看，五十行的诗删成四句民歌体了。不问收获，只管耕耘。他们照样写，照样乐啊。

不过，过一片飘筏甸子的时候，他们可顾不得什么诗了。他们的鞋、裤腿都湿了。要来聚会，这是必经之路。我们管这片飘筏甸子叫"昆明湖"。它可没有一点儿颐和园昆明湖绮丽风光，那里面几千年淤积的泥草，象深深的大酱缸。必须小心踩在厚厚的草筏子上。一不留神，弄个透心凉是轻的。掉进大酱缸，小命就呜呼哀哉了。

吴新胖胖的身子已经陷进飘筏甸子里，他大声呼喊着郑宝山。郑宝山伸出瘦长的胳膊拽着他，刚把他拉上来，自己又掉下去了。吴新又开始拽他。这比不上昆明湖上荡桨或者戏水，可不是闹着玩的！……

那一天，天都擦黑了，这二位还没有来。我们都有点担心了。我和周平赶到"昆明湖"。"吴新！""郑宝山！"我们俩拼命地叫着。

天已经完全黑下来，只有几颗疏疏落落的星星，没有月亮。飘筏甸子摇荡着枯黄的草，飒飒之声令人不寒而栗。荒寥的草甸子上只有空旷的回声，和几只水鸟凄然的鸣叫。

我们正要向飘筏甸子深处走去，对面走来了人影。黑暗中，谁也看不清谁。但我们几乎同时喊出了："郑宝山、吴新！""周平、韩大哥！"

他们迷路了，险些在"昆明湖"中丧生。

"快回去吧！今天的聚会又添彩了！回去好好给大家讲一段'昆明湖'遇险记吧！"我说。

"什么'昆明湖'，纯粹'害人湖'！"吴胖子说话一向冲，忿忿地骂道。

为了那次聚会，遇到更艰难、危险的，是王乐元。他离我这儿最远，为了准时赶到，天蒙蒙亮就得上路。那是一个雾气蒙蒙的清晨。走到半路上，他的背后跑过来一只狼，他一点儿也没有发觉。狼立起身子，前爪搭在他的肩膀上,后腿跟着他一起走。这是狼最恶的一手,只待人惊慌,一回头,立刻咬断你的喉咙,成了它的口中食。王乐元镇静地一步步往前走。狼大概也奇怪,这人怎么没慌张,也没回头,反倒还是那么若无其事一步步往前走呢?狼不敢轻举妄动了。他和它都在静静地往前走。他和它走得都有些累了。王乐元从裤兜里悄悄掏出一把尖刀,一边走,一边使劲往后一戳,刀正对准狼的心脏,"嗤",扎进去了,只听狼尖叫一声,随后,王乐元两只手抓着狼的两只前爪,一个大背挎,把狼摔倒在地,狼呻吟着,象一摊泥,再也爬不起来了。王乐元全身汗淋淋,大口喘着粗气,一下子也坐在地上,半天起不来了……

那一次聚会,大家多喝了几瓶北大荒酒。暖过身子,抖擞了精神,我们两位诗人当场赋诗一首。诗写得不怎么好,听起来却格外振奋。我们毕竟战胜了狼,战胜了"昆明湖",使井喷水了……诗毕竟表达了我们青春的激情和理想。"什么时候开发'昆明湖'了,咱们出把子力气,再聚会聚会,就到'昆明湖'上!"王乐元的提议,使我们的聚会达到了高潮。为这个提议,大家又连着干了好几大杯……

3

回到北京了,我们却再没能聚会聚会。我真后悔,为什么我就没有想起过呢?我也骂他们几位,为什么都没有想起过呢?莫非聚会这个词在我们的辞典中已经被淘汰了吗?

那最后一次聚会是在什么时候?啊!是在我拿上一叠盖满朱红大印的证明材料,办好了病退回京的一切手续,要离开北大荒的时候!那时候,终于实现了我们的愿望,我们在亲手开垦出来的"昆明湖"上聚会了!全农场调动了上百台拖拉机,奋斗了整整两个冬春,这片沉睡的荒原终于苏醒了!那一年春天,头一次播下的大豆种子吐出了小芽,绿茸茸一片,绿得真让人心醉。风一吹,轻轻摇曳着,象晃着无数顽皮的小脑袋……可是，我要走了！为了开发它，我们一起流过汗，出过力！它，曾燃起过我们青春的光和热，曾为我们那几年的聚会添过光和彩！可是，我第一个要走了……

那一天，大家只喝闷酒，话不多，酒喝得也不多。似乎话、酒和周围的空气都凝固了。

"还记得我和吴新前几年在这里遇险吗？"郑宝山说。

我点点头，说不出一句话。

"还记得我扛着半扇狍子去聚会吗？"周平说。

我点点头，眼泪差点儿没掉出来。

"喝！喝！还说那些干嘛？"吴新给每人倒满酒，亮亮的大嗓门说道。酒，咕嘟嘟地流进大茶缸子里，大家捧起来，真有点易水惜别的悲壮气味。

"为什么不说？我非说不可！那些不是我们的走麦城，是我们的骄傲！为了北大荒这块土地，我们贡献了青春，寄托了理想！怎么？不对吗？为了这个倒霉的'昆明湖'……'昆明湖'，什么他妈的昆明湖……我开着拖拉机曾经五天五夜没下车……开荒！开呀……开呀……"郑宝山喝醉了，话一下子多起来，止也止不住，一直到"哇"地一声，吐了一地，才止住了话。刚刚吐完，他又嚷开了："哎，怎么王大场长还没有来呀？"

当初，王乐元独身一人拼死一条狼，没过多久，记者就在报纸上发表了一篇题为《胸有朝阳战恶狼》的长篇通讯，颇有些武松打虎的劲头。从此，他便官运亨通。队指导员、分场副场长，总场副场长……副场长嘛，当然忙啦！不过，这样的聚会，他可是从来没落过一次空呀！副场长，那是大伙这样叫他！在我们几个人的眼里，他还是他王乐元。他自己说："纯粹是误会！不过也好，让我当这个副场长，也能替咱们知青说说话！"这次病退办得这么痛快，主要功劳得归于他。

"不来，算！咱们再喝！"郑宝山还要喝，大家拦住了他。

"韩大哥，我没有别的送你，早想好了鲁迅的两句诗。叫什么来的？吴胖子……"他说话已经颠三倒四了。

"'我亦无诗送归棹,但从心底祝平安'。"吴新一边扶着他,一边说着。

"对!平安!平安……"

这时,一个小豆子跑了过来。他是王乐元的通讯员,叫沈京京,六九届毕业生,比我们起码小六岁,刚从北京来插队两年多。我们从不叫他的尊姓大名,见到他,就叫他"小六九"。

"'小六九',你们大场长不来,派你来干什么?"周平问他。

"王副场长让我做全权代表!他正开会,没空来!"他倒挺严肃认真。说着,把夹在胳肢窝里一卷东西打开,"这是王副场长让我送给你的,做个北大荒的纪念!"

我接了过来,一张狼皮褥子。那是王乐元亲手打死的狼做成的褥子啊!那是他用一条命换来的啊!他一直把这褥子当宝贝,不止一次说:"这是北大荒送给我最好的纪念。"现在,他把它送给了我!

"王副场长说值得纪念的不是这狼,而是北大荒……""小六九"又说道。

"就你知道!用你解释!"吴新粗暴地打断他的话。

"本来嘛!这话说得就对!"

"对个屁!王……王……他是什么场长!"周平不知哪儿来的那么大火。

这就是我们的最后一次聚会。少了王乐元,却多了一个"小六九"。北大荒啊,从此,你就只在我的梦中!如果不是我这次能见到你,也许,你就真的从我们记忆中滑走了吗?值得纪念的到底是什么?聚会的意义又到底是什么?那时,我们真正体味到了吗?现在呢?啊!狼!北大荒!狼皮褥子……

4

我们今天的聚会定在中山公园。本来想在香山,正是秋天,看看红叶,忆忆往事,该多有情趣。可是,大家都嫌远点。又想定在十五年前临到北大荒插队之前聚会的地点：龙潭湖。大家又觉得土点。最后定在中山公园的藤萝架下，星期天下午两点整。我带着小女儿小梅提前半小时就到了这里。

秋天的公园没有青翠的嫩颜色，也没有大红大绿的喧闹。那分别是属于春天和夏天的。现在，四处是一片深沉的色泽。五叶枫红了，象穿着一身漂亮嫁衣的新娘。阔叶杨泛黄，阳光在每一片叶上跳跃，象画家调好了金黄的颜色，均匀地撒在上面，闪着光，迷着人的眼睛。金丝菊开了，梧桐叶落了，一缕缕桂花浓郁的香味，从四面八方涌来，仿佛打散了好些个馨香四溢的麝香袋……秋天，真美！是一年中成熟的季节！

广播喇叭里播送完游园须知后，播送苏小明唱的《走在乡间的小路上》。唱得抒情、甜美。一切气氛，和我们今天的聚会是这样的协调！啊！今天的聚会，有藤萝，有花香，有长椅，还有歌声……没有风雪，没有泥泞，没有飘筏甸子的恐怖和狼的威胁……

"爸爸！叔叔们怎么还不来呢？"

孩子早等得不耐烦了。都已经两点半了。

"快啦！快啦！"不知为什么，我对这次聚会是这样激动，这样渴望！是为了唤回对北大荒的感情和回忆？是为了唤回我们自己的青春和理想？还是为了转达北大荒老人们的问候和关切？我说不清了。

直至三点半，才象变魔术一样，这几位都陆续出现在藤萝架下。"叔叔来喽！叔叔来喽！"小梅拍着手，高兴地叫着。

"哎呀！我还以为你们不来了呢！"我指指手表，嗔怪中又有喜悦。毕竟多日不见了嘛！

"能吗？这样的聚会，我们什么时候不来过？"周平说。

"没忘了，韩大哥还象以往一样是东道主，呆会儿请我们诸位在旁边的来今雨轩吃一顿呢！"胖子吴新说话还是那么亮嗓门，惹得旁边的游人不住往这边多瞅几眼。

王乐元说："吃倒是小事，关键是咱们几个人回到北京，先后脚也都七八年了吧？要不是韩大哥提议聚会，咱们还摸不着见面的机会呢！"

我笑了:"这倒真是!在北大荒,那么苦,那么险,那么远,还聚会聚会,一回到北京,倒没空儿了!你们说说,咱们可真是变了!"

周平说:"当然变了!你看看你都一分为二,又变出一个小孩子了。我们呢,当初到北大荒时,下巴还没胡子呢。现在,毛刷子啦!"

"那你说说,咱们是变好了,还是变坏了……"

吴新打断了我的话:"咱们不讨论这些哲学问题。好不容易凑在一堆儿,谈点儿实际的!"

吴新鸟枪换炮了,现在是一家正在兴建的饭店经理。刚回北京时,凭着在北大荒食堂干过几年的手艺,先考进一家饭馆,由剥葱、砸蒜、刷碗、生火,奋斗一年半,就升为红案组组长。他自己真刻苦钻研,星期天不休息,从前门老正兴到西四沙锅居,再绕到王府井萃华楼,见庙就烧香,见师傅就拜,真学会不少手艺。没过一年半,升为掌勺的主厨。这小子对象也先不着急搞,诗也不写了,干一行,爱一行,从北京图书馆借了本料理专家筱田统博士的新著《中国食物史》,自己翻开了古籍,查资料,要搞一本中国人自己写的食品史。这气魄,不胫而走,传到领导耳朵里。小伙子有志气,是块材料。正赶上提拔年轻人。提!一个三级跳,提成饭店的经理。好劲!十层的大楼盖起来,好堂皇,好气派哟!吴新这个胖子,大腹便便,还真有点儿经理的派头哩。只是说话还是那么直愣愣劲儿。

郑宝山接过吴新的话茬:"对!好不容易见了面,先聊聊!我说诸位,你们谁和哪家报纸杂志的主编有关系?普通编辑也行呀!"

在这帮人里,他和我混得最次。人家周平现在是一家肉类加工厂供销科科长。虽然在北大荒和猪八戒打交道,现在还没有离开猪八戒,成色可大不一样。不是吹牛,北京城四大城区,三大近郊区,起码有一半猪肉要经过他大笔一挥,才能出厂装车运走。王乐元是天生当官的苗子。要不是最后他病退回北京,据说要提拔到总局当头头去呢!现在,回北京了,不是副场长县团级的干部了。可比县团级干部还有实权,当上了房管所所长。北京城,虽然前三门、团结湖的楼房一片片如雨后春笋般冒出来,房子照样挤得要命！掌管房子大权的主儿，简直就是峨嵋山顶庙里的金佛，朝拜的人海了！我呢，回到北京，老早就结了婚，拖家带口，到现在还在街道一家服装厂干活。郑宝山回到北京一直待业，去年好不容易凭着在北大荒开拖拉机的技术，才熬到了汽车队，一直给人家当司机助手。

"怎么？老兄，还写诗呢？有和尚没庙，没处发表，找庙门呢？"吴新打着哈哈。原来他们俩人最要好，回北京后象续上水的茶，渐渐地淡了。

"诗？早不写了！改写小说了！"郑宝山说。

"嗬！写小说了！"大家都瞪大了眼睛。

"现在行情变了！写诗的比看诗的还多，诗不值钱了，小说长行势喽！"

"哟！"周平说，"没把咱们几位写进去吧？"

"不瞒你们说，还真把你们几位写进去了。"

"稿子就在我书包里，你们哪位认识主编、编辑五六的，帮咱递递！现在，干什么也得走后门。没个认识人，稿子就是卖不出去！"

我开句玩笑："八成你那稿子象我们服装厂的衣服，横是质量不成！"

"质量不成？"他急了，"赶不上王蒙、刘心武，我承认。比那些一般发表的，我看一点儿不差！"

周平说："你都写的什么呀？这么吹牛皮！"

"这留着呆会儿上来今雨轩，一边吃，一边消消停停说吧！你们哪位认识人？帮我把这篇小说发表了，稿费，我全部拿出来请客！"

半天没说话的吴新眯着眼睛笑道："这事，你交给我吧！"

"你认识人？"

"暂时不认识，以后马上就认识！"

"你打的什么哑谜？"

"我们饭店马上要落成，全国那些编辑到北京开会、办事，怎么也得摊上几位住我们这儿吧？东方不亮西方亮，这家不行那家还不行？你等着吧！要说以前咱们一篇也发表不了，好容易发表一篇，五十行诗剩下四行了。眼下，你敞开写吧！"

"看你说得这份玄乎？"

"玄乎？比这玄乎的事有的是！"

"那倒真是！这叫会者不难，难者不会。有些事，看起来好象挺难，在有些人手里就不难。可有些人手里再容易的事也犯难。"小个子周平说着，大家无不频频点头称是。"你比如说换房子的事吧，难不难？在咱们王乐元手里，易如反掌！"

王乐元燃起一支香烟，又递给一人一支，英国三五牌香烟，我见都没见过。不知道这小子哪儿弄来的。

"你先别给我上眼药吧！说吧，是不是想换房？"王乐元美滋滋吸口烟，说道。

"看你说的！咱们一起在北大荒爬过呢！能这么生份？我说，现在市场上瘦肉可不好买，要点儿不？"

"说起瘦肉了，看你们缺德不缺德？现在兴卖一种叫什么'肉包肉'的！"

这我倒买过。外面浮头一层瘦肉，里面包的全是肥膘子。纯粹骗人！

周平冲大伙说道："诸位，买肉找我去呀！扛半扇瘦猪回去怎么样？排骨、下水、心肝肺……一次性处理！"

王乐元又一人递一支三五牌香烟，说道："下月我弟弟办事结婚，还真得找你去！"

"那没问题！随叫随到。我那房子……"

王乐元哈哈笑起来："我就知道你在这儿等着呢！"

"没办法！我那房子靠着我们肉联厂，整天燎猪毛味儿……"

这不明显地在做交易吗？难怪房子挤、瘦肉难买。要都象他们，就更挤、更难买。我们已经走到筒子河边。苍郁松树针叶间筛下点点秋光。对面故宫的角楼正挂着一只风筝。一对年轻的夫妻领着个小男孩，怀里抱着一大包香蕉和苹果。秋色真美，充满芳馨和果实成熟的清香。我们呢？却谈起了这些！我真想说他们几句，没容我说，胖子吴新直戳戳对王乐元说话了：

"我说我早跟你说的怎么样了？"

"还换房？"王乐元问。

"看你说的！"

郑宝山大手一挥："你们谁先换了房搬家，我先给你们谁开车装家伙！"

"好！够哥们儿！"

"看你们，哪儿是来聚会的，简直象做交易！"我忍不住了。

周平反驳我："怎么？你以为还象以前那样老八股？还象那时聚会起来，谈什么理想、抱负，开垦'昆明湖'，建设北大荒，'志存胸内跃红日，乐在天涯战恶风'呀？咱们吴、郑两位大诗人的诗吧？然后咱们再到北大荒的贫下中农家访贫问苦，听他们白乎一通？算了吧！"

王乐元摇摇头："也甭那么说，那些次聚会还是留给我们不少难忘的回忆！"

"回忆管什么用？回忆象画，哪怕是个美人，也只能看看而已！"

"跟你一起写了那么多的诗，就这一句还象诗！……"

大家纷纷发起了牢骚，尽情地骂着不平。也许，他们说的有道理。仅仅靠回忆，填不平今天的沟壑。可是，斩断了昨天，难道今天会充实吗？我有些糊涂了。

"韩大哥！你现在还这么纯洁得象圣教徒呀？"吴新对我说道，"有什么为难的事需要咱们弟兄们帮帮忙？跟你说实在的，咱们之间不搞那一套拉拉扯扯！只有咱们的关系才是真正的友谊！"

是的！我有什么需要帮助吗？啊！小梅，家里没人看，幼儿园没关系、没后门，楞是进不去。"你们谁帮帮我找个幼儿园，我就念佛了！"人都有难处，船都有浅处啊！提提这，不算什么吧？

"这事，你怎么不早说呢？交给我！"周平一把揽过来。他说得真对，再难的事，在有的人手里也变得容易起来了！

郑宝山眨眨眼睛，问："你管猪肉，还管着幼儿园啦？"

周平胸有成竹："我管不着幼儿园，可幼儿园得吃肉吧？"

王乐元一甩烟头，说："行！一句话，截啦！"

"我这好几年的心事，没想到今儿这聚会上解决了！"

"你看看！是现在的聚会管用？还是过去北大荒那柏拉图式的聚会管用？"周平问我。

我说什么呢？人啊，是多么容易满足眼皮底下的事，又是多么容易忘却了过去的事？就在刚才我还责备别人做交易呢。现在，我呢？是啊，我实在羞于启齿，迫于无奈。啊，这是多么软弱，经不起轻轻一击的借口啊！我拉过小梅："快谢谢叔叔吧！"

小梅噘着嘴，半天没说话。

我推推她："快说啊！"

她憋了半天，终于说了："爸爸，我饿了！"

啊！光顾着神聊海哨了。天已经不早，晚霞正在松树枝头飘散，筒子河里也已落日溶金。

又是一桌子菜。又是一桌子酒。没有了狍子肉。没有了完达山的猴头、木耳。没有了北大荒的烈性烧酒和852农场的特产山葡萄酒……啊！没有的东西太多了！北京城并不是什么都有的。有些东西没有了，失去了，再想失而复得，是多么不容易呀！而失去了，我们往往并没有注意，更没有意识到失去的是值得珍惜的，是宝贵的。并不都是狼！

5

聚会结束了。没过几天，我的女儿进幼儿园了。郑宝山的小说能不能发表不敢保证，但却是辗转送到一位编辑的手中了。周平和吴新的新房子也都有眉目了。而我们只要有空，想买肉，总可以买到市场上难得见到的瘦肉。没白白辜负了这次聚会。我们毕竟得到了不少。大家相约：这样的聚会以后一定要常搞些，别忘了当年的情份和友谊。下一次聚会，把各位的夫人都要带上呢！

毕竟已经是秋天了。我们已经成熟了。

成熟了吗？

就在这次聚会的第二个星期天上午，我带孩子上公园回到家里，爱人告诉我有人找过我，而且直责怪我上星期天在中山公园聚会，为什么没有叫上他？我问爱人认识他吗？她摇摇头。留下姓名和纸条吗？没有。

"他只说今晚上还要来找你！"爱人说。

是谁呢？我怎么也想不起来了。这次聚会该通知的人都通知到了，没落下一个人呀！

晚上，他来了。啊，是"小六九"沈京京！

"你怎么把我给忘了呢？忘了你们最后一次聚会还有我一位呢！"

我不是忘了。根本就没有想起应该叫上他。

"我是在大街上碰见了王乐元，听他讲起来的！"小伙子说得挺激动。他显得比我们要年轻得多，一脸朝气。其实，他才比我们小六岁，仿佛差着好几个节气！

"听说你去了一趟北大荒，真羡慕你！我还真想那里呢！"他坐下来，和我唠起来，问起我这次回北大荒见到的一切，问那些老北大荒人，问"昆明湖"那片荒原现在建设得怎么样了……问了个底儿掉，门儿清。他还是象在北大荒时那样纯洁、天真、一派真情。啊！这些，为什么上星期天聚会时没有人这样详细地问起呢？为什么只有他问起了呢？

"象炒熟的豆儿一样，我们一个个都蹦回北京了。一眨眼，七八年过去了！你说，这人也真怪！在北大荒时，想北京。回北京了，又想北大荒了！"临告辞时，他走到门口，又停下来，特意嘱咐我一句："下次聚会，说什么你也得叫上我！见不到北大荒，常关心关心它，念叨念叨，也好啊！"

他走了。我犹豫了：下一次聚会，要不要叫上他呢？

一九八三年二月二十七日于北京

木牌儿

进天鹅岛农场不远,路边立着一块水曲柳的木牌儿。常年风雨的剥噬,牌牌上面的油漆早已斑驳脱落,木质纹也磨平、发白,失去了光泽。上面刻有几行字,要仔细辨认,才可以依稀看清:"天鹅岛上的第一个小公民梁月鹅生于此地。一九五八年五月十七日。"

章理,站在木牌牌前,眯缝起眼睛仔细地望着它。纵横的鱼尾纹,象木牌牌的木纹,紧紧包围着他的眼角。

啊!木牌牌还在!还在!二十多年了,它还立在天鹅岛的路口,象个路标,指着进岛的方向。章理的心中注入一股激动的心绪。他跳上车,拍拍司机的肩头,说道:"快点儿开!"

二十多年前。这块木牌牌,是章理亲手把它立在这里的!

那时候,十万转业官兵由王震将军带队,浩浩荡荡开进了北大荒。天鹅岛,啊,什么天鹅岛呀!它四周被几条河环环围住,仿佛象岛,其实,不过是一片荒草甸子,哪里有个名字?

队伍刚进岛时,唿啦啦,从草甸子里飞出一群天鹅,拍着洁白的翅膀,遮住了半边蓝天。那景象,煞是壮观!再看草甸子里,一个个晶亮晶亮的天鹅蛋,象一颗颗闪亮的白珍珠,镶嵌在湛绿湛绿的乌拉草、七节草和芦苇之中。

"场长！我给咱们这个岛起个名字咋样？"

开着一百马力拖拉机的梁立山脱下军装，包起一大包天鹅蛋，笑呵呵地跑到章理跟前说。

"好呀！"

"就叫天鹅岛怎么样？"

天鹅岛，就是这么叫起来的。

就在这一年春天，梁立山开荒探路时，连人带拖拉机一起掉进草甸子中的"大酱缸"里，常年积聚在一起的淤泥和烂草毫不留情地吞没了他。他的身后是两排履带刻下的凹凸不平的辙印。辙印旁边是纷纷倒下的小草和姹紫嫣红的野花。

这就是通往天鹅岛深处的第一条路。

也是这时候，梁立山的妻子拖着怀孕的身子，从家乡湖南来了。住在岛外面的家属接待站里。没人敢把这消息告诉给她，只是劝她暂时先不要进岛。

"为什么呀？我大老远来，就是来进岛找老梁的呀！"她一口浓重的湖南乡音。

"为什么……？"谁也说不清为什么？可是，谁也不愿意把噩耗告诉给她。只是固执地不让她进岛。

一个月明星稀的晚上，一辆拖拉机拉着一爬犁面粉和青菜进岛时，她悄悄地爬上爬犁。北大荒的春天好漂亮哟！草在迎风摇曳，一层层绿色的波浪，一直滚向遥远的地平线，草尖上升起淡淡的水雾，朦朦胧胧，影影绰绰，象披上一面透明的轻纱。一轮桔黄色的月亮，象一盏辉煌的大灯笼，永远在爬犁前面晃动着，洒下柔媚的清辉，轻轻地抚摸着她和腹中一个劲踢蹬的小家伙。整个天鹅岛仿佛伸出无数温暖、深情的手臂，在拥抱着她，融化着她……

也许是环境太美了吧？也许是她太激动了吧？怀中的孩子急不可耐了。拖拉机刚刚驶进天鹅岛不远，小家伙就在"路"上呱呱坠地了。一听到消息，章理提前散了党委扩大会，带上卫生员，抱着被子、毯子，急忙赶来了。

孩子、大人双双平安。是个小女孩，大大的眼睛，还长着一对小酒窝哩。蛮漂亮！这时，天已经亮了，玫瑰色的晨曦飘散在天边。从晨曦中飞来一群洁白的天鹅，绕着拖拉机顶翩翩飞舞着，飞去了。仿佛也在庆贺天鹅岛的第一个小公民的诞生。这真是一个吉祥的征兆。大月亮地生下来的，这是天鹅岛几千名转业官兵中第一个出生在岛上的后代呀！就叫小月鹅吧！章理给起的名字。

梁立山的爱人，知道了丈夫牺牲的消息后，呆住了。不哭，也不讲话，眼睛直盯盯地望着孩子。出满月后，她抱着小月鹅悄悄跑到老梁的坟头，伏在坟头上痛哭了一场。哭罢之后，她找到章理，要求带着小月鹅留在天鹅岛。章理的眼睛里蓄满泪水，点了点头，他说不出一句话。

就在小月鹅出生的地方，章理亲手树起了这块木牌牌。

"让天鹅岛的后来人看看，这是我们天鹅岛上诞生的第一个小公民！我们要作为永远的纪念！等小月鹅长大后，我们一定让她生活得更幸福！"

从此，从来没有名字的天鹅岛一下子轰动了。农场参观，记者采访，作家诗人赶来写作……天鹅岛上了报纸；那能遮住半边蓝天的天鹅群的壮观景象上了画报；这块木牌牌，和绽开两朵小酒窝的月鹅也被拍成照片，上了报纸，给予了详细的报道。人们对天鹅岛和小月鹅未来的前景，都充满着无限的憧憬。小木牌牌啊，当时人们责怪章理做得太小了呢！应该做得再大些，再漂亮些，请诗人再题上两句诗！它成了升起在人们心上的一颗希望的星……

吉普车开到场部。场长是位留在农场的北京知青。他早已经准备好一桌丰盛的酒菜，热情迎接章理的到来。章理是老场长了，又刚刚落实了政策，恢复了副局长的工作，首先就回老家天鹅岛看看，大家当然要弹冠相庆一番。

"你知道梁月鹅现在在什么地方吗？"这是章理见到年轻场长问的第一句话。

"梁月鹅？"场长沉吟着。全场近万名职工，他记不起这个名字。

"就是天鹅岛的第一个小公民呀！"章理进一步解释。

"第一个小公民？哦，听说过！听说过！现在在哪儿，可说不好了。先吃饭吧！呆会儿我让人到劳资科查查！"

"现在查一下好不好？"

饭桌前，章理没有吃出什么滋味，只觉得菜在胃中蠕动，酒辣辣地象火一样灌进喉咙。他的脑子里装的全是那块木牌牌，全是小月鹅。二十多年前，她父亲是个英雄，她是天鹅岛上的一颗明星。眼下呢，人们竟忘却了她，甚至连她在什么地方都要查一查了。似乎一个活生生的人，变成了一块死木牌牌，随便搁置在什么地方了。一种酸楚的感觉从章理心中涌出，拱上了鼻尖。

查到了。梁月鹅在六队开拖拉机。和她爸爸一样，也是个拖拉机手。

当天下午，章理就由场长陪同着来到梁月鹅家。一圈木栅栏围着，一个小小的拉禾辫草房，栅栏上爬满猩红的喇叭花和紫嘟嘟的扁豆花。栅栏下，几只母鸡扑闪着翅膀，躲开客人，咯咯咯地叫着，跑进院里，向主人报信去了。

出来的是月鹅的母亲。二十多年过去了，她认不出章理来了，眼睛闪着迷惑的光。

"老嫂子，我是章理呵！"

"章理？"她眯缝起皱纹渐多的眼角。

"当年和老梁一起开荒的战友啊！"

"哦！哦！你看我这眼神！"还是一口湖南乡音，里面夹杂着些北方的韵味。

她开始张罗起来。

"大嫂，你别忙乎！小月鹅呢？"

"她，去给大豆地中耕了。你们先坐，喝杯茶！多少年了呀……"

年轻的场长早打发人去找梁月鹅了。不一会儿，她回来了。这是小月鹅吗？油污的工作服，发灰的蓝纱巾，衣服上挂着露水，头发上挂着草瓣，脸黑黑的，颧部泛着紫红，常年野外作业，风吹的。小时候，她是蛮漂亮的呀。

怎么现在变丑了呢？眼睛似乎小了，酒窝不见了，脸也变瘦了，拉长了。一定是这些艰苦的生活扭曲了她的形象。岁月和大自然的雕刀也太不留情了，把她雕刻成这样一副模样！她不应该是这样的！天鹅岛的第一个小公民不应该是这样出现在自己面前的。她应该永远保留着小时候那漂亮、可爱的形象！

"还认得我吗？"

姑娘摇摇头，脸羞得通红。

"我是你章叔叔啊！"

姑娘又摇摇头，脸红得更厉害了。

"她没见过生人，没见过世面，长这么大还没出过天鹅岛呢，连宝清县城都没去过一次呢。从小就不爱讲话，也不懂个礼。你别见怪！"母亲一再替女儿解释着。

"怎么，你忘了？头一次抱上你，好沉，你毫不客气尿了我一身！"章理想尽可能说得轻松些，使紧张尴尬的气氛活跃起来。

谁知道，姑娘羞得更厉害，头垂得更低，象株弯弯的谷穗。

"开了几年拖拉机了？"章理问。

姑娘伸出一个手掌，还是没说话。

"五年了！老师傅了嘛！"

姑娘抿着嘴唇微微地笑了。只有那笑，使章理恍惚还记起小月鹅当年的风采。

坐上吉普车回场部的路上，一个念头已经牢固地扎根在章理的心头。她的父亲为天鹅岛立过功，她又是天鹅岛的第一个小公民！人们曾经对她寄托过希望。可是，现在呢？她竟然还是这样孤零零、默默无闻地生活，甚至连天鹅岛都没有出去过。难怪路口的木牌牌没有人想起要修一修，油一油。似乎那是被人们遗忘的一件废物，扔在墙角的一个破罐头盒。这太不公平了！

"你们为什么不培养一下梁月鹅呢？"坐在颠簸的车上，章理对年轻的场长说。

"这个问题，我们忽视了！"年轻的场长感谢章理的提醒。

"你想想，她是咱们天鹅岛的第一个小公民，这本身就是一部天鹅岛的开发史、建设史的活材料！如果注意培养，总比她开拖拉机对农场的贡献更大。开拖拉机的驾驶员可以找出无数个，天鹅岛的第一个小公民呢？"

年轻的场长点着头，说："那么，我们马上把她调到场部来工作。"

"已经晚了！"章理摆摆手。

"怎么？"

"我准备把她调到局里去！"

吉普车开得飞快，箭一般向场部驶去。前面是一片绿意葱茏的豆田，豆苗长势极好，如果风调雨顺，今年是个丰收年。只是见不到几只天鹅了。荒地都开出来了，没有天鹅生存的水草甸子了，天鹅都飞到别处落户了。啊，那时，能遮住半边蓝天的天鹅群，是一种什么景象啊！可惜，没有了。随天鹅一起飞去了……

梁月鹅和章理一起来到垦区总局。这是一座浅灰色的大楼。他们到达的时候，正是晚上，每一扇窗口都流溢出柔和的灯光，象眨着无数神奇的眼睛。梁月鹅从来没有见过这么高的楼，这么多的窗口，这么美的灯光。她觉得这座大楼象童话中的宫殿。

童话，已经留给了天鹅岛。

第二天早上，她从铺着软乎乎的钢丝床上起来。章理带着她，走在大街上的时候，现实向她扑来。她的眼睛睁得更大了，不够用了。车水马龙，怎么这么多的人呀！人挤着人，热闹得象过年。在天鹅岛，开着拖拉机，跑上十几里地，也见不到一个人影呢。还有那么多的广告牌，上面画着那么大的美人，好象冲着她微笑。商店橱窗里摆放着那么多的东西，连人也站在里面不动呢？哦，是木头做的。自由市场上还有南方的香蕉呢。有天鹅岛的金针菜、花脸蘑吗？……啊！松花江好宽哟，比七星河、挠力河要宽多了，还跑着冒烟的、隆隆响的汽轮……这就是伙伴们常常说的城市啊！这地方真美！真好！

现实，原来比童话还要色彩斑斓。

梁月鹅看不够地看。这对于她，是一个新的世界。转了大半天，觉得时间过得太快了，好象开着拖拉机才翻了一个地角。

章理心里感到一阵阵慰藉。他觉得这样才能稍稍对得起死去的老梁，对得起他亲手树起的木牌牌，也对得起她梁月鹅！过去的过去了，不能弥补了。现在和将来再也不能失去了。在天鹅岛时，他已经和组织部门在电话中就研究过了，决定把她先安排在妇联工作一段时间，注意加强对她的培养，然后把她再调到组织部。这样的人，在整个垦区也是不可多得的。以后，她将是一面无声的旗帜。这样的典型，是一定要树的。局组织部门支持了章理这一想法。

歇了两天，梁月鹅走马上任了。

妇联主任是位胖胖的大嫂，人极和气，脸上总堆着笑，一看就是个温顺的人。以前是一个农场生产队的妇女队长，是垦区一手培养起的土生土长的干部。她笑着对梁月鹅说："你先熟悉熟悉环境和情况吧！这是你的办公桌。"

啊！好排场的办公桌，是个一头沉。硬杂木做的，不如天鹅岛上的水曲柳、黄菠萝木的好，样子做得可真漂亮。三个大抽屉，一个小柜门，锁孔金灿灿闪着光。桌面上铺着的玻璃板底下压着张年历，印的是电影新星张瑜，张着大嘴，正哈哈笑着。梁月鹅看过她演的电影《庐山恋》。她坐在桌前的一把椅子上，一切，都挺舒适，唯独这椅子不大舒服。木头的，硬硬的，远不如拖拉机驾驶室里的皮座椅软乎。倚着靠背，踩着离合器，扶着操纵杆，望着四周一眼望不到边的原野，那滋味儿……

梁月鹅坐在椅子上，真不舒服。足足坐了一个多小时，她在等着妇联主任分配她工作，象队长每次分配任务一样："小梁，你今儿翻这块地号！你明儿给大豆中耕吧……"

可是，又等了半个多小时，也没见妇联主任走过来。妇联主任伏在桌上，不知在看什么,写什么,忙什么呢?梁月鹅沉不住气了。她轻轻走到妇联主任的身旁。

妇联主任抬起头,和蔼地问:"有事吗?"

她嗫嚅道:"分配我干点儿什么活呢?"

"什么活?"妇联主任嘿嘿笑了,"这就是工作啊!"

这就是工作?呆呆地坐着?她眨眨眼睛,鼓足勇气又说:"我不知道干点儿什么呀!"

"干点儿什么?看看报纸,桌上还有这个月的妇联工作简报,你也可以翻翻呀!"

咋!这就是我的工作?梁月鹅开始翻简报,看报纸。报纸可真多。简报可真厚。一天倒也很快就过去了。

第二天,梁月鹅又来上班了。还是翻简报,看报纸。她有点乏味了。报纸、简报上的小字象小蝌蚪在动,渐渐模糊一片,成了黑云彩,什么也看不清了。整天看报纸,也不是轻松活哩,哪里比得上在一眼望不到边的田野开拖拉机舒心、自在呀!她想天鹅岛了。

第三天快下班的时候,章理走进办公室,招呼她说:"月鹅,怎么样呀?还适应吧?"

她真想说说自己的苦恼,想让章叔叔换换自己这个工作。可是,又觉得说不出口,人家章叔叔也是好心。好不容易才把自己调到局里来。天鹅岛上多少小姐妹吐着舌头,咋着牙花子,羡慕不够呢!"这回行了,你象只真天鹅远走高飞了!别忘了我呀!……"临走时,伙伴们说了多少这样的话!还有那个和她在一个车组的小伙子,也开着玩笑说呢:"你是城里人了,也烫个卷心菜头吧!还看得起我们这窝头脑袋吗?"唉!他为什么说这话呢?是的,大家都这样认为,她简直象一步登天,象一下子迈过了好几个节气,小苗苗突然结荚,秀穗了呢!自己别不知足了!

她望望章理,点了点头,红着脸,没讲话。

"你以后要锻炼讲话!干妇联,要学会讲话,这也是艺术哩!"

妇联主任走过来，对章理说："这孩子真是朴实，一来就想干工作。真不愧是天鹅岛的第一个小公民！"

"工作有的是，以后够你干的！"

她渴望着干点儿事。

她干的第一件事，是接待一位上访的妇女。

那一天，妇联主任开党委扩大会议了，妇联其他几位同志也出门了，办公室里只剩下她一个人值班。那位妇女来了。没事干时，真闷得慌！真的事来了，她又怵头了。没办法，只好硬着头皮接待人家。

那妇女刚坐下，就哇哇痛哭起来。梁月鹅一时真不知该如何是好。一把鼻涕，一把眼泪，诉说了半天，梁月鹅才听明白，原来，她生了一胎是个闺女，遭到丈夫、婆婆的虐待。丈夫竟把她衣服脱光，抡着皮带毒打她。

"你看看！我这身上还有血印子呢！"说着，她解开扣子，敞开白生生的胸脯和后背，让梁月鹅看。梁月鹅羞得脸上象罩了块红布，不敢看。

"你们可得替我做主啊……"说着，她又哭起来了。

梁月鹅不知该怎样才能替她做主。那男人也太不是东西了。她是你的老婆呀，也不是牲口，怎么能这么打呢？可是，该对她说些什么呢？她一句也说不上来。自幼就不爱讲话，妈妈常说她是扎嘴的葫芦。她的手心攥出了汗。眼睛一直盯着玻璃板底下的张瑜。张瑜还是张着嘴哈哈大笑着。她总是那么高兴！也不知是什么事？要是她在就好了，一定会说出好多的话来，能劝这位大嫂了……

"你们妇联不给我解决，我反正是不回去了！回去了也得被他打死。我就死在你们这儿了！"那妇女又号啕大哭起来了。

"别……别……"梁月鹅劝着，话象从嘴里一个字接一个字蹦出来的，象田里炸角的豆豆。她心里真着急，恨不得主任赶快回来。

那女的一个劲地哭。哭得真让人伤心，也想哭。没办法！不回去，先找个地方住下吧。她把她领进自己的宿舍，打好一盆洗脸水，又替她买好饭:"晚上就先睡在我这儿吧!"

"你真好!你真是共产党的好干部!"那妇女连连感谢着她,扑簌簌,又掉下了眼泪。

梁月鹅羞红着脸,回到办公室。今晚,先在办公室睡一宿吧。她真想天鹅岛,想她的拖拉机。干那个,她如鱼得水。干眼前这些,她真象走进五里雾中,什么也看不清、干不来。她想和章叔叔讲讲,又不敢。她总觉得人家是一份好心,自己别不知好歹,让人家说,让妈妈骂。临来之前,妈妈还嘱咐自己呢:"这可是你的福分呀!到了那儿,要听你章叔叔的话,让你干什么就干什么!……"唉,真难!大城市、大机关并不是人人都喜欢呆下去的呢。

灯亮了。妇联主任和章理走进来,见到她问清了怎么回事。主任责怪道:"你呀,真傻!象这号的一年到头到咱们妇联来闹的有的是,你都安排到自己的宿舍里住,安排得过来吗?赶快把她打发走!"

章理笑了:"我们月鹅还是好心嘛!这是工作方法问题,以后慢慢会学会的!"

梁月鹅感到一阵愕然。

"月鹅呀,你不是老吵吵要干事吗?明天要交给你一件重要的任务喽!"

梁月鹅感到一阵内心的骚动。她早盼望着能干点自己能干的事,呆在这里,她也心安理得点。她高兴地望着章理,暂时忘记了刚才的烦恼。

"明天下午,咱们全局要召开一次青年新长征突击手大会。现在年轻人,不知道当年开荒创业的艰苦,你上台现身说法,讲讲你父亲的牺牲,讲讲你这个天鹅岛第一个小公民的诞生。这对青年们是个很好的传统教育!"

"嗡"的一声,她的脑子里象打了个闷雷。让她上台讲话!当着那么多的人!还是新长征突击手!她在台底下还说不出几句囫囵话呢!这不是赶鸭子上架吗?

"章叔叔……"

她的话还没有说出,章理笑笑,拍拍她的肩膀说:"别紧张!发言稿,呆会儿让你们主任帮你整。这叫一回生，二回熟。俗话说：熟能生巧，巧能生花。这也是组织上对你的培养和锻炼。对于你寄托着很大希望哩。明天还有一个上午，你再好好准备准备。明天的会我也参加，给你坐阵助威！"

她不知该说什么好了。

章理走了。妇联主任足足帮她熬了一个通宵，发言稿终于准备出来了。密密麻麻的小字，足有五大页纸。她简直不相信那里面写的就是她自己。捧着它们，象捧着沉甸甸的石头。

第二天，大会开始了。礼堂好高、好大哟，还有二层楼呢。墙上挂着红红绿绿的标语。台上摆着大讲桌，桌上铺着金丝绒的布，放着话筒、录音机、茶杯……好排场哟！这场面，她在电影里见过。今天，她自己要走到台上，坐在话筒前，双手扶在金丝绒桌布上了吗，简直象梦！几天以前，她还在绿油油的田野里，给大豆中耕呢！她的脚上还踩满泥土，头上挂着草瓣呢！生活，变化多快！二十多年了，她第一次尝到了天鹅岛上诞生的第一个小公民的滋味。原先，在天鹅岛上常来常往，路口那块木牌牌，她也常常见到。她并不感到什么。现在，她才觉出了那木牌牌的意义。虽然，木牌牌被风雨冲刷破旧了。但是，一旦人们重新认识了它的价值，它便又重新焕发出光彩。在这一瞬间，她的心中浪打潮拍，激动了……

雷鸣般的掌声。她的腿禁不住哆嗦起来，手中的发言稿也不住抖动起来，象蜂儿、蝶儿薄薄的羽翼。她竟不敢朝前迈一步了。开拖拉机，加足油门，突突突，向前开的劲头哪里去了？

有人在她的肩膀轻轻拍了一下。她回过头，是章理。他朝她微微笑着，充满着鼓励和期望。这轻轻的一拍和微微的一笑，仿佛是催动风帆前进的无形的风，催得她不能不往前走了。

她走到台前。掌声。热烈的掌声，此起彼伏，象一股股浪头把她簇拥起来。她从来没有受到过这么多的掌声，最多最多，是几个伙伴朝她开玩笑似地鼓几下掌。她感到一阵惶恐。她低低垂下头，害羞得要命。她越迟迟没有讲话，掌声反倒越响起来。

"好好锻炼锻炼，是棵好苗子！"一旁，妇联主任轻轻地对章理说。

章理点点头。是的！二十多年前，我们就曾许下过愿：等她长大了，一定让她生活得更幸福！现在，这个愿望可以实现了！

掌声还在继续。为什么他们这样欢迎她？因为过去她象父亲一样为开发天鹅岛做过贡献，付出牺牲吗？因为今天她为建设北大荒做出杰出的成绩，象台底下坐的这些新长征突击手们吗？不是的。仅仅因为她是天鹅岛落生的第一个小公民。如果不是第一个，是第二个，第三个，以至后面的第一百多个呢，会赢得这么多的掌声吗？她觉得受之有愧了。这掌声不属于她，仅仅属于父亲，属于天鹅岛，属于北大荒。一有这个念头，她的头垂得更低了，本来端起发言稿准备要讲出唇的话，一下子变得轻飘飘，软绵绵，化作了一团气，又咽进嗓子眼。她觉得一阵口渴，喉咙象着火。茶杯就在前面，一抬手就可以碰到。新沏的茶，正散发着茉莉花的清香。可是，她没有勇气去拿。她的手在颤抖。"哇——"的一声，她伏在桌上痛哭起来。哭声通过扩音器传出去，扩散在整个礼堂上空。

掌声停止了。全场哗然。一双双眼睛紧紧盯在台上。这是怎么回事呢？

章理走到台中央，向大家挥挥手。全场一下子象冻上了冰般寂静。章理讲道："今天，梁月鹅同志太激动了。她感谢大家的热情。她的发言留在明天再进行！"说着，章理扶起梁月鹅，轻轻地把她扶下场，一边不住地安慰着她。走到台边的时候，她突然停住脚步。转回身，轻声说："……不……功劳是我爸爸，不是我……"尽管声音很轻，似乎场上的人全听到了。

掌声。又是一阵热烈的掌声。

这一宿，梁月鹅翻来覆去，久久没有睡着，她觉得对不起章叔叔。更觉得这份工作对她太不合适了。她不会当着这么多人讲话，也不愿板起面孔处理那些烦杂的妇联的日常工作。天天闲呆着，翻翻报纸和文件，更觉得如坐针毡。象撒开四蹄，在草原上奔跑惯的小鹿，一下子给关在小笼里。仅仅因为自己是天鹅岛上诞生的第一个小公民，就被推上这个位置，也许本身就有些不合适吧？第一个小公民，可以是一种荣誉，一种骄傲，却并不意味着就一定可以坐大机关，上台演讲呀！真不如在天鹅岛上舒服。她更愿意开着拖拉机在甩手无边的原野上尽情地奔驰，泥浪在身后翻滚，豆香在身边飘溢，还有那么些的好姐妹在自己的身边，其中那一位小伙子这些日子里正对自己有那么一点儿意思呢！……那里，也许比不上这里条件好。那些工作，也许都是平凡的、琐碎的。可是，她喜欢干。二十来年，她就是在这样的土壤中生长过来的。一到收获时节，她都会有一种溢满全身的愉快。一想起天鹅岛，她感到充实。她感到激动。她感到有了底气和信心。

第二天一清早，刚刚上班，她扣响了章理办公室的房门。章理高兴地握着她的手说道："看你眼睛红的，一宿没睡好吧？没关系！别灰心！许多典型都是这么培养起来的。象你们妇联主任，也是闯过这道关的。头三脚难踢嘛，第一步都是要费点劲的……"

她生平头一次打断了别人的话："章叔叔，我想回去了。"

"回去？回哪儿？"章理有些莫名其妙。

"回天鹅岛。"

"呃！回去干嘛？过些日子，把你母亲也接过来。听说在天鹅岛有个开拖拉机的小伙子对你有那么点意思，是吗？你看，我都了解得一清二楚！要是你觉得合适，把他也调来。要是不合适，以后章叔叔负责给你找个合适的！"章理耐心地劝着，慈祥得象个父亲。

"不！我要回天鹅岛。我是天鹅岛的公民。"她说得很坚决。

"为什么？"章理惊异了。

为什么？她一时说不清。她只知道木牌儿是可以树起来的，人却不可以。至少她不行。她还是愿意回到那块坚实的土地上去。

一九八三年一月于北京

洁白的天鹅

一

多么动听的名字，这片湖水叫天鹅湖。湖边有一个鱼梁子，窝棚里住着一位赫哲族的老头。老头无儿无女，孤零零一个人，是北大荒这片方圆几百里荒草甸子的第一个开荒的人。年轻时一膀子使不完的力气和火一样旺盛的年华，都融化在天鹅湖岸边这一片肥嘟嘟的黑土地里了。如今，六十多岁的人了，身子骨还是硬梆梆的，站如松，坐如钟。常年为队上张罗打鱼，对湖水的每一道波纹，都象对自己的每一道手纹那样熟悉。

晚上，月亮真好，如银似水，映照得湖水波光粼粼，象抖动着一条银色的缎子。鱼梁子那个小窝棚被映照得影影绰绰，朦朦胧胧，象座神奇的宫殿哩。

"汪，汪"，窝棚前的白桦木栅门口，一条大黄狗一阵吠叫。门被推开了，进来个眉清目秀的小伙子，手里提着两瓶洋河大曲。

"老爹，喝一盅！洋河大曲，新评的全国十大名酒之一！"

小伙子用牙一咬瓶盖，拿过一个大茶缸，哗哗就倒。顿时，小屋里酒香四溢，象打散了一个麝香袋。

老头一见酒,脸上的皱纹舒展了,麻利儿地端出一盘生杀鱼。这是赫哲族一道名菜,味美且鲜,要是让城里人尝口,保证会评为全国十大名菜之一。

"你小子今晚上怎么想起孝敬我来了?没安好心吧?"老头呷口酒,含笑说道。他无儿无女,孤寡一人,脾气不好,平常队上很少有人光临这偏僻的地方,更不用说向他敬酒了。

"看您说的!什么时候我不是惦记着您呀!"小伙子赶紧给老头斟满,笑着说。

"你是惦记着我湖里的那一对小天鹅吧?"老头又呷了一口酒。湖心岛新添了一对小天鹅,招惹了不少人的眼目。

"您又来了,谁不知道您是保护天鹅的模范,我敢动它们一根鹅毛吗?"小伙子又赶紧把酒给老头斟满。

"告诉你,你可别打这一对小天鹅的主意!要不,这酒我一口不喝!"说不喝,仰脖又是一大口。

"这小天鹅藏在湖心岛,我敢去吗?找不好道,掉进去,就是'大酱缸',又是草,又是泥,我还回得来呀?我媳妇还没娶上呢,犯不着!"小伙子嘴皮子厉害,手也利索,又给老头斟上。酒,在老头的缸中总是满盈盈的。

老头不说话了。这条通往湖心岛的路只有他一人知道。这是他的骄傲。想当初,小日本鬼想上岛,噼噼啪啪掉进湖里,陷进"大酱缸",死了多少人呀!他们逼着老头带路,老头一个猛子,扎进湖里,他们上哪儿找?哼!

"快喝!"小伙子劝着酒。

酒,不愧是全国十大名酒之一,滑溜溜,滋润润,香、热,喝进去,浑身筋骨都酥酥的,真美。馋得大黄狗蹲在老头脚下直舔舌头。

"怎么样?味道不错吧?比咱们北大荒酒强多了吧?"小伙子又给老头倒满,然后用牙一咬瓶盖,打开了另一瓶酒。

"不错!不错!"老头觉得头晕乎乎,象在雾中。

两瓶酒干底了。一盘鱼只剩下鱼刺。老头满面放光,话说得语无伦次了。

"我没醉!你小子别以为我醉了!"

"哪儿呀!您海量啦,这谁不知道?可惜今儿酒不够!"

"你小子真孝顺!有你的!要是我上辈子有缘,这辈子有福,有你这么个儿子就好了!你不错,不象队上那几个歪瓜裂枣,净惦记着湖里那一对小天鹅,想逮着去市里的动物园卖钱!"

"那可真够缺德的!"小伙子应承着。

老头忽然眼睛一亮,盯着小伙子,说道:"你小子是不是也有这份邪心呀?想换两钱好娶媳妇呀?听说你那媳妇是公社商店卖花布的,哪匹布上的花也没她漂亮呢!"老头嘿嘿笑了。

"看您说的!我能是那号人吗?谁不知道咱们这儿都快成自然保护区了,还得指望着小天鹅再繁殖呢!"

"繁殖?你小子就知道繁殖……"老头嘴里咕咕囔囔,说得迷三倒四的。

小伙子扶着老头躺在铺满松软的乌拉草的木板床上:"您快歇着吧,我也该走了!"

"忙什么?忙着找你那个卖花布的搞对象去呀!坐下来唠会儿喀嘛!"酒的后劲不小,催得老头精神十足,一点睡意没有,嘴里咕咕唤唤又跑开了火车,扯起闲篇来了,"前些天来的那两个拍电影的说我什么来着?"

"说您是'美的保护者'。"

"美?什么是美?"老头打了个酒嗝,絮絮叨叨没完没了,"告诉你小子什么是美,你知道吗?小天鹅就是美,你媳妇也是美,你也是美,我也……"

小伙子坐在床头。一老一少唠了起来,天南海北,地理天文,三皇五帝传说,天鹅湖的故事……越聊越来情绪。大黄狗瞪大眼睛,竖着耳朵,不知听得懂听不懂,也在专心地听。

聊到半夜,小伙子神不知鬼不觉地问清楚了通往湖心岛的那条唯一的道路。那完全是水到渠成,问得极其自然。老头忘记了那一对小天鹅,他心中的防线完全被这两瓶洋河大曲摧垮了。

170

老头昏昏睡去了。

小伙子匆匆离开窝棚，挽起裤腿，直奔湖心岛。这条路表面看是水，实际上下面不到脚面深的地方是一层软乎乎的飘筏甸子。那是几百年、乃至上千年淤积的水草腐烂了，一层层堆积成的，象沙发床平铺在水中。人踩上去，一点儿事没有。不过，一般人望而生畏，因为它在湖中要拐九道弯，每一道弯拐不好，都可能陷进泥塘中丧命。只有老头熟悉它的底细，常来常往，如履平地。那是一条神奇的水中之路。

现在，月光下，小伙子得意扬扬，踩在了这溅着细微水花，富有弹性的路上。两瓶酒换一对小天鹅，一卖，哈哈！光是奖金，得多少钱！他和那个漂亮的卖花布的售货员……小伙子心头象抹了蜜，甜滋滋地编织着美妙的图案。

大黄狗汪汪直叫，把老头叫醒了，老头一时莫名其妙。大黄狗叫什么呢？抚摸抚摸大黄狗的头，叫得更响了。怎么回事？老头猛一激冷，酒醒了一半。哎呀！坏事啦，该死的酒！老头急忙下地，推开木栅门，大黄狗哧溜一下先窜出门，向小伙子追去。

"回来！"

老头手打喇叭冲小伙子高声叫喊。回音在夜半时分清静的湖面上荡漾。

小伙子跑得更快了。哗哗的蹚水声听得格外真切。

这个坏小子！老头的腿迈得更快了。

走到半截，老头不走了，大口喘着粗气，捶了捶象扯风箱一样起伏的胸口，望了一眼越跑越远的小伙子，转身回鱼梁子了。嘴角挂着一丝谁也看不清的笑。月光填平了他脸上的每一道皱纹。

回到鱼梁子，老头用凉水冲了把脸，刚刚坐稳，忽然看见桌上那两个洋河大曲的空酒瓶。他一手一个操起来，"砰"、"砰"两声，摔碎在地上。他站了起来，拍了拍脚下的大黄狗，轻轻地打了个唿哨。大黄狗摇着尾巴，箭一样冲出木栅门，直奔湖水而去。"哗哗"，拨溅水花的声音在寂静的夜晚轻脆地回荡着。老头倒在床上，呼呼又睡了起来。

玫瑰色的晨曦染红鱼梁子尖尖的窝棚顶的时候，大黄狗湿淋淋地撞开木栅门，汪汪地叫着，回来了。

老头走出门，眼睛眯成一条缝。小伙子迎面走来了，浑身上下沾满水草，象只落汤鸡。原来，半夜里听见老头唤，黄狗叫，一时心惊胆战，走错了路，一步掉进湖水中泥塘里，一点点地往下陷，陷到了胸口的时候，憋得他喘不过气来。幸亏了大黄狗跑来，死命地叼住他的后衣领，他才逃脱了陷进泥水中丧命的厄运。现在，拖着疲惫、沉重而羞愧的步子，他回来了，垂着头，不敢正眼看一下老头。他知道自己的身上落满老头芒刺一样的目光。

朝霞升起来了，红红的，象燃烧的火。一对小天鹅正在绿色的湖面上款款飞翔，象两朵洁白的云……

二

好长时间，小伙子不敢到湖边来。

自打那个酒醉的夜晚之后，老头扔掉了窝棚里所有的酒瓶子，彻底和酒绝了缘。他妈的，酒是穿肠毒药！在每一次酒瘾上来，象小虫一样爬到心头，咬得他难受无比的时候，他都这样骂着。

一个深秋的夜晚。白天，刚飘过一场秋雨。一场秋雨一场寒，夜里显得格外凉飕飕的。老头子裹好被子，铺好狍子皮，又盖上件老羊皮大衣，睡了。半夜时分，湖面突然掠过一个声响。那声音虽然隔得很远，是那样微弱，几乎同一枚石子落进湖水中的声音差不多。可是，老头听见了，而且听出来了：那是枪声。

大黄狗惊叫起来。老头立刻翻身下地，衣服也没顾得上披，"砰"地一下推开木栅门，跑出鱼梁子。枪声，是从湖心岛传来的。深更半夜，谁跑到那儿去了？去干什么？

小天鹅！老头的眼前电光一样蓦地闪出那一对小天鹅的影子。

哗哗哗，黄狗在前面飞奔，月光下，象拖曳着一道耀眼的金光，溅起的水珠,给它的身上披上一串串珍珠的项链。沿着飘筏甸子那条神奇的水中之路,老头一路小跑,心急如火。春水似棉,秋水如刀,一点不假呀。湖水凉冽冽的,打湿了他的裤腿。一颗颗小水珠象一枚枚针扎得他难受。顾不得了,奔到湖心岛上,竟然后背冒出了热汗。

啊,是他!是那个小伙子!今儿没带两瓶洋河大曲,倒带着一杆双筒猎枪。一只小天鹅抖动着翅膀,在他的怀中挣扎。他正用一根绿色的尼龙绳拴着小天鹅的双腿。听见黄狗的叫声和老头的脚步声,他吓得手直哆嗦,尼龙绳怎么也拴不上小天鹅的腿。

这个坏蛋!老头心中骂道,一步上前,"啪"!"啪"!两个耳光,扇得小伙子眼冒金星,耳朵嗡嗡直响,手中的小天鹅扑棱棱展开翅膀飞走了,落下一片片洁白的羽毛。月光下,象下了一层雪。

"为什么开枪?"老头一把夺过枪,厉声问道。

"我……"小伙子不敢抬头了。

"为什么……"

"我……"

大黄狗咬住了他的后衣襟。他的后背感到一阵毛呼呼,吓得他直出冷汗。

"你哑巴了?"

"我……"

卖花布的姑娘勾走了小伙子的魂。拥抱、接吻,亲亲热热之后,甜哥哥蜜姐姐说完之后,两个人开始商量婚礼上的张罗和婚后逛北京城的蜜月旅行了。好劲,得一大笔钱呀!磨盘一样压得小伙子喘不上气来。小天鹅!那一双小天鹅似乎成了他唯一的救星。

小伙子趁夜半三更老头熟睡之际,偷偷地沿着上次走了半截的神奇的水中之路,摸上了小岛,逮住了一只小天鹅。谁想,小家伙挣扎着,在他手上啄了一口,又逃走了。一恼之下,他端起枪,按动了扳机。他以为离窝棚那么远,老头听不见。然后,他又扑腾腾,逮另一只小天鹅。小岛上的草被踩得、扑得、躺倒了一大片,象牛嘴里嚼过的破布……

"打着没有？"老头的声音里在冒火。

小伙子没敢说话，只是用手一指。呵，前面不远处，一只小天鹅飘在湖面上，夜风正把它吹向远处。

"你给我下去捞回来！"老头冲小伙子挥着拳头喊叫。一边夺过双筒猎枪扔进湖水。"扑通"的一声，湖水溅起几串水花，枪沉入湖底，搅得一湖的星星、月亮直打颤。

小伙子不敢下去。这是什么湖水呀，别听名字美，别看表面清幽幽的，象块绿宝石。里面藏着积年的水草和淤泥，不知有多深，一不小心，腿陷进泥中，或者被草缠住，任你的水性赛过"浪里白条"，也会无可奈何。以往，不少人掉下去丧命。现在，除了老头一个人敢在这里打鱼，别人谁敢上这儿来下网呀。小伙子更不敢玩这命，卖花布的姑娘，这会儿还在家等他呢。

"你去呀！你不给我捞上来，看我怎么收拾你！"老头冲他嚷叫，又望望湖中那只小天鹅。小天鹅又飘远了。

就在这一刹那，趁老头子没注意，小伙子夺路逃走了。他跑得飞快，衣襟被夜风甩得一摆一摆，好仓惶哟！大黄狗在后面紧紧追着，汪汪的叫声，撕破了夜的宁静。

老头没有去追他。"扑通"，老头跃入湖中，向小天鹅游去。六十多岁的人了，还是那么好的水性。只是水太扎人了，冻得他浑身起了鸡皮疙瘩。唉！要是今晚上临睡觉前有一壶烧酒喝就好了。全是让这小子闹的，连酒也戒了。那是老头大半辈子来唯一的嗜好。

顾不上这个了。此刻，老头的眼睛里只有那只小天鹅。绕过水草、淤泥，向前游去。啊，小天鹅毛绒绒的羽毛触在手心上了。它还没有死，只是腿受了伤。老头把耳朵贴在它湿漉漉的肚皮上，听到了它小小心脏微微的跳动声。老头放心了。只是，他脚踩着水，手指快要冻僵了，拿不稳它。

当老头抱着小天鹅往回游的时候，一簇黑乎乎的水草缠在了他的脚脖子上，死死地往下拽他，仿佛坠了块沉重的石头。他用僵硬的手拍打着冰冷的湖水，小天鹅一下子从他的手中滑走——被水卷去了，眼瞅着离他越来越远。这该死的水草！他拼命用双手划着水，腾出一只脚使劲地踹着另一只脚上的水草。水草简直象蛇，又滑，又有韧性，死死地抱着他的腿不放。他已经吞进了几口凉渗渗的，带有鱼腥味的湖水了。莫非他今天也要败倒在这片湖水之中不可？

啊，小天鹅呢？小天鹅离他更远了。这小生命象磁石一样吸着老头的心。他运足一口气，使劲踹着脚上的水草。啊，断了！水草象死掉的蛇，无力地倒在水底了！他再次向小天鹅游去。

老头抱着受伤的小天鹅游到岸边时，小伙子的大腿被大黄狗紧紧咬着，正老老实实站在那里。他跑不了，他害怕湖水，更害怕这条厉害的黄狗。

"这就是你干的好事！"老头上岸喝道，浑身冻得直抖。

小天鹅腿上的血还在流，一滴滴溅在老头的手上。

"为了什么呀？为了媳妇？出息不出息呀！"

听见老头怒骂，小伙子不敢出声。那条大黄狗还咬着腿没松口呢。

"拍电影的应该再来拍拍你！给你起个好名字！"

小伙子垂下了头，象风吹弯的一株干干的芦苇。

第二天清早，躺在乌拉草中的小天鹅缓了过来，蠕动着娇小的身子，眨巴着眼睛，望着窝棚里陌生的一切。首先，它望到的是老头那一双充满血丝的慈爱的眼睛。

这一天，老头没有到湖边张网打鱼。他跑了十几里路，到公社卫生院，要来一大包消炎粉，红药水、纱布、药棉球……给小天鹅包扎起来。老头那笨拙的大手，包得小天鹅鼓鼓囊囊的。大黄狗在一旁直勾勾地望着，眼里充满了无穷的忧郁。老头用手轻轻地抚摸着那光滑的黄毛。它伸出舌头舔舔老头的手。

第二天，老头病倒了。深秋的水，不饶人呀！老头浑身发抖，象秋风中颤动的一片枯叶。

小天鹅睁大了眼睛，扑腾着翅膀，叫着，那声音充满哀伤。

第四天清早，大黄狗舔着老头伸在被子外面的手，老头不再象往常一样抚摸它了。大黄狗汪汪地叫了起来,一直跑到队部,还在不停地发疯似地叫着。队长知道鱼梁子一定出事了,跟着大黄狗来到这个小小的窝棚。老头脸色蜡黄,大滴大滴的冷汗珠从额头滚落下来。老头发高烧,正迷迷糊糊地说着胡话:"这小子……小天鹅……"

"赶紧送医院!"

当队长领着大家把老头抬上马车的时候,老头从被子里伸出瘦骨嶙峋的手,哆哆嗦嗦地象在摸索什么东西。问他找什么?他咕哝着谁也听不清的话。大家望望四周,没有忘下什么东西呀,于是赶着马车走了。谁知车轮刚转动,老头艰难地从车上坐了起来,伸出布满蚯蚓一样粗筋的右手,指着窝棚又咕哝起来。那脸急得通红,脖子上的青筋鼓鼓的。队长顺着他手指走进窝棚,这才发现墙边有一只受伤的小天鹅。一定是它了!队长把它抱到老头身边,老头的脸上泛起安慰的神采。他躺下了。示意队长把小天鹅放在他的身旁。他哆哆嗦嗦摸了摸小天鹅,这才微微地合上了眼睛。

瑟瑟秋风从湖面上吹来,湖边芦苇飒飒抖动,扬起一片如雪的芦花。湖水瘦了一圈,向着岸边荡起一圈圈波纹,象要涌上来,涌到马车旁,涌到老人身边……

三

公社卫生院没能救活老头,倒是救活了那只小天鹅。老头几十年艰难困苦铸就的生命,就这样在短短的时间里结束了。许多人掉下了眼泪,围在老人的遗体前,脱下了帽,深深致哀。那个小伙子没有去,他不敢看老头的眼睛,不敢看老头那枯得象树干一样的身躯和手掌。他默默地来到湖边,扑通一声,跪倒在落满黄黄树叶和白白芦花的地上。"老爹!老爹!"他真想冲着这一片静静的湖水呼叫几声。可是他嗓子一阵哽咽,喊不出一个字来。

老头下葬的那天,那只小天鹅扑打着翅膀,在坟前飞了一圈,然后箭一般冲上天空，向天鹅湖飞去，留下阵阵哀鸣。

大黄狗仰着头，蹲在坟前，一直到深夜，刮起寒瑟的风，下霜了，也不肯离去。第二天清晨，人们见到它时，浑身挂满一层晶莹的霜花，变成了一条白玉雕成的狗……

第二年春天，一对白天鹅从湖心岛飞来，绕着鱼梁子那间矮小的窝棚飞翔，久久不肯离去。大黄狗蹲在窝棚的木栅门旁望着它们，听着它们深情的呼唤。

从窝棚里走出来一个人手搭凉棚，望着那一对徘徊飞翔的天鹅。阳光下，他能分辨出来其中一只天鹅的小腿有些发僵，发硬。他的眼睛里滚出几颗泪花。

他就是那个小伙子。他是主动要求到这个又荒凉，又寒酸，简直象原始人住的地方……

据说，卖花布的姑娘也曾经到窝棚这里来过，提出不要那些钱了，只求他别一个人死守在鱼梁子，调出来，调到公社里来就行。他没有听。为了这，姑娘和他吹了。他象老头一样，孤零零一个人了。

每年春天，清明节，他都要到老头的坟前去，把两瓶洋河大曲端端正正地供上，冲着坟头鞠三个躬，然后打开瓶盖，把酒洒在坟的四周，看着酒一滴一滴渗进泥土中……

今年春天，那对洁白的天鹅带着另一对小天鹅从岛上飞来，绕着鱼梁子上那间窝棚飞。四只洁白的天鹅飞成一道银色的弧线，在透明的阳光照耀下，闪烁着，象素雅的花环……

一九八二年十一月于北京

那不该倒塌的……

1

不知怎么搞的，这些日子，我总想起北大荒那间拉禾辫盖成的草房。

十年前，我到那里插队，就住在那间草房，开始，我心里老大的不乐意呢。那是一间什么样的房屋呀！四壁透风，返潮的墙壁黑渍渍的，墙角挤着青苔和几簇发黄的蘑菇，象在争着、抢着，看谁长得高似的。它的外屋是烧泔水、烀猪食的大棚，窗户根前是猪圈。夏天，刺鼻的味儿呛得人半宿半宿睡不安稳；冬天，"大烟泡"一刮，吹得房顶上的草四处飘荡，小屋象风暴中摇晃的小船。

那年的秋天，小屋一下子出现了奇迹，亮亮堂堂、彻彻底底变了模样，仿佛一个丑姑娘变成了一个俊媳妇。

那天晚上，和我同住这间小屋的玉秀风风火火从队部跑回来，推门就冲我叫道："快去看看山丁子吧！"

"怎么啦？"

山丁子是我们队猪号饲养员老王头的小孙子，刚上三年级，小家伙对我和玉秀最好。当初到这里来插队，第一个从队里跑到老远的大道上迎接我们的就是他。一到星期天早上，我和玉秀推开小房门，准能在门口或窗台上发现一个小白瓷碗，碗里面放着几个鸡蛋，几穗苞米，或是几牙赛过白薯甜的大南瓜，都冒着热气，那都是小家伙送来的。

"他从场部放学回家，天有点晚了，一不留神，掉进水泡子里了。"

这个该死的水泡子！从场部到队里，十八里的路上，必须要经过它，深秋的水，象刀子。

我和玉秀到山丁子家看他的时候，我们的大胡子队长也在屋子里。

"队长！咱们队的孩子到场部上一趟学，路太远了，而且那中间水泡子也太危险了！"玉秀动了感情，说道。

"怎么办呢？自打咱们队建点到现在，孩子们都是这么去上学的，掉进水泡子里也不只就是山丁子一个孩子，没有老师呀！"大胡子队长抖动着满脸毛刷般的胡子，为难地望望我们。

"我和慧珍来当！"

天呀！我能当老师吗？玉秀这个人，也不和我商量一下，竟满嘴跑起火车来了。

"太好啦！我们不用跑路喽！"山丁子从被窝里一个鱼打挺地嚷道。

"算啦！"大胡子摇摇头，"我知道你们的好心，统共也只有十几个孩子上学，再说队上也没有房子。你们看你们住的地方还那样破呢，没有办法呀！"

"让我们干吧，队长，你看山丁子，以后要是真出了危险怎么办？"玉秀大概早拿定主意了，又紧紧拉着我的手说，"慧珍，你说呢？"

我说什么呢？激动是会传染的，一时，我竟说出了："没有房子，暂时用我们住的那间草房当教室吧！"

"对！反正孩子不多，能挤下的！"玉秀搂着我，简直是在央求了，"白天当教室，晚上也不耽误我们睡觉，只要做几张桌子、几把椅子就行！"

就这样，破旧的小草房居然成为我们队开天辟地的第一所小学校，十二名小孩子再不用跑上十八里路去上学了，小房子里一下子热闹得象开锅。十二名小学生，分了一至五个年级。按下葫芦起了瓢，给一年级上完算术，布置下作业，再给二年级上语文，然后给三年级上美术……我和玉秀分了工，语文、美术、音乐、体育归她教；算术、地理、常识我一把胡撸。

　　白天过去了，孩子们象归巢的小鸟，一个个回家了，小屋象膨胀的气球又恢复了原状。四周，又是一片宁静。我和玉秀把炕烧得热热的，倚在炕头，批改着孩子们的作业，看着一本一本似乎永远也看不完的书，心里感到充实，小屋为我们赢得多少时间和乐趣呀！

2

　　现在，我回到北京，住的是楼房，一个单元，两个套间，外加厨房、厕所和摆满吊兰、菊花、仙人球的平台。站在平台上向远望去，再不是空旷、单调的田野。大都市眩目的色彩，喧嚣的声浪，尽情地扑面而来。

　　晚饭过后，是家里最热闹的时候。荧光灯照得墙壁一片雪白，打了蜡的地板反射着灯光的斑影。收拢起折叠饭桌，妈妈不要任何人帮忙，自己到厨房洗碗去了。弟弟咕咕喝两口新泡的茶，走到我的面前，开始要进行每天晚上的拿手节目"家庭演说"了："今天中午中美女排比赛看了吧？"

　　我点点头。

　　妹妹正在翻箱倒柜找衣服，拿起一件高领的春秋衫看看，扔下又抄起一件西服领的针织外套看看，又扔下了。她边挑衣服边撇嘴说："女排输美国队了，零比三，多惨！这回还吹不吹了？还向不向女排学习了？"

　　"哎！也甭这么说，你知道这回美国队为什么赢了中国队？我刚刚听到的消息，绝对可靠，比赛刚完，郎平、孙晋芳、周晓兰……咱们中国队所有队员都吐啦！"

　　"什么？"一听弟弟说这个，妹妹眼睛瞪得象铃铛，手中的衣服也不比试了。

"秘鲁做的饭不灵，质量太次，咱们中国队员吃不下去。现在，咱们中国马上派飞机从北京专门送饭。你们看吧，以后，中国队准能捞回来。甭着急！"

弟弟每天晚上都能从他们公司带回点新闻做为他"家庭演说"的内容。对于他的这些马路新闻，我都不大相信，可他说得却有鼻子有眼呢。

妹妹听他说得有点玄乎，把手中的衣服一甩，摇摇头，说："你呀，净瞎编！"

"怎么是瞎编呢？"弟弟脖子上的青筋鼓起一条条蚯蚓。

"那报上怎么没说？"

"这你就老外喽！来得及吗？再说啦，报上就得什么都说？怕影响咱们国家和秘鲁之间的关系！懂吗？"

他们俩开始争执起来了，你一句，我一句，唇枪舌剑，不亚于联合国安理会上的争论。

从来也不会争出结果。最后，总是以爸爸在另外一间房屋里叫唤："电视开始了啊！"弟弟便收起免战牌，看电视去了。天天看，这是雷打不动的。妹妹呢，也换好一件毛哔叽的银灰色西装外套，挎起她新买的棕黄色仿羊皮时髦挎包，冲我嫣然一笑，说了句："拜拜！"翩然出门了。她呀，正忙着搞对象呢！要是有一天晚上不去会会她的男朋友，就象掉了魂似的。

这间房间终于安静下来了。虽然，隔壁的电视机不断传来赵忠祥播送电视广告那千篇一律的声音，但总算是没有人干扰了，可以坐下来读点书、写点东西了。

回到北京，我又当上了小学老师。也许，是北大荒那段生活缘故吧，我挺喜欢这工作。我的学校里有一位教了四十多年小学的关老师！有着一肚子的经验。那不是死的经验，而是活的，象一个个生动的小故事。如果把它们总结出来，对于小学教育肯定是笔财富。真的，国外有《爱的教育》、《和小学老师的谈话》、《小学教育一百例》……我们为什么没有呢？现在，对于教育重视起来了。可是，对于一切教育的基础，金字塔的底座——

小学教育，真正做了多少脚踏实地的工作呢？老教师逐渐退休，年轻人又不愿当小学教师！青黄不接呀，我和关老师商量妥了，教育局也大力支持，我来协助关老师总结这四十多年的宝贵经验，也写一本我们自己的书。晚上，是我最宝贵的时间。

不过，这常常惹得弟弟妹妹的耻笑。

"给你多少奖金呀？你以为你这么吭哧瘪肚地一写，小学教育质量就上去了？算了吧，别叫那劲了！姐姐，你都多大了？三十啦，赶紧麻利儿地找个对象，这是当务之急！"妹妹这样说。

"有这闲工夫点灯熬油费脑子，不如看看电视聊聊天，乐呵乐呵。姐姐，你看看你眼镜的近视度数又加深了吧！插队插了这么些年，耽误了青春，再不往回捞，可过了这村没这店，再也捞不回来了！"弟弟这样说。

唉！也许他们说得都有道理……有时，我也这样想，可是要我扔下手中的笔和纸，我又不甘心。

现在，安静了。我把房门关得严严的，开始打开笔记本，我的眼前出现一个新的世界。

房门又被推开了。

"请这屋里坐吧！"是妈妈的声音。

进来的是位陌生人，和妈妈的岁数差不多大，我站起来问过好，给她倒上茶，听她和妈妈交谈起来。

"这个姑娘可真不错！人模样长得俊，跟电影上的真由美似的，个头也高，一米六七呢，现在年轻人都喜欢高挑个的，家里的条件也好……"

不用问，又是给弟弟说亲的，关心弟弟的人可真多。有的自己来，有的带着人来，有的跟妈妈说，有的跟弟弟直接说……人来人往象走马灯、糖葫芦串。只要来人，就得到这屋里谈，不会上那间屋去，怕影响爸爸每天晚上雷打不动的看电视呀。

"妈！您甭给我操这份心行不行，介绍的，哪会有什么爱情？我自己找！"弟弟充满着罗曼蒂克，幻想着生活中出现奇迹呢！

妈妈呢，还是照样为弟弟张罗，而且有着非凡的耐心和勇气。每天晚上，房间里几乎是长流水，不断线。我的任务是倒水、拿糖、削苹果，外带打手电筒，照亮那黑洞洞的楼梯，带路送客。

好容易有几个晚上，客人们没有来，妈妈又开始关心起我了，翻箱子抖抽屉般，问得我个底掉儿，"有没有合适的人呀？差不离儿就得了，别高不成、低不就……"

有时候，玉秀也会带着她三岁的宝贝闺女破门而入。刚回北京时，她和我一起在小学里教书，去年，左托人，右求人，好不容易调出小学，到一家什么进出口公司当打字员。据说有不少外快可捞。她的兜里总有从北大荒带回来的瓜子，好象永远也嗑不完似的。她坐在椅子上，把我桌子上正看的书、写的稿划拉到一边，"哗啦啦"，从兜里掏出瓜子都洒在桌子上，一边让我吃，一边自己噼噼剥剥地嗑着，开始上嘴皮不沾下嘴皮飞快地对我说道："人过三十天过午，差不离儿了！我们不能象在北大荒时那样傻了，真的，我们不能在幻想中生活，只能在现实中生活。"

玉秀是一个好心人，我几次感谢她，说暂时没有合适的，先不想考虑。她呢，仍然抓紧时间，常到我这里串门，劝我改邪归正："七仙女还思凡呢。你想升天怎么着？咱们比不起那些小年轻的，时间没有了，一眨眼，老喽！这才叫弹指一挥间呢！"

这话说到我心坎上了。是啊，发愁的是时间啊！

好容易，人都散了，电视节目也结束了，爸爸妈妈和弟弟都睡了，房间里一下子静得象结了冰。我可以摊开笔和纸了……可是，妹妹回家来了，一进屋，蹦着，跳着，先搂着我的脖子亲热得了不得，然后自己吭吭地笑，倚在被窝上，从兜里掏出一张纸，翻过来掉过去看呀，看呀，激动得用脚打着拍子。准是情书，看烧得她！突然瞅不冷子问我一句："姐，你说他现在要亲亲我，我让他亲吗？"不用猜，今天晚上，他们准已经接了吻！

我的心乱了，象风吹皱一池春水。一种失落的旧的感觉，一种想得到新的欲望，交织在一起，我怎么也写不出一个字，看不进一页书了……

3

在北大荒,那些不平静的夜晚是怎样度过的呀!

粗犷的田野,粗犷的夜色,把我们那间小草房紧紧地拥抱着。静!绝没有大都市一星一点的喧嚣。

小草房在队上最偏僻的一角,很少有人踏着浓重的夜色光临草房,倒是有几条狐狸拖着长长的尾巴,象一团团燃烧的火,从窗前跑过,吓得我和玉秀搂在一起,不敢大声喘气。还好!狐狸从来没有跑进小屋来,只是把我们放在屋外小棚里那准备过冬的萝卜和卷心菜糟蹋得一塌糊涂。

还有一次,一只黑瞎子拖着蹒跚的步子,居然光临我们的小屋前,用它那宽厚的熊掌使劲拍打着房门。"冬冬"的响声,仿佛敲在我的心口,我和玉秀拼命地顶着门,冷汗下去了,又出了一身热汗。透过门缝,我都能闻见黑瞎子身上鬃毛的浓重气味,好吓人哟!只要稍稍顶不住,这笨家伙闯进来,还不象踩蚂蚁一样把我和玉秀踩成肉饼?搬来木头、箱子、铁锨,上课用的桌子、椅子也统统搬了过来,顶上了门,门还是被这家伙撞得呼呼直颤悠。

亏了大胡子队长提着一把四股杈,领着几个人来,才把这家伙赶跑。这一夜,听着风扑打着窗玻璃呼啦啦的响声,我总觉得黑瞎子没有走,还在门外蹲着呢。

我和玉秀一直坐到天明。孩子们背着书包上学来了,我们才缓过气来,抖擞起精神,开始上课了。

那天放学以后,山丁子和几个男孩子没有走,在我们小草房前面不远的地方挖着什么。我走过去问:"你们不回家,干什么呢?"

"老师,我们挖一个陷阱,黑瞎子要是再来,就把它陷进去!"

我的眼睛湿润了，我不怕了，有他们在，还有什么可怕的呢？有他们在，小草房显得光彩夺目，俨然象一座被霞光照得通红通红的辉煌宫殿了……

4

现在，再不会有红狐狸、黑瞎子光临。倒是常有蜜蜂和红蜻蜓飞到平台上做客。再有是从厨房里飘散出炸鱼、燉肉的香味，和从房间里飞荡出的欢声笑语。

这一天，晚饭前妹妹领着她漂亮的男朋友来家里第一次亮相，妈妈忙里忙外，又买鱼，又买肉，要特意招待这位乘龙快婿。小伙子穿着米黄色灯芯绒的瓦尔特服，一副现代派打扮，不俗气，也不洋气，落落大方。今年冬天就要大学毕业，胸前校徽的白牌牌在灯光下一闪一闪，格外炫人眼目。瞧妹妹乐得满脸是笑纹。

弟弟回来了，耸耸鼻子，闻闻满屋喷香的肉味，从厨房里先拈起一块叉烧肉扔进嘴里，嚼着，说着："好嗨，咱今儿美餐一顿！"然后又冲我说，"姐，什么时候你也带一个到家里来，咱们又能吃一顿了！"

"你没个正经！"我用手指戳着他的鼻梁。

"今儿中午的电视看了吧？女排在秘鲁拿冠军了！"弟弟离不开他的球，好象那冠军是他打出来似的！

妹妹总是咯咯地笑，她的那位男朋友倒是有几分矜持，捧着茶杯，总在抿着。那杯茶总也喝不光，好象那是一个无底洞，里面有着喷不尽的泉水。

"我前些日子说得怎么样？就是秘鲁的饭做得不行。人是铁饭是钢，饭一催上去，球赢回来了！还得向女排学习！"弟弟的嘴里象安着一架录音机，那话一串串，有几分象电视机里转播球赛的宋世雄哩。

饭菜端上来的时候，爸爸到家了："这叫来得早，不如来得巧！"和新来的未来女婿见了面后，爸爸春风满面，今儿显得格外高兴。

"什么事呀？看乐得你。"妈妈笑吟吟地问。

爸爸从兜里掏出一把金灿灿的钥匙："看，今儿一位老战友开恩，他搬进新楼，把他家的一间平房让给了我。看咱们三个孩子都大了，都得搭窝垒巢呀，可咱家不就这两间房嘛？这回多了一间，行啦，你们三个人谁愿意去住？"

妹妹、弟弟和我都没讲话。钥匙，静静地放在柜橱上，灯光下，闪着耀眼的光。

杯盘狼藉。弟弟和爸爸又看电视去了，妹妹挽着男朋友的手，双飞蝶一般飞出了屋。晚上，他们还有一场新电影《勿忘我》。妹妹总也忘不了他！屋里难得清静，我的心却不平静了。那把金钥匙闪烁在我的眼前，它会象童话里的金钥匙一样，能够打开一个金灿灿的宝门，为我展现出一个崭新的世界吗？

第二天晚饭的饭桌前，爸爸又问了："你们三个人到底谁想去住那间小屋呀？"

妹妹早三划拉两划拉吃完了饭，又在翻箱倒柜找衣服，照镜子，抹珍珠霜，擦皮鞋，袅娜苗条的腰肢在爸爸身前一晃："我发扬风格，不去，让给姐姐和弟弟了！"说罢，踩着华尔兹的碎步，一阵风地跑出了屋。

哼！谁不知道她那位男朋友家有一个单元的新楼房，早早为他们结婚准备好了，屋里家具齐全，暖气、煤气、自来水……一切不用操心，完全现代化。现在，妹妹和人家不仅接吻了，发展得可神速哩！好几个晚上，这死丫头在那个新房里过了夜，谁知道她会干出什么荒唐事，只不过爸爸妈妈不知道罢了。她开始以为我也不知道呢，天快亮了，才悄悄回来，连被窝也没钻，装出一副刚睡醒的样子，洗脸刷牙，故意把声音弄得响响的。我真不愿意戳穿她。现在的年轻人，哪能和我这样的一茬人相比？"你们浪费了青春！我们呀，要好好享受青春喽！"在我后来一再逼问下，妹妹才这样地对我说。

弟弟慢条斯理地挑着鱼刺，对爸爸说："我也不去，我连个鸟还没逮着呢，着什么急垒窝呀！"

这话不说，全家也清楚他心里揣着一本什么账。他是家里唯一传代烟火的男孩子，我和妹妹早晚是嫁出的女，泼出的水。我和妹妹现在住的这间房早晚还不是他的新房？再说，住在这里多方便呀，做饭，妈妈做，吃现成的，下班到家就端饭碗；水、电、煤气……样样用不着他开销，爸爸妈妈永远是保护他的羽翼。

"我去！"我拿起柜橱上的金钥匙，说。

"那间房子可是不大好，离家又远得很，晚饭还得自己做，住进去，困难……"爸爸说道。

"爸爸，您不用说了。那间房，我去看过了！"

5

我看过了。同时，和北大荒那间草房做了对比。是的，我又想起了那间拉禾辫盖的草房，啊，草房，那仿佛是一个永远飘散不去的梦。

四年前的冬天，"大烟泡"刮得真猛呀，整个天地被风雪漫卷，象是一匹摇鬃摆尾的大银狮子。一扇门把风雪关在屋外，小草房里依然安静，火炕烧得格外暖和。我和玉秀各忙各的，互不干扰。她正捧着一本安徒生童话集看入了迷，风雪包围着她，童话世界也包围着她，她忘了周围的一切，仿佛跟随安徒生一起去会见拇指姑娘、海的女儿和卖火柴的小女孩……我正在给孩子们批改着算术作业，昏黄的油灯不住冒着油烟，熏得我的近视眼镜一片昏黄。我摘下眼镜，用手绢擦了擦，又捻亮灯捻儿，轻轻地，生怕惊动了正和安徒生亲密交谈的玉秀。我用红笔批改着，我真欢喜在作业本上批分数，仿佛象一位将军在神气十足地检阅着自己的士兵方阵……草房成了我的天国！

唉，山丁子没少得我的两分。每一次，我都罚他把那最简单的算术题重做五遍。这个粗心的山丁子都一笔一划、老老实实地做了。我给他画了个红红的对勾，写上一句："再接再厉，继续努力！"我象在数学的王国里和孩子们促膝谈心，四周的风雪，似乎也化作了一个个阿拉伯数字和加减乘除的符号……

半夜时分，童话世界和数学天地统统让位于现实。风吼雪啸中，小草房突然被吹塌了，我和玉秀被埋在里面。

大胡子队长赶来了，山丁子跟着他爷爷也跑来了，大家把我和玉秀从泥土雪堆中救出来的时候，我发觉自己站不起来了，眼前一片迷茫，什么也看不清了。我的腿被砸伤了，眼镜也被埋在倒塌的房子里面，在冰冷的雪堆中，我伸出僵硬的手摸索着。

"怎么啦？眼镜没了？命都不顾了，还要你的眼镜呢！"大胡子扶我站起来，嗔怪地说。

那边，玉秀叫道："我的安徒生，安徒生……"

大胡子摇摇头："你们这两个老师呀！"

那一夜，我和玉秀被老王头拉到他家里去住，他把全家人都赶下占了半间屋子的大炕，让给我们。他们睡小偏房去了。山丁子一直没回来，我们问老王头，他摆摆手："不用管他了！快歇歇吧！"他老伴端来两碗姜糖水递给我们："喝吧，压压惊，消消寒！"

第二天清早，当我和玉秀醒来的时候，发现枕头边放着我的眼镜和玉秀那本安徒生童话集，书还完整，眼镜的镜片却都被砸碎了。

"老师，你们醒了？"山丁子跑进屋，"真对不起，从炕沿那里扒拉出眼镜，没留神让炕沿碰了一下，要不，眼镜不会碎的。"他垂下头，仿佛干错了一件事。

真是个傻孩子，眼镜怎么会是你碰碎的呀！我一把搂过他的头，那毛茸茸的头发上湿漉漉的，是雪打湿的？还是汗濡湿的？

"老师，今天还上课吗？"

"上，当然要上！"玉秀先叫道。

"上哪儿上呢？房子塌了……"山丁子说，神情有几分黯然。

"先到队部上一天吧！"大胡子队长进屋了，他拍拍我和玉秀的肩膀说：

"真对不住你们俩,房子早该修修了,要是真把你们砸出个好歹,我是一辈子赎不回的罪过呀。"

"队长……"我竟然嗓子哽咽了。

"明年开春,什么都不干,先给你们盖一间教室,就在你们那间小房那里!"

"队长……"挂着几颗泪花,我竟然又笑了。

小草房啊,你给了我们多少如丝似缕的难忘的回忆……

6

就在今天下班后,我专门路过那里要去看看那间小屋。半路上,我碰见了玉秀。她刚刚从幼儿园把孩子接出来,见我匆匆忙忙地走,叫着我:"赶火车呢?忙什么呀?慧珍?"

我告诉她去看房。

"新房?要结婚了?"她眉眼里全是笑。

"不是。"我告诉她事情来龙去脉。

她嘴里立刻喷喷着,象咬了一口苦黄瓜,一把拽着我的手:"什么?你干嘛放着河水不洗船,图的什么呀?你家里什么都是现成的,跑到那小屋受那份洋罪?这么些年在北大荒还没受够怎么着?你弟弟、妹妹怎么不去住呀?你可千万别捡根稻草当金条!"

我没有说话,我对她说不明白。

她紧接着又说:"你听我的没错,我是过来的人了,怎么也比你懂得多。你要是结婚怕没房子,那也没关系呀,找对象时先找个有房子的,不就解决了?"

我笑笑。谢谢她的好意,还是要去看房。

她摇摇头,说:"真拿你没办法,走,我陪你一道去,帮你参谋参谋,省得你傻里巴结吃了大亏!"

她从衣兜里掏出一把东西塞给我,我一看,是瓜子,她永远是一个热心肠的人！

我们俩人扒着那间小屋的窗口往里一看，条件是差些。纸糊的棚，碎砖砌的地，窗根底下一个自来水龙头，哗哗的流水声，会永远给小屋伴奏。地上返着潮气，还有两只小老鼠在墙角追逐着做游戏。住进去，要自己买煤，自己生火，自己买菜，自己做饭……

"我劝你还是死了这份心，趁着还没敲锣，赶紧收场！"玉秀劝着我，"这房子怎么住呀？"

"妈妈，这象咱家的厨房。"她的宝贝闺女叫着。

"一个穷小学老师，谁管你？这房子，你住进去有日子，再想搬出来，换新房，可就没日子喽。你可得拿定主意，犯不上孤零零一个人跑这儿受洋罪。干嘛呀？当苦行僧呀？别的话你听不进去，这话你得听我的，当初，我比你不革命呀？现在，我算明白过来了……"

玉秀嘴里在嚼姜捣蒜，诚心诚意地劝着我。我没有说话，我不知该讲些什么好，不知怎么搞的，望着这间小屋，眼前总晃动着北大荒那间倒塌的小草房……

7

就在小草房倒塌后第二年的春天，玉秀先办病退回到北京。我因那条被砸伤的腿，也办病退回到了北京。临离北大荒时，我来到这间倒塌的草房前。高低不平的灰土上长满了青青的草，草丛中间有几朵酒杯一样的蓝百合花，和一簇簇红红的达紫香。我的心头掠过一丝丝怅惘的伤感，我再也见不到那间小草房了，那陪伴我批改过多少作业，上过多少课的草房了。

我竟然滚落出几颗眼泪，我甚至想，如果小房不倒塌，我的腿不受伤，也许我还不会离开北大荒吧？我还会在这间小草房里继续生活吧？白天，给孩子上课；晚上，倚在炕头上继续读书、备课、批改作业，用红笔画着一个个可爱的五分或二分……会吗？会这样吗？失去的一切，发出了光彩。

只有失去的，才能体味出它的珍贵，小草房曾经给予我的一切，将永远留给我缅怀的记忆，我总觉得它是不该倒塌的。

是的，如果能早修修，它不会这样快，这样弱，这样经不起一场风雪，就倒塌了！它本不该倒塌的，可是，它倒塌了。

我回转身子，准备要离开这里的时候，忽然发现，在我身后不远的一株白桦树下，站着山丁子。他不说话，也不动窝，只是默默地望着我。我走过去，啊，我看见他的眼睛里蓄满了晶莹的泪花。一时，我也不知说些什么才好。

沉默了许久，田野上吹来的风显得大了。那草房废墟上飘来的野花香似乎也浓了，我的心里一阵紧缩。

就在这片倒塌的草房前，大胡子队长刚刚备好料，要盖教室，现在，停工了，料也运到别处去了。玉秀走了，知青们大都有一去不返的趋势。象发潮水一样涌来了，又象发潮水一样走了。谁来当老师？大胡子队长在为我盖上朱红大印的时候，对我说："走吧，走吧，你们有你们的难处。这些年够难为你们的了，只可惜，孩子们呀，他们都想你们呀！"我能说什么呢？这个北大荒偏僻队上开天辟地的第一所小学校就这样建立起来，又这样倒塌了。孩子们又要奔波十八里地，越过水泡子到场部上学去了。会不会再有孩子掉进水泡子里呢？面对着这片废墟，我垂下脑袋，仿佛草房不是被那场风雪刮倒的，倒象是我们用自己的手弄塌的。

"老师！"山丁子憋了半天，才涌出这样一句话，"你走了，还会回来吗？"

啊，我该怎么回答？

8

这是我在家里吃的最后一顿晚餐，当然我还可以回家再吃妈妈做的饭，可那毕竟是以后的事情了。

这些天，弟弟利用休息天帮我修了修那间小屋，整了整，重新糊了棚，垫了地，刷了墙。今天，又帮我把床、椅子、桌子和一书架的书搬了进去，而且帮我买了一个蜂窝煤炉子，驮在自行车后架上，运进了小屋。明天，我就可以住进去了。三十多岁的人，总算有了自己的一间房子。

吃完饭，弟弟数落完男排在阿根廷输给日本队以后，开玩笑地对我说："姐姐要去修身发奋了，我们等着你的那个什么宝贝能写成发表，但愿在我的对象搞成功的时候，你也能够成功。"

我笑笑，没有说话。我该怎样对他解释呢？他是我的亲弟弟，并不了解我。我在这楼房和全家一起住着，吃、穿、用，都自然不用发愁，可是，我付出了时间的代价。我去那间小屋住，吃、穿、用，都得自己去奔。可是，我赢得了时间。世界上除了物质上的需要，毕竟还有精神上的需要，虽然，它并不是万能的，可有些时候，对有些人来说，却更重要些。也许，那是弟弟所瞅不起的，太渺小了，就象一年级小学生刚学的一加一。也许，就这样渺小，我也不会成功。但我毕竟没有虚度时光……

妹妹最近在蓝天服装店新做了一件束腰披肩的风衣，美得她象蝴蝶，张着翅膀飞呀，飞呀，在两间屋里跑，对着大衣柜的镜子前后地照。每天光是找衣服、换衣服、照镜子，她要用去多少时间呢？时间对于她还是充裕的，她还年轻哩。过了年，她才二十三岁，我真羡慕二十三岁这个年龄，如果我现在也是二十三岁该多好，我一定有更充裕的时间，重新安排我的生活！

"姐姐，我知道你这么着急要搬进那间破房为什么！"她忽然跳到我的身边，嘴凑到我的耳朵根诡秘地冲我一笑。我闻见一股浓郁的香水味，天呀，她身上洒了多少香水呀？

"为什么？"我问她。

"你一定也有了 Lover 了吧？"她一定是从她的那位大学生那里学会的英文，"着急要结婚了吧？我完全理解你！"

她走了，留下一阵长久不散的香水味，她完全理解我？说得那样自信！她自己倒是着急要结婚呢。昨天夜里，她悄悄对我说："姐！我告诉你一个秘密，你可千万不许对任何人说。"

"什么秘密呀？"

"我得赶紧结婚！"

"干嘛这么着急？"

"我有了呀……"

她大大方方地说着，一点儿也没有害臊的表情，倒象告诉我一件喜事，象中国女排捧回冠军的奖杯。

我不知说些什么好，我很想告诉她，做为一个女人，不要以为得到男人的温存、亲吻、拥抱，最后生一个小孩，便囊括了生活的全部内容。除了爱情，生活中还有许多更重要的内涵值得追求。可是，这些话未免太空洞、太说教了吧？她能听得进去吗？我们虽然才差着不到十岁，想的，做的，却差得那样远。

现在，她早已经飞走了，漂亮的风衣后摆飘起，象飞翔的翅膀。她象是一只快乐的小鸽子，眼前永远是单纯的天空。单纯，有时和浅薄是同义语呢，她知道吗？

9

我搬进了这间小屋。头一天躺下睡着的时候，我梦见了北大荒那间拉禾辫盖成的小草房。它并没有倒塌，依然站立在花草茂盛的田野上，只不过它被重新修整，支撑了起来，显得更加结实了。是的，它不该倒塌。那曾经追求过的信念，那曾经培植起来的精神，不该经不起一场风雪，就哗啦啦倒塌成一片废墟。

第二天早上醒来，我还久久地为这个梦而激动不已。

生活没有亏待我，在这间小小的屋子，在这个嘈杂的小院，我和关老师那个小学教育金字塔底座的探索、研究，虽然还远未成功，却真应了妹妹的话，爱情终于扣开了我的房门。不过，那已经是一个新的故事了……

一九八二年十一月改于天津

小店里

毕业了！四年的大学生活，象马拉松长跑，终于结束了。拿到了分配的派遣证，分配的单位都很如意。他们三个人真想上哪儿喝上一盅庆祝庆祝！出学院，出胡同口，往左一拐，数三根半电线杆，那里就有一家小饭店，名字叫"小乐意"。一年半以前刚刚开张，江苏风味，松鼠黄鱼最驰名。是个最近、最理想的地方！

走出胡同口，三个人都站住了。你望望我，我望望你，既不动窝，也不开口。

"咱们上哪儿？"瘦长个子，外号叫长脖鹿的邵玉林伸长脖子，故意地问。他分到一家化学研究所工作。入学前，他就在这家研究所工作。不过，那时刚刚从北大荒插队回来，好不容易才找到工作，在传达室值夜班看大门。现在，他要堂堂正正穿过传达室，迈上花岗岩的台阶，踏上水磨石地板的大厅，推开研究室的玻璃门，坐在新买的捷克式写字桌前办公了。大有衣锦还乡的劲头。高兴劲儿催得他最先憋不住气，开了腔。

"对，上哪儿呢？"矮胖子冯风是三个人中年龄最大的，刚过三十，肚子却已经凸起，象上体育课用的实心球。入学前在北大荒修了六年地球，回北京后在肉联厂炸了四年丸子。同学们开玩笑，说他在炸丸子时没少偷吃，积攒下了油水，才长得这么胖。他和邵玉林同时分到研究所。正春风得意。

不过，他尽量压抑自己激动的心情，平静地随和一句。

年龄最小的周军，今年二十九岁。入学前，在北大荒呆了一年半，在家待业了两年，卖过半年大碗茶，卖过半年糖葫芦，卖过半年冰棍，在一家夜宵店卖过两年馄饨。最先报告"小乐意"饭店开张消息的就是他。他和饮食行业有着一段割不断的历史和感情。现在，他将要到商业部报到。还是离不开买卖，可这是部里面啊！和小饭店、馄饨铺可差着好几个节气呢！他不讲话，只是望着邵玉林和冯风。他，碾道的驴——听喝！

心里都揣着明白装糊涂。三个来自北大荒的，刚刚从高等学府毕业的堂堂小伙子，竟谁也不敢往左拐，迈进那家小店。

都想去，又都不敢去！没脸吗？象班上有的同学喝醉了，吐了人家一地，还耍酒疯，让人家打电话，叫学院保卫科来领人？还是象班上有的同学吃了，喝了，少给人家粮票和钱，反而把人家的菜碟和调羹偷回来，在学院食堂里大摇大摆地使用？没有。他们三个人没干过这份缺德的事！那为什么不敢去呢？

天底下有许多事，有时一时半会是没法说得清楚的……

第一次走进这家小店，是一年半前的初冬。正是一个星期二，下午没课。小周回来一提议："老冯，大邵，'小乐意'，新开张的！你们听听这名字，起得有水平吧？据说是请来一位原来的资本家，带领几个待业青年开的。菜炒得色香味俱全，价钱还便宜。怎么，诸位不去品尝品尝？"

四点整，小店晚餐刚开张，三个人头一拨占据了靠火炉的雅座。小店不大，布置得干净、典雅。枝型吊灯象浮在半空中的莲花。两面墙上，一幅画，一副对联，交相辉映。画是浓墨山水，对联隶书写成，极有风趣："客一位二位请坐，酒一两二两尽饮。"

吃点什么呢？老邵说："来条松鼠黄鱼，我请客。"老冯说："得来几瓶啤酒。"小周说："大冬天喝哪家子啤酒！"老冯反驳他："这你就在北大荒呆的日子短了，我们在北大荒呆的时候，大烟泡刮得天地一片白，那松花江牌的啤酒都冻成了冰茬儿，一样可劲儿地生产！""那可是真的！"老邵在北大荒呆的时间最长，颇有经验地点点头。三个人头快碰在一起，轻轻商量着，象三头蒜瓣……

"点点儿什么菜呀，三位同志？"

一阵轻轻的声音在他们耳边响起，客气又不媚俗，大方又有分寸。他们三个人的脑袋同时抬起。这一抬不要紧，三个人都愣住了。目光都燃烧起来，脸上都清楚地写着一句带感叹号的话：多么漂亮的姑娘！

是漂亮。白帽下飘曳几绺刘海，衬托得脸庞更加秀气，眉眼搭配得那么协调，白净净的，简直象瓷人。至于身材不用说了，亭亭玉立这个词应该是为了她才被文人们编出来的。

一身普通的工作服也显得格外有韵味。胸前的服务号码003号，仿佛也象一枚胸花。象谁呢？张瑜？山口百惠？栗原小卷？谁也不象。她就是她自己。一时间，在他们三个人心目中涌起的都是这样的潜台词。

这不能怪他们。他们不是少见多怪，也决不是那种拈花惹草的轻佻者。三个人原先地位都低人一等，在北大荒混的那惨劲儿就不用说了，回到北京来，一个看大门，一个炸丸子，一个卖馄饨，也够让人撇嘴的。先后都搞过好几个对象，一一败北。象踢足球，刚过中场，还没到禁区，球就被顶了回去。姑娘们一听是看门的、炸丸子的、卖馄饨的，都摇摇头、握握手，告辞了。还怪客气的呢。这能不伤他们的心？现在，他们上学了，而且再过一年半就要毕业了，堂堂大学生了！据说全国平均一千人里面才只有一个大学生哩。好马不吃回头草。原先吹掉的姑娘曾经有几位又主动找上门来。破镜能重圆吗？笑话！他们下决心一定要找一个亮得出来的，在马路上，公园里，剧场中，让大家投来赞美目光的漂亮姑娘。让过去吹掉的那些姑娘们后悔、羡慕、目瞪口呆！三个光棍遭遇相同，目标相同，常常凑在一起，一起发泄发泄，互相参谋参谋。入学不到两年，他们三个人凑进一间宿舍里，成了形影不离的好朋友。同学们都羡慕地说："看，还都是从北大荒回来的，劲儿就是不一样！"

现在，漂亮的姑娘就在面前。搞过这么多次对象，还从来没见过这漂亮的姑娘。真是山穷水尽疑无路,柳暗花明又一村。象今年初夏,他们爬沟崖,爬得汗流如注,一路都只是野花野草,太平常的野景。突然,爬到玉虚观,好劲,山雾缭绕,林木葱郁,蔚为大观,令人心旷神怡!没白来!眼下,没白来这家小店!

"同志,点点儿什么菜呀?"

服务员又一次客气地问。这声音真甜,象一阵清得见底的溪水淙淙从心底流过。人的声音美大概是因为人的模样美。三个人心中都这样想。

邵玉林站了起来,凑到姑娘的身旁,看她手中拿着小本本,问道:"你们这儿都有什么菜?"

姑娘扭过头,用一支绿杆的圆珠笔敲打着小本,根本不看他。这是饭店服务员常用的标准姿势,既自尊,又不失于礼节。只是说:"菜谱就在桌子上!"

小周从桌上抄起墨绿色塑料封皮的菜谱,笑着对邵玉林说:"老邵,你注意点儿!"

冯凤毕竟岁数大点,悠住劲儿,微微笑着,望望小周和老邵没说话。

姑娘依然用笔敲打着小本。他们的笑声和话音,她仿佛都没听见。注意看,她秀气的鼻翼轻轻嗤了一下,那意思仿佛在说:"你们这样的,我见得多了!"

"同志,你们点点儿什么?"

姑娘第三次发话了。

"啊!来条松鼠黄鱼吧……"

"再来盘炸鱿鱼卷……"

"再来三瓶啤酒,半斤红葡萄酒……"

他们稀里糊涂点了一桌子酒菜。一算账,小二十块钱,这才想起摸钱包,一个个都瘪的。翻遍了所有的衣兜,连钢镚儿都凑出来了,还差三块七。好尴尬哟!最后,幸亏小周发现这月新发的助学金还在书包里,拿出来交给了姑娘。姑娘不动声色,接过钱,找好钱,端上菜,翩翩而去,象一只白蝴蝶，在铺满白色台布的桌子之间轻盈地飞翔……

第二个星期二，下午没课。准时四点，小店刚开门，他们三个人又光临了。

这一个星期，姑娘的身影同时在三个人脑海里盘桓。谁也不对谁说，都在各自心底藏着。白天，课紧、脑瓜子不得空。夜晚，熄灯之后，就听三个人的床板都在吱咽咽地响……

星期二四点钟前，小周挑头，不说去小店，只说了声："我想出去遛遛，你们二位去不去？"

老邵说："上午四节课，上得我脑仁儿都疼了。我正想出去换换脑子！"

老冯最油，说："那我只好舍命陪君子喽，跟你们一起遛达一圈了！"

鬼使神差，出胡同口，往左一拐，数三根半电线杆，小店象磁石。

"点点儿什么菜呀？三位同志！"

依然是这甜甜的声音。他们不是凭声音，而是凭感觉，是内心的生物感应，知道姑娘走了过来，在问话。他们望着她。她依然歪着头，用那支绿杆圆珠笔敲打着小本本，瞅也不瞅他们。好个高傲的公主！他们三个人心中说。是赞扬？还是责备？天知道！

又是稀里糊涂要了一桌酒和菜。又是稀里糊涂吃完了。又是一个星期的心往神驰，各自在心中编织着痴情的图案。

第三个星期二，三个人心照不宣，又结伴来到小店。姑娘拿着那支绿杆圆珠笔和小本本从后面出来，轻柔得象阵风，飘逸得象片云。望见他们三位又坐在老位置上，她的脚步犹豫了一下，象朵雪浪花碰到一块礁石。不过，她还是走到他们的桌前。

"点点儿什么菜？"

她的话音有一股焦躁，但仍然是甜甜的，不过是加了点盐。三个人的目光象聚光灯，同时落在她的脸上。她感觉到了，漂亮的眉峰微微一蹙，手中的笔停止了敲打。

三个人要完了菜和酒。

"对不起，啤酒没有。请用点别的吧！"话说得依然客气、得体、稳重、老练。服务员中有这样风度和素养的真是太少了。不少女服务员态度横得象窦尔敦。

"没有就算了！"三个人的目光依然落在姑娘的脸上，象三只鸟停在烂漫的花枝上不肯飞去。

姑娘的眉头竖起一座小山，转身而去，走进后面的厨房。厨房团团的蒸气吞没了她，象白云遮住了山岫。

三个人开始静静地等。谁也没有说话。平常，个个都赛得过四个喇叭的立体声录音机。现在，却静得出奇，谁也不望谁，都只望着厨房的出口处，等待着姑娘端出菜来。等啊，等呵，谁知道这次等的时间这么长。别人的菜都先后端了上来，天不知不觉都黑了下来，他们的菜还没端上来。往常，姑娘端菜麻利得很呀！这回怎么啦？

"问问去吧！"老邵建议，却不动窝。

老冯沉得住气，双手托腮，不讲话。

"我去！"小周腾地从椅子上弹了起来，刚要走，一位五十多岁胖胖的老师傅端出一盘鱼走到他们桌前，叫道："松鼠黄鱼！"鱼摆在桌子当中，老师傅冲他们微微一笑，"让三位久等了，其他菜这随后就到！"

怎么是他端上菜来？姑娘呢？他也许就是小店聘请来帮助经营操持的那位原来的资本家？

不一会儿，还是这位老师傅，把其他菜端上了桌。一直到菜吃光了，他们三个人也没见姑娘再出来。他们只得离开了小店。走在大街上，街灯朦胧。他们的心也弥漫着一团雾霭……

他们有着难得的韧性，象入学前在艰苦中发奋读书，象入学后在紧张中刻苦用功，他们都曾咬过不少苦果子，都没能难倒他们。又一个星期二，三个人又去了。

姑娘不在。迎接他们的还是那位胖胖的笑容可掬的老师傅。

再一个星期二，他们又去了。姑娘又不在，迎接他们的还是那位老师傅。

事不过三！

又到了星期二下午，小周说："你们还去不去？"

老冯不语。

老邵泄气："算了吧，人家是有意躲着咱们呐！咱们别找不自在！"

小周慷慨激昂地说："这才是好姑娘！不象有的姑娘，还不认识呢，就眉来眼去了！这叫对咱们的考验！"

"好！小周最经得住考验！我舍命陪君子！"老冯站起了身。

三个人又来到了小店里。姑娘依然不在。莫非病了？还是调走了？

这一回，他们没有坐下来吃饭，扫兴地走了。他们有点惘然若失，心象天上悠悠的云朵，飞又飞不走，飘又飘不下来。快出门时，小周不死心，往厨房一拐，钻进团团蒸气中，想看看里面究竟有没有这位姑娘。忽然，他象发现了新大陆，高兴地跑了出来，拽着老邵和老冯说："来，快看！"

原来是厨房出口处的墙上贴着一张小店职工考勤表。这几个星期二休息的只有一个人：003号，尤静。而同样是这位尤静，在前面几个星期休息的时间却是星期三。他们数了数，正好是六个星期，恰恰是他们头一次到小店之前。尤静！不用问，就是她！三个人谁也没说话，可又都想到一块去了，咳，人家八成以为我们是流氓、小晃、胡同串子，看中了她，找她的麻烦来了吧？所以，她特意把三个人常来的星期二错过去？好个有心计的姑娘！我们是那号的人吗？是想逢场作戏，占点便宜，只是和她逗逗闷子？不！我们是正经的大学生呀！是……三个人对望了一下，那表情既委屈又尴尬，可谁也没说什么。

走出小店，天空正飘洒下细碎的小雪花，一片片，扑打在他们的脸上，钻进他们的衣领里，一晃就不见了，化了，化作一团温馨的热气。多么洁白的雪花！这是今年冬天的第一场雪花！在天空中跳着芭蕾舞？还是碰撞着响起无声的音乐？不管是什么，都是美的，纯洁的！三个人意外发现了考勤表的秘密，心境一下子变得明朗、纯净了许多。几乎破碎的梦，又变幻起新的、迷人的光环……

第二天，星期三，下午有四节课。上了两节，三个人偷偷溜出教室，跑出校门，拐过胡同口，来到小店里。越是轻易得不到的，偏偏越有着强烈的吸引力。入学快三年，他们第一次旷课了。

这一次，他们的身上都戴上了学院的校徽。白牌牌，红字字，显眼，闪亮。前几次，怎么忘了带上它了呢？

他们又坐在了老地方。充满着信心，洋溢着自信。

姑娘从厨房出口处出来了，象演员从后台走出亮了相。她顿时一愣。这真是甩不掉的三帖狗皮膏药！她心中一定这样骂着。他们看见她弯弯玲珑的嘴角在动。硬着头皮，她还是走过来了。她的眼睛扫了他们一下，突然一亮。啊！胸前的白牌牌起了作用。那是通行证。

"点点儿什么菜呀，三位同志？"声音柔和了，甜美了，嘴里象含着一块水果糖。他们三个人是这样感觉。主观感觉有时可以改变客观效果。

姑娘的态度确实改变了。当菜上齐后，她微微含笑，对他们三人说道："你们三位都是大学生呀！"

他们猜得到她要说什么："真对不起，我……"老邵打断了她的话，站了起来，连连摆手说："没关系的！没关系的！"

姑娘望了他一眼，没再讲话，笑笑，翩然退去了。那笑，是友好的。

"哈哈！老邵又站起来了，你可得注意点儿啊！"小周打趣道。他想起第一次到小店来时老邵那激动的样子。

老冯嘿嘿笑了起来。

三个人来小店这么多次，头一次这么高兴。虽然，一连几个星期二总到这里连吃带喝，他们三个穷大学生都有点钱紧。每天的早点都免了，中午的菜也由甲级菜节省到一个五分钱的熬白菜。现在，云散了，以往的烦恼飞走了，熬白菜化作了眼前的松鼠黄鱼！酒喝光了，请姑娘再给添了三两。他们仿佛打了一个胜仗。这回，象足球终于盘进禁区，就等找准机会，凌空一脚射门了。

机会就在眼前。

元旦到了。学院要组织一场舞会。同学们纷纷邀请自己的男朋女友来痛快地狂欢一场。

小周拿着一张漂亮的贺年片跑进宿舍，冲老邵和老冯说："我写了一张贺年片，你们谁敢到小店里当面送给她，请她来参加咱们的舞会？"

老邵接过贺年片一看，上面写着："尤静同志，敬请参加我院的新年联欢晚会。"下面没落款。

"怎么样？谁敢去请？下面签上名，这事八字就有一撇了！"小周继续说。

老邵把贺年片递给了老冯。老冯看完，递还给小周。

"怎么？你们都不写？"

"你呢？"老冯反问他。

"我写。"

"慢着！我得问你，你想成熟了没有？你如果真正想和她交朋友，而且是交到底，那么就写！郑重其事地邀请人家来！"

"我……"小周沉吟了。

老邵伸长了脖子，望着窗外。

"这些天，我反复想过这个问题了。刚开始，我们脑子里都有些发热。冷静下来思考思考，这事可不是小孩过家家！人长得漂亮，没挑的！可是，工作呢？小店里的服务员！你想过吗？以后怎么办？你想过吗？我们千万别把自己的生活搞得复杂化了！"

大家都卡壳了。

老冯毕竟年长一些，说话打得起分量。漂亮，素养，风度……都有。还缺少点儿，最重要的一点儿。姑娘放在了他们心的天平上了。人和人是有差异的。这正如他们化学课学过的，同样是一个氢原子，和一个相同的共价键的氢原子结合，就可以变成人类珍贵、工业上极为重要的氢气，连火箭运行时也需要它的液体：液氢。而和一个不相同的原子，比如氧结合，只能变成人类的大路货——水。他们是大学生，是尝受了人生况味，北大荒……待业……看大门、炸丸子、卖馄饨……往事不堪回首呀！经历了几年颠簸，奋斗了几年，才终于摆脱了原先地位的大学生。他们不愿意重新回到大路货一面去。他们心中设立了一架不容倾斜的天平。

三个人谁也没有签字。贺年片没有人敢亲自送给姑娘。他们是那样自信，仿佛贺年片一送出去，姑娘就会求之不得，欣然允诺，象一只小鸟，欢快地飞进他们这一片幽深的树林。

新年晚会开始了。他们惊讶了。晚会上竟然出现了这位姑娘！还是戴着那顶白帽子，额前飘动着一绺刘海。还是穿着那件003号的工作服，亭亭玉立地站在了那里，背后是那位胖胖的老师傅。原来，她是和小店的几位师傅特意送饭上门，为晚会送夜宵来的。热腾腾的包子，外带酒、汽水和香烟、奶糖。想得真周到！

"同学们，'小乐意'饭店是待业青年新组织起来的，今天雪里送炭，服务到家，为我们的新年晚会增加了色彩。我们感谢他们！我们当中不少原先也都是待业青年出身，我们和她们的心是相通的。下面，奏一段《蓝色的多瑙河》，咱们邀请她们跳一段，表达表达咱们的谢意！"

是学生会主席在乐队前的麦克风旁边热情洋溢地讲话。

轻快的乐曲奏起来了，流水一般荡漾。学生会主席带头邀请尤静跳舞。她望了望身后的胖师傅。胖师傅冲她含笑点点头，从她手中接过卖包子的夹子。她伸出了手臂，脚踏上了节拍。她跳得真好！比舞会上所有的人都好！象一阵风，象一串跳跃的音符。她开朗地笑着，旋转着，象一位白衣仙子，白色的工作服变成袅袅的云朵。全场人为她和她的伙伴们鼓掌，许多人纷纷邀请她跳舞。

可是，邵玉林、冯凤和小周三个人，谁也不敢邀请她跳舞，也不敢买她的包子、汽水或酒。以往的热情哪儿去了？勇气哪儿去了？都被深深的思索的波涛淹没了。单纯让位给复杂。美丽让位给职业。今天让位给将来。是啊，将来是重要的。三个人分别悄悄地溜出了晚会会场。悠扬动听的乐曲甩在了身后。他们失去了今天……

今天。明天……春天……夏天……一年半过去了。现在，又是一个夏天，三个人徘徊在"小乐意"饭店前面。往左一拐，走三根半电线杆，就可以迈进小店。他们竟然踌躇不前了。自从那个新年晚会之后，他们再也没有去过小店。那是一幅以往漂亮的画，时过境迁，逐渐被他们忘却了。现在，他们想庆祝毕业分配走向一个崭新的、理想的生活时，又想起了小店。可又谁都不敢进了。仿佛他们干了什么对不起那位漂亮服务员的事情一样。其实，没有。爱的乐曲仅仅是前奏，而且仅仅是在他们心中奏响，就戛然而止了。他们不欠姑娘什么。他们没有对姑娘有过什么表示，也没有过什么举动。可是，他们的内心却有了负荷。这是难以说得清楚的。就象那一幅漂亮的画，他们又想起来了，已经落上了灰尘。这灰尘是他们给弄上的。这真是一个蹩脚的比喻。没办法，他们的心一时有些乱……

可是，这幅漂亮的画毕竟又重新展现在眼前，又闪烁了光彩，又具有了魅力，吸引着他们想去看一看。不为什么，只是想看一看。看一看它有什么变化，然后和它道个别，分手了，彼此友好，而且还保留着一段往事的回忆。真的，既然已经想起了她，为什么不进去看看？把廉价的虚荣心丢掉吧！怀着种种解释得通的复杂心情，他们三个人推开了小店的大门。小店风光依然，枝型吊灯还是那样舒展着花瓣，浓墨山水画还是那样气度非凡，别致的隶书书写的对联还是那样醒人眼目。

只是姑娘不在了……

迎接他们的是那位胖胖的老师傅。他们又要了一盘松鼠黄鱼，一盘炸鱿鱼卷，三瓶啤酒……又是满满一桌丰盛喷香的酒和菜。

姑娘哪儿去了呢？生活，真是万象更新。每时每刻都会出现奇迹。这样漂亮的姑娘一定会有人爱的。也许，她已经爱上了人？奇迹正在她身上出现吧？不会又是休息了吧？

当上最后一道菜时，小周禁不住问那位老师傅："请问您店里有一位叫尤静的同志哪儿去了呢？"

"哦，她呀，去年夏天就考上大学，走啦！"

老师傅说完，一脸春风，高兴得象他自己考上了大学一样，走去了。

这是一个好消息。为什么他们三个人的心一下子沉了下去？他们原先有那么多学问，那么多弯弯绕、花花道的脑瓜，一下子显得空荡荡，象搬空的房间？满桌喷香的酒菜似乎都失去了味道。他们毕业了。她上学了。他们结束了。她刚刚开始。生活，给予他们多少，又失去了多少？往往可以得到的，却失之于交臂。一瞬间的事，化作终身的遗憾。怨谁呢？

"啪"！老师傅按动了小店里的电钮。枝型吊灯倏地全都亮了。亮得直刺眼睛。天什么时候黑了？

一九八二年八月于戏剧学院

玉兰花开的时候

推开和平宾馆华丽房间的门,芦一林愣住了。想不到他要找的香港摄影家叶子,就是七年没有见面的好友叶天鸣。

芦一林是一家文艺杂志的美术编辑。今天他接到编辑部的任务:向刚刚回内地访问的叶子索稿。这是一位在香港颇有些名气的摄影家。请他奉献两帧摄影作品,在这一期杂志上刊登,以飨读者。想不到天下竟有这样的巧事,使这两个久别的好友在这里邂逅相逢。

叶子也一下子认出了芦一林。他被松软的沙发弹了起来,眼睛里闪着惊喜的光,霎时,两个好友紧紧地拥抱在一起,几乎同时喊出:

"叶天鸣!"

"芦一林!"

"哎呀!看看你吧,鸟枪换炮,今非昔比啦!"芦一林指着叶天鸣开着玩笑,可不是,叶天鸣穿一身笔挺的西装,油亮的头盔式短发,哪还有一点知青"老插"的味儿!

"还记得在北大荒你那模样吗?腰上扎一条草绳,你那新发的绿棉衣穿了不到两个月,上完达山伐木就挂破得象'天女散花'了……"

芦一林还在兴奋地侃侃其谈,叶天鸣打断了他的话:"快别说笑话了,我问你,知道韩宝成现在在哪儿吗?"

"韩宝成?"芦一林一下停住了笑声。是啊,韩宝成现在在哪儿呢?跟韩宝成分手四年多了。开始,他们还一直不断通信。后来,信越来越少,最后不知不觉中断了。去年,听说他带着关节炎、风湿症从北大荒病退回到北京。芦一林曾找过他家一次。可是,他家早搬走了。说来惭愧,芦一林觉得在脑子里想自己的事多了,想韩宝成的事少了,而且越来越淡漠了。

叶天鸣听了这个情况,长吁一口气,感慨地说:"多好的人啊,要是能见到他就好啦!"他递给芦一林一支精美的日本"七星牌"过滤嘴香烟。两个人都不再讲话。烟雾缭绕,他们陷入深深的回忆里。正是初春天气,窗外,一株高大的玉兰正绽开硕大、洁白、杯盏般的花瓣……

玉兰,洁白的玉兰花,在烟雾中浮现……

呵,玉兰,洁白的玉兰花!也是这样一个玉兰花开的春天。早晨,胖胖、秃顶的牛老师领着他不到五岁的小孙女玲玲,带着叶天鸣、芦一林和韩宝成这三个得意门生坐上公共汽车,跑到颐和园写生。玉澜堂前玉兰花正迎着料峭的春风开了,一树洁白的花朵,象雪,象玉,象云,象飞迸的浪花。一缕缕清幽幽的香味扑鼻,他们赞叹世界上竟有这样美丽的花!他们刚刚是初中一年级的学生,第一次见到玉兰花。一下子,世界在他们面前变得更美了。他们迅速地拿出画笔画纸,作起画来。

不一会儿,芦一林画好了。他象一只欢快的小鸟,兴致勃勃地跳到牛老师身边,仰着红扑扑的小脸望着牛老师,等待着评语。他画得最快,以为一定会得到称赞。牛老师看了看画,望了望芦一林,没有讲话。小玲玲趴在牛老师的肩头,学着爷爷的样子,望着画,又望望芦一林。芦一林想大概要等叶天鸣和韩宝成画完后一起讲评吧。他又象小鸟扑打着翅膀,跑到他们俩人身边。叶天鸣还没有画完,正在勾勒树尖最高的那朵硕大的玉兰花。韩宝成呢,他的画纸上竟然还是一片空白,他托着下颔,咬着笔头,望着玉兰花还在发呆呢。

过了一会儿,叶天鸣也画完了。韩宝成的画纸上,除了花影、阳光在上面跳跃外，还是一片空白。芦一林坐不住了，拉着叶天鸣跑出玉澜堂，沿着长廊跑啊、看啊。湖光山色，春风温煦，真美，一切都美！他们指点着长廊上那一幅幅画评说着，争论着，俨然现在就已经是画家了呢……

快中午了，两个小伙伴的肚子有点咕咕叫唤了，便顺着长廊跑回玉澜堂。嗬！韩宝成真有坐功，还坐在那儿画呢。他们跑过去一看，一幅不大的画面，一枝玉兰，几片花瓣，竟然画了这么久。又等了好大一会儿，韩宝成才画完。等他站起身来，叶天鸣和芦一林呆了。他屁股底下有一大摞画纸，显然是他不满意，画了一张又一张……

三个小伙伴摊开了带来的野餐。叶天鸣是华侨的儿子，家里生活富裕，带来的是奶油点心和一筒午餐肉罐头。芦一林的爸爸是个坐小卧车的干部，又只有这么一个男孩子，娇得很，为他准备的是夹肉面包。韩宝成家里姊妹兄弟多，他排行老大，今天带来的麻酱烙饼和两个鸡蛋，还是妈妈咬了咬牙，特意为他准备的呢。

芦一林爱开玩笑，站起来叫道："今天听完牛老师讲评，谁画得最好吃这份奶油点心好不好？"

"好！"三个小伙伴跳着高喊着。

牛老师和小玲玲拎着好几瓶汽水走过来，问："怎么都还愣着不吃呀？"

三个小伙伴歪着小脑袋，异口同声说："您先评评画吧！"

"行！不过，画得好的可不能变成仰脖骆驼，画得差的也不能变成噘嘴驴呀！"

三个小伙伴都嘻嘻笑了，静听老师评讲：

"芦一林画得最差。画的好坏不能靠速度，象跑百米一样。意大利的名画家达·芬奇的《蒙娜丽莎》画了一辈子，他自己讲还没有画完呢。画的最好的是韩宝成。叶天鸣呢，画得不错，缺点儿内在的东西。画画光看外形不够，还要看灵魂。丹青难写是精神嘛！"牛老师摊开韩宝成的画，"你们看，韩宝成画的虽然还不够完美，却画出了一些玉兰的精神，洁白、端庄，虽然早春天气还冷，虽然没有一片绿叶陪伴，它依然悄然开放……"

叶天鸣捧起奶油点心，芦一林捧起夹肉面包，都真诚地向韩宝成祝贺："你吃吧！你是第一名！"

小玲玲眨着长睫毛的大眼睛，递给韩宝成一瓶汽水，跳着脚说："给你，给你，你画得最好！"

童年时期无猜无忌纯真的友谊、天真烂漫炽热的理想，象玉兰花一样散发着清香……

啊，玉兰，玉兰花！也是这样一个洁白的玉兰花开的初春。正是高中毕业，艺术院校提前招生，三个小伙伴一起报考了美术学院，等待录取通知书。等啊，等啊，从春天一直等到夏天，从夏天又一直等到第二年春天，通知没有等来，等来的是一声汽笛长鸣。列车把三个伙伴一起送出山海关，驰过松花江，载向祖国的北大门。照他们自己的话讲：祖国的版图象一只仰颈啼唤的雄鸡，东北就是鸡头。他们插队落户的村落正是那高昂的鸡冠的地方。当雄鸡啼叫黎明的时候，他们最早迎来了祖国的朝霞。

韩宝成登上了五十四马力的拖拉机，奔驰在北大荒甩手无边的荒原上；叶天鸣来到了菜园，象绣花一样侍弄着蔬菜；芦一林的爸爸当时成了走资派，他也沾了光，被分到猪号，整天跟一群猪八戒打交道。生活艰苦，却还有乐趣。几番风波，他们也没有把画夹丢掉。工余时，即使蚊虫和小咬象雾一样扑来，他们躲进蚊帐里，也要涂上几笔。这些年养成的习惯和情趣，使他们和画笔画夹相依为命，彼此同甘共苦，倾诉着对北大荒的热爱和对家乡的思念。

北大荒的夏夜是迷人的。星星象掉在地平线上，不是在你的头顶，而是在你的脚下闪烁。月光象银色的小溪，在整个田野上到处流淌。夜班拖拉机、康拜因明晃晃的车灯，使你恍惚想起节日里天安门广场的探照灯光。间或草丛中跳出一只长着白腚的金黄金黄的傻狍子，会使这帮年轻的拖拉机手加大油门，开足马力，追上十几里……

炊事班新来的上海姑娘阿芳在送夜班饭时，就遇上了这么一场夜追傻狍子的遭遇战。害得她挑着饭桶不得不追了好几里，才追上这帮调皮的拖拉机手。吃着香喷喷的面汤和包子，韩宝成望着汗珠满面的阿芳，不知为什么，心里一动。好一幅江南女子的画面，浴着月光，还带些北大荒粗犷的野味儿，阿芳给大家盛面汤，汗珠在夜色中闪亮，苗条的身躯被镀上一层银色的月光。不知怎么搞的，韩宝成蓦地想起牛老师的孙女玲玲。阿芳真有点象，那神态，那身材，那长长的睫毛，简直象玲玲从北京跑到了北大荒来了。想到这儿，不知为什么，韩宝成心里怦然一动……

"侬害得我跑煞快……"阿芳挂着扁担，擦着汗珠，操着流利的上海话，正骂这帮拖拉机手呢。豪爽的拖拉机手没有让她白跑，这只傻狍子金黄柔软的皮子送给了她做了一条暖和和的皮褥子。

那天下了夜班，韩宝成跑回宿舍，取出画夹，跑到清幽幽的桦树林里。昨夜那美好的印象驱使着他那支神奇的笔。一幅阿芳的速描，在画纸上清晰地勾勒出来了：闪光的眸子，微笑的嘴角，流动的色彩，跳跃的线条……简直是一幅月光下的维纳斯。是的，这就是维纳斯，是艰苦生活中的一朵纯洁的花，一颗希望的星。如果把画送给阿芳，她一定会为自己动人的神态而惊讶。他很想送给她，几次跑到她的宿舍前、跑到食堂里，又几次悄悄地溜了回来。他没有足够的勇气，只好把画偷偷藏在自己的书包里……

正在韩宝成悄悄藏画的时候，叶天鸣和芦一林也都在悄悄把一幅素描藏在自己的书包里。三个伙伴自幼以来从不互相保密，这一次却把秘密藏在各自的心底了。原来，阿芳到菜园和猪号送夜班饭时，同样具有艺术家眼光的叶天鸣和芦一林，也被这位现在北大荒夏夜中的维纳斯女神吸引了。

可是，没过多久，三幅画统统见之于光天化日之下。一个突然的袭击——大搜查，每个知青都必须翻箱倒柜。不知谁下的规定，不许知青谈情说爱。谈情说爱和翻箱倒柜有什么联系？谁知道！那年月，什么稀奇的花招都能想得出来。三幅画被大胡子的分场头头在大会上一一示众，他指着画声色俱厉地说道："这是道道地地的资产阶级思想，不仅仅是三角恋爱，而是四角，这还了得！"加之他们三个人，一个是华侨的儿子，有海外乱麻一般理不清的关系；一个是走资派的儿子，父亲现在正在被批斗；一个虽然是工人的后代，却整天跟他们俩人厮混，近墨者黑嘛！三个人罪过更是加上一等。一时雷霆万钧，小小村庄象开沸的锅，三个人被弄得晕头转向，连平常最爱开玩笑的芦一林也噤若寒蝉，一句话也说不出来了。阿芳吓得"哇"的一声哭了起来。三个伙伴面面相觑，脸羞得象红透的苹果，阿芳一点错也没有；可他们又有什么错？

人们议论纷纷。有的人替大胡子敲敲边鼓。有的人，来个徐庶进曹营，一言不发。有的人，悄悄说："画个画也犯了法？""我看画得很好嘛！"

这些评价对于阿芳都是题外话。说实在的，她对这三个人一个也没想到爱，对于绘画和爱情，她都是不大懂得。她太年轻，才十七岁呀！到北大荒来时，她才十六岁，年龄都不够呢。她完全是满怀一腔天真的热情到这里来的。她做梦也不会想到这里迎接着她的会有这样一场风暴。她被这突如其来、当众亮相的三幅画着自己模样的画，和大胡子一番夹带冰雹的说法吓懵了。她象霜打过的草，蔫了。大胡子专门把她找去，拍着桌子，逼她交待自己与他们三个人之间的"关系"和"罪行"。十七岁的小姑娘被吓得浑身哆嗦，象寒风中吹抖的树叶。一天夜晚，大胡子又把她提到办公室单独审问。突然，把昏黄的马灯吹灭，竟无耻地讲："他们三个人能动你，我就动不得？"阿芳吓成一摊泥倒在地上。她可怜巴巴象一只惊飞的小鸟，不知找哪儿落栖才好……

一天，也是月光皎洁的夜晚。阿芳跑到村前面的七星河边。河水清澈得能看见水底的石子和水草。月亮跳进水里了，星星跳进水里了，河边的白桦林一株株少女般修长的树干也跳进水里了……她也要跳下去的时候，韩宝成、叶天鸣、芦一林都赶到了，救住了她。三个伙伴都爱她，没想到爱的力量有时竟是向着相反的方向发展，居然要葬送他们心爱人的性命。

阿芳得救了，他们三个人更遭难，迫害阿芳要跳水自杀的罪名，竟那么自然而然地落在他们的头上，阿芳得了重病回了上海。走的那天清早，韩宝成不见了。芦一林和叶天鸣真想送送她。他们觉得都是因为自己的画才害了她。可是，在大胡子那双咄咄逼人的眼睛下，他们没敢去。只是躲在清冷的宿舍里，面面相觑，一言不发。透过窗棂，看见阿芳就这样孤零零地走了，身后，只有她自己苗条的影子。他们俩伏在炕上的被子上哭了起来。男子汉呜呜的哭声啊，动人心魄。他们俩深深感到了，现实生活，并不都象画一样美好……

当阿芳来到开往佳木斯火车站的长途汽车站时，她愣了。韩宝成早站在站牌下面等着她。他们相对无语，车快开了，韩宝成才慌忙从书包里掏出一幅画送给她。她展开一看，是自己的肖像速写，依然是那样美好，依然是那闪光的眸子，微笑的嘴角，流动的色彩，跳跃的线条……这是艰苦中的花，希望中的星，是美的表现。这是任何人毁灭不掉的。阿芳捧着这幅画，眼泪在眼眶里闪动。在这一刹那，她有点舍不得离开他了……

车子开了，姑娘去向远方，留下的是一场灾难。韩宝成送阿芳的事被大胡子知道了，又是一场批判。但是那幅阿芳美好的肖像速写，大胡子再也毁不掉了。画随着车子已经远远飞走……

啊，玉兰，洁白的玉兰花！花开花落，现在又到了玉兰花开的时候了……

"一晃七年过去了，真不知道韩宝成变成什么样子啦？"

"要是现在能见到他，咱们三个人再一起去颐和园画玉兰去！"

烟吸完了，留下一堆烟灰。芦一林和叶天鸣站起身，回忆起这些往事，象做了一场噩梦。自从阿芳离开北大荒的第二年，叶天鸣去香港了，芦一林的父亲政策一落实，又坐上小轿车，他也轻巧地调回北京。那时，都是韩宝成先后帮他们打好行装，装好画夹，一直把他们送过七星河。河水在脚下潺潺流着，似乎也在诉说着无尽的幽怨。三个好朋友只留下一个韩宝成，无门无路，站在七星河边，呆呆地向他们摆着手，那手臂象横在寂寥空中的枯枯的树干。啊，那情景是难忘的……

要告辞了，芦一林想起了编辑部的任务，请叶天鸣说什么也要奉献出两帧照片。叶天鸣从他带来的照片中认真翻了半天，迟迟才挑出两幅：一幅《渔舟唱晚》，逆光摄影，象西洋油画；一幅《映日荷花别样红》，象中国画的大写意，芦一林立刻赞不绝口："有意境，有风格……"

叶天鸣打断了他的话："算了吧，老弟！咱们的牛老师说的对，丹青难写是精神。我的东西总缺一点儿韩宝成的那种内在的精神。所以，画画不过关，我才改行摄影。摄影也是如此，瞒得过一般人，瞒不过行家，也瞒不过自己。"

芦一林的脸微微泛红。他知道得很清楚，如果不是靠着父亲的老关系，恐怕是到不了杂志社当美术编辑的。叶天鸣又说："说实在的，如果韩宝成有合适的条件，他的成就一定远比我强上百倍。别的不说，你还记得他那幅阿芳的素描，那纯真、善良，洋溢着青春的活力和对美、对希望的渴求，完全可以一炮打响！可惜呀……"

临送芦一林出门时，叶天鸣把那幅《渔舟唱晚》的照片又要了回去："这张恐怕拿不出去。这样吧，如果你有兴趣，咱们俩这两天趁玉兰花开的时候，到颐和园去一趟。我来照张玉兰，也是为咱们三个人的友谊留个纪念。"

"那太好啦！"芦一林拍手叫好，"明天上午怎么样？我让编辑部派辆小车送你去！"

叶天鸣连忙摆手说："咱们俩还是坐公共汽车去，这样，会勾起咱们更多学生时代的情思！"

第二天上午，春风骀荡，天公作美，早春带着湿润的空气迎面扑来。这是近几年风沙渐多的北京城里少有的好天气。芦一林和叶天鸣来到公共汽车站。

"请喝茶——请喝茶——"

几声轻脆的喊声，使芦一林和叶天鸣一震，不禁回头一看，原来是旁边不远处有一个茶摊，卖茶吆喝的是位二十来岁的瘦俏的姑娘，正在热情招待着不多几个顾客。小小茶摊还附设有点心、水果、香烟、瓜子和花生。铺面很小，花样不少，五颜六色，煞是热闹。吸引芦一林和叶天鸣的不是这些，而是茶摊旁竖起的一人多高的招牌，上面画着一枝清新俏丽的玉兰花，下面配几个醒目漂亮的美术字："知青茶座，欢迎光临。"那一枝玉兰虽然淡淡几笔，却别具风韵，生意盎然，给这茶座平添几分温馨的春色。

显然出手不凡，绝非俗人之笔。

啊，玉兰，洁白的玉兰花！阔别多年的玉兰花又活生生展现在眼前。他们俩不约而同向茶座走去，卖茶的姑娘微笑着给他们一人沏了一杯浓浓的茶。茶香四溢，水面上浮动着茉莉花。

他们俩谁也没顾得上喝茶，眼睛依然凝视着那幅玉兰画。卖茶的姑娘热情地说："同志，请喝茶！"他们俩才接过茶杯，抿上两口，茶什么味儿没有尝出来，他们"品"的仍然是那枝玉兰花的滋味。

姑娘见他们那么欣赏那幅画，便带有几分骄傲的神采说道："这画画得不错吧？"

芦一林、叶天鸣这时才注意到这幅玉兰画旁的卖茶姑娘。

他们禁不住吃惊地悄声说："这姑娘多象阿芳啊！"

那苗条的身材，那长长的睫毛，那明亮的大眼睛。——太象当年的阿芳了。呵，阿芳……

往事的回忆，在他们心中荡起涟漪。阿芳现今的命运会是怎样呢？

姑娘却没理会这些，看着那幅画，依然兴高采烈地说：

"多亏了这张画呢，许多到这儿喝茶的都是被这幅画吸引来的。"

叶天鸣问道："请问这幅画是你画的吗？"

"我哪有这两把刷子，"姑娘爽朗地谈了起来，"我是老插，从农村回北京卖大碗茶，真不愿意干，把碗摔碎了，在家里和爷爷发脾气，正巧爷爷一个学生从北大荒刚刚病退回来看爷爷……"

她话没完，就被叶天鸣和芦一林打断了：

"从北大荒回来看望你爷爷？"

"是他帮助你们画的这幅画？"

芦一林和叶天鸣都有些激动了。姑娘眨着睫毛说："是呀！他帮助了我们，跑了许多地方，千方百计才帮助我们办起了这个知青茶座。开张头一天，他拿来一卷纸，恭贺我们开张大吉：'插队十年，落下一身病，没落下一分钱，只有这个送你们了。'抖开纸一看，嗬，就是这幅玉兰花，多漂亮啊！……"

"快请告诉我们他叫什么名字吧！"

"叫韩宝成！"姑娘回答说。

"韩宝成？"芦一林和叶天鸣高兴得跳起来，连声嚷嚷："太好啦！太好啦！可有下落了！"

"怎么！你们认识？"

"当然认识；还认识你呢，——你是不是小玲玲？"

姑娘听了有些发愣，面对这两位衣着笔挺、胸前横着"美能大"相机的人，她实在想不起是谁了！

芦一林解释说："我俩是你爷的学生，还有那个韩宝成，我仨一块跟你爷学画。你那时才四五岁。"

姑娘抿着嘴笑了。她想起了。他们是爷爷得意的学生。

叶天鸣对芦一林说："小玲要不是说的北京话，我真以为是阿芳呢，阿芳不知怎么样了？"他俩正在感叹，只听小玲玲插嘴道：

"阿芳？哪个阿芳？"姑娘已经坠入五里雾中。

这一切该怎样向姑娘解释清楚呢？他们只是迫不及待地问：

"快告诉我们韩宝成住址在哪儿？"

"他呀，现在是我们知青联社的头儿呢！今儿正要开张一个新的点，是我们知青工艺美术门市部。他正在那儿忙乎呢！"

"小玲，以后一定再来看你爷爷——请告诉我们老师一声！"两个人向小玲玲匆匆告别，便向韩宝成的工艺美术门市部奔去。

路上，二人沉默不语，刚才听到的一切，使他们心潮翻滚。芦一林想着从他仨跟老师画玉兰到农场共画阿芳素描，到这次观韩宝成画的玉兰，心一动，突然改了主意，决定把这一期杂志上原计划刊登的叶天鸣的两幅照片，换上韩宝成的这幅玉兰。

一九八〇年四月于北京

诺　言

这件事，我会后悔一辈子！

报社的下午，忙得象热窑。堆积如山的稿件，散发着油墨气味的清样，贴着各种花色图案邮票的信件，把你快埋进办公桌里。最讨厌的是电话铃声，象跑了电，坏了保险闸门，伸长了脖子，拉长了声音，喊个没完，吵得你脑仁儿疼。明天一清早就要出报。今天夜里就要印刷。稿子必须要在今天上午定好，改好，再拼好版。一张四分钱的报纸，折腾得全体编辑象坐在火山口，个个紧张得要命。

"铃！——"电话铃又响了。"电话！小姚，你的电话！"

"你让他等一会儿！"我头都没有抬，接着编我的稿子。这是今天在文艺副刊版上要发的一篇小说，五千八百字。版面不够了，还得删下五百字。这五百字怎么删呢？我心里正着急，电话！这节骨眼上还来什么电话！准又是哪位业余作者来的，问问他的稿子处理得怎么样了。这样的电话，一天不知要来多少次。

"铃！——"电话铃又响了。一声紧似一声。

"小姚，快点儿！人家等半天了！"又在催！催！

"来啦！"我终于想好一个两全其美的主意：把那首工人写的诗撤下来，留待以后再用。工人嘛，总好说。

"喂！"我接过话筒，"哪一位呀？"

"'姚文元'吧？一听声儿就听出来了！"

是谁？又开玩笑！真倒霉，谁让我赶上也姓姚呢？这是当年在北大荒插队时，一帮"老插"给我起的外号。现在，报社里的人一般都不知道。这是谁呢？粗葫芦，大嗓儿，声音还怪响，震得话筒嗡嗡的。

"你是谁呀？"

"你猜猜！"话筒里传出呵呵笑声，直冲进我的耳膜。

谁呢？肯定是当年一起插队的老哥，故意跟我在这儿逗闷子呢。

"猜不着吧？你使劲猜！"对方故意在和我打哑谜。

"我连吃奶的劲儿都使出来了！你告诉我你是哪儿的，我保证能猜出来！"我也开着玩笑。

"那也未必！"对方不笑了，一字一顿，清清楚楚地说："我刚刚从北大荒来呀！"

从北大荒来？刚刚？在北大荒插队的朋友早都回北京了，能有哪一位现在还留在北大荒呢？我实在想不出了。

"我一猜你小子就忘了！贵人多忘事嘛！你忘了鲁迅说的啦？"话筒里传来责备。

"你到底是谁呀？真抱歉，我怎么也想不起来了。"

"我是赵大洪呀！"

赵大肚子？哎呀，我的天！象一道闪电，照亮了记忆中尘埋网封的一角。赵大肚子抖落满身仆仆风尘，清晰地站在了我的眼前。四十多岁的车轴汉子，一身隆起的疙瘩肉，大肚子格外突出，象揣着一个大枕头。戴一顶蓬蓬松松的貂皮帽子，披一件光板老羊皮袄，胳肢窝夹一杆藤条编的鞭子，藤条磨得锃光瓦亮，鞭梢系着猩红的缨子。一看就看得出是个豪爽、正派、吃过苦、见过世面的人。八年多前，我第一次在种畜站见到他，他就是这样一副模样迎接了我。

那时，我正走麦城。花了两块钱买稿纸，用了一瓶鸵鸟牌的墨水，抽了一条迎春牌的香烟，泡了二两茶叶，点灯费油，熬夜伤神，象蒙面的瘦驴，在一间四壁透风的拉禾辫房子里，在那布满一个个小方格的稿纸上，磨呀，转呀，磨了一个星期，好不容易，才写出了一篇小说，起了名字叫《北国雪恋》。多俗气！可那时，就这么个水平。写的是一对青梅竹马的好朋友一起来到北大荒插队，在艰苦的环境中锻炼成长，两个人相爱，并且也爱上了北大荒。多么平庸的故事！可那时，我激动得了不得呢。写了一个星期没睡好觉；激动了一个星期没睡好觉；稿子寄出去，又焦急地盼了一个星期没睡好觉。然后，又等了一个星期又一个星期。最后，终于，小说在报纸上登出来了，只是题目改了一个字：《北国雪飘》。恋字，那时太扎眼。好象那时候人们不搞对象似的，其实，孩子一个也没少生。就这么一篇小说，我算是倒了霉！开始，报纸上评论这篇小说写得真实、动人，反映了知识青年热爱边疆、扎根边疆的雄心壮志。没过多久，行情不知怎么变了。报纸上又批判这篇小说宣扬了小资产阶级情调，是资产阶级文艺黑线回潮的代表。反正，稀里糊涂，我挨了一顿批判，发配到这个偏僻的种畜站来钉马掌。

"来啦？"

当我走进马棚的时候，听见一句嗓门挺豁亮的声音。马棚里暗得很，只能看见几匹马在槽旁嚼着草，打着响鼻，找不到一个人影。

"来！这边坐吧！"

我依然找不到人。几匹枣红大马摇鬃甩尾，瞪大眼睛，望着我。我刚往前走一步，它们就长嘶一声。那声音撕人心肺，瘆得慌！每走一步，我都有一种坠落深渊的恐怖感。

"没关系，马不咬你，一直往里走！"

还是这挺亮的声音。我胆战心惊，如履薄冰。短短几步道，走了老半天，出了一身汗。

"哈哈！第一次进马棚吧？"

我终于看见了人影，坐在马棚的墙角下，摆着一个倒放的水桶，桶底上放着一瓶北大荒牌的烧酒,他一个人挺着大肚子正独斟独饮。这就是赵大肚子。他那肚子叫我想起《沙家浜》里的胡传魁。怪好笑的。

"来!坐吧!"他拽过一把草放在水桶旁,让我坐下。"我第一次进马棚,也是象你这份狼狈相。没关系,别看它们是畜生,比人还通人性呢!"说着,他给我满满倒了一杯酒,然后给自己倒了一点儿,把瓶子扔在墙上,"咣啷"一声,瓶子摔得粉碎,惊得几匹马回过头长嘶一声。

我的妈!这是什么杯呀!一大茶缸子。是饮马吗?

"男子汉,不喝酒,白来世上走!来,喝!"他见我不动酒,催促着。

"我喝不了这么多!"

"能喝多少喝多少!"他说着,自己先仰脖灌下一大口,然后就一口辣椒,又递给我一个辣椒。这时,我才发现,他手里攥着一把红红的干辣椒。干辣椒就烧酒,好劲!当我喝下一口酒,嚼一口辣椒时,酒劲和辣味一起在肠子里翻搅,我简直象吞下一团火。刚刚消下去的一身汗,又冒了出来。

"你就是'姚文元'吧?"

他知道我的外号?他一定望见了我的眼睛闪着疑惑的光,便笑着说:"我还看过你写的那篇《北国雪飘》呢!写得不错!你小伙子有潜力!"

他居然在夸奖我!别人都在批判呀!他一定又望见了我的眼睛瞪大了,便又嚼下一根干辣椒,喝一口酒说:"怎么?你以为我这喂马的老帮子不懂小说?"他挺着大肚子站起来,一拍我的肩膀说,"'姚文元'呀,你别学那真姚文元!好好学,好好写!咱北大荒有的是写的,你会有出息的!怎么?不信?我虽然是个臭喂马的,可会预测将来……"

现在,赵大肚子居然来到了北京,就要出现在我的面前了。而且,正如他预测的一样,我现在有出息了,成了北京一家堂堂报纸的编辑,不仅自己写小说,而且可以给别人、甚至是知名大作家编小说了。我真得好好感谢赵大肚子呢!

"喂!你现在在哪儿呀?"我问他。快八年没见了,我得和他再在一起足足喝一顿,好好唠一唠!

"我在动物园门口呢！"

"天呀！你怎么跑到那儿去了呀？"真是的！即便不认得我们报社在哪儿，从北京站下了火车，也不该跑到动物园去呀！亏他以前还来过北京呢！

"你快到这儿来一趟吧！能告下来假吧？"

"能！你等着啊！"

撂下电话，我把那篇小说交给部主任，顺便请了假，骑上自行车，一路顺风，向动物园奔去。

一路上，我边骑边想，这赵大肚子办事可真够绝的！千里迢迢，从北大荒跑到北京，干什么呢？事先，也不给我来个信。真是的！你看看，到这时候了，我还愣没想到赵大肚子来京是为了这件让我后悔一辈子的事呢！瞅瞅我这脑子！

在北大荒时，赵大肚子一直夸我脑子好使。他说我的脑子象块海绵，富于吸收力。那一次，也是坐在马棚里喝酒。他一边就着干辣椒，一边对我说："'姚文元'呀，别整天耷拉脑袋呀，跟霜打了似的！你看人家真姚文元正活得有滋有味，你小子怎么犯蔫了？将来文坛上还指望着你呢！"

我没吭声。这个赵大肚子，满嘴跑火车，也没个把门的。他原来是场部的俱乐部主任，五八年十万转业官兵中的一名上尉，正经在朝鲜战场上打过几仗呢。好家伙，一下子因为成分问题给清理出来，发配到这里当了弼马温。他说话还这样没遮没掩，我可没这点胆。一篇小说把我折腾稀了。

"我是死猪不怕开水烫！还能把我怎么着？我有什么问题？土改那年，我已经十八岁了，成年了，可我都穿上军装，扛上三八大盖，干了三年革命了。怎么还是地主成分？愣说我隐瞒！我就不信跳进黄河洗不清！总还会有个说理的地方……"

赵大肚子常这么愤愤不平地磨叨。我们俩人同是天涯沦落人，常不常，短不短，总在棚里借酒浇愁。我的酒量渐长，大干辣椒嘎嘎嚼起来，不象吞火了，倒象是啃着一块喷香的熊掌。环境真能改造人！

赵大肚子转业到北大荒之前，在北京住了六年，是个半拉北京通。一杯酒、俩辣椒下肚，我们俩便对着吹，神聊海哨起北京城。东来顺的涮羊肉，月盛斋的烧羊肉，全聚德的挂炉烤鸭，便宜坊的闷炉烤鸭，东安市场的茯苓夹饼，仿膳的栗子面小窝窝头……我们来了一顿精神会餐。"什么事呀！这些都没了！将来你写文章，得把这些再写写！"会餐完后，赵大肚子挺挺肚子站起来，一边来回踱步，一边嘱咐我。好象我马上就能写出一道递送天子的奏折。要不就扯起颐和园的玉兰，妙峰山的玫瑰，天坛的七星石，卧佛寺的樱桃沟……一通神游地曹天府之后，他准又得拍拍肚子对我说："这些，将来你也得写写！好劲，这都是什么朝代的玩艺儿了？将来领你的孩子看着，说说，这里有历史呢……"好象我握住了一支如椽大笔，什么都会写，什么都能写。而且好象我已经有了一个小宝宝。老婆还不知道在哪位丈母娘腿肚里转筋呢！每逢此时，我都是苦笑。我可没他那么乐观。整天驴蹄子马掌，没完没了地钉，满手铁锈，满身马粪味，连书我都很少去摸了。整天就是三饱一倒外带一壶酒，一通天南地北的海聊。

这一天，他海聊半天，又开导我半天之后，满面红光，满嘴酒气，凑近我耳边突然问："你小子看书不看啦？"我被他这突如其来的问话问得没头没脑。他今天酒喝多了！我没有回答，他也不等我回答，自己接着说："找不着书是不是？你怎么不找我呀？"

我以为他保准喝醉了。他会有书？看他这份尊容吧！一身光板老皮袄上有虱子，我信。手中的瓶里有酒，我信。书？我不信。

"怎么？瞧不起我？咱虽不能学富五车，书还倒是有一些。你说吧，借什么书吧！"

他肯定醉了。摇晃着身子，脸红得象刚出锅的虾。他一个劲地叮问："你到底借什么书吧？"

问得我没办法，只好说了句："随便！"

"随便？得有个计划，得有个目标！一听你小子这句话你就没打谱看！

书读进肚子里烂不了，变不了大粪屙出来。俗话说艺不压身！你琢磨琢磨，先看几本什么书好吧！"

看他这份口气！俨然他家藏着一个北京图书馆。酒醉的人什么蠢事都干得出来。他没少醉过。这回，我得教训教训他，便和他开了个小小的玩笑，真在纸上写了三本书的名字。一本埃斯库罗斯的《被缚的普罗米修斯》，一本索福克罗斯的《俄狄浦斯王》，一本欧庇得斯的《美狄亚》。全是古希腊悲剧。在那个时候，这三本书并不那么好找呢！等明天他拿不出来，我得好好奚落奚落他。

他接过条子，凑在马灯底下，认真地看了一遍，然后说了一句："你小子等着吧！"就摇摇晃晃、醉态醺醺地走出了马棚。我心里说：别做梦了吧！老老实实，你喂你的马，我钉我的马掌吧！

第二天一清早，他真拿来了三本书。我接过来一看，呆呆愣了半天，没说出一句话。好家伙，还真是这三本古希腊悲剧。他挺着大肚子，咪咪地笑着，两弯眼睛被密密地聚在一起的鱼尾纹包围得看不见了，得意得好象他递给了我三个大元宝。这家伙，我一时摸不准他的脉了。他到底是个什么人？他家里到底藏着多少书？

几天之后，我把书看完交还给他时，他说："怎么样？还看点什么吧？"他骄傲神气地挺着圆鼓鼓的肚子，简直就象那位统帅千军的俄狄普斯王。

我不敢小瞧他了，却还要试探试探深浅。我又写了三本书，一本亚里斯多德的《诗学》，一本伊萨柯夫斯基的《论诗的秘密》，一本艾青的《诗论》。他一手接过条子，一手抚摸着肚子，说："怎么？要写诗了？这三本剧本看完了？"

我点点头。

"好！好！多看点儿，有好处。你看人家普罗米修斯，在那样的重压下，最后被山劈开，落入最底层，人家也没有屈服。"他一边说着，一边喂他的马去了。

我的心象被风吹皱的一池春水，对这个喂马的普通壮汉子格外敬重起来。

就这样，酒越喝越少，书越读越多。坐在一起，他更兴奋了，聊得更起劲了。东拉西扯，古今中外，上至天文，下至地理，上到马列主义，下到鸡毛蒜皮，虽说都不大精通，他却都能沾点边。只是有一条，他从来不让我自己到他家里挑书看。每次都是这样，我写书名，如果有，第二天他便给我带来。如果没有，他找一本类似的书带来。他家里藏着的书，对于我简直象一个高深莫测的幽谷。越得不到的东西越想得到，越猜不着的东西越想猜透。好奇心驱使我想出个主意，非要探探清楚他到底有多少书不可。

我写信让回北京探亲的同学回北大荒时带回两瓶五粮液。一天晚上，提着这两瓶酒，我独自闯进他家的小院。刚推开栅栏门，一条大黄狗汪汪叫着，扑了上来，一口咬住了我的袖子，"叭"的一声，掉地上一瓶五粮液，"哗啦"一声，瓶碎，酒流，好可惜！我的衣袖给咬破了一个大三角口，险些没咬到肉！

"谁呀？"赵大肚子走出了屋，一见是我，喝住了狗，把我让进屋："你小子来，也不跟我打声招呼！"

我连忙把那还剩下的一瓶五粮液放在桌子上，说："您瞧，给您送五粮液来了。您家的狗可真不客气，先喝了一瓶！"

一见酒，他乐了，立刻招呼他老婆："给我们哥俩炒个菜！"然后又对我说："五粮液，好酒呀！有年头没喝了！还是转业那年，在西四的同和居喝过一次！"说着，他摆下酒杯，又摆下一串鲜红的干辣椒，招呼我盘腿上炕："说句实话，我这浅屋子破房的，不愿意叫人来，这些年也没几个人来。你来了，我高兴！咱哥俩得多喝几盅！"他打开瓶盖，斟满酒杯。

我打量了半天这间小屋，一间屋子半间炕，一个方桌，两把椅子，空荡荡，又满堂堂。他的书都藏在哪儿了？莫非藏在耗子洞里？还是象神话中说的，他有一个宝盒，能变幻魔法，变出一本又一本无穷无尽的书来？我迷糊了。

菜端上来了。瓶中的酒快喝光了。他话也多了，身子也晃了，脸也红了。

我说："老赵，我还想再跟您借几本书。"

"那还不是手到擒来的事？"他一口嚼碎一个大红辣椒，仰脖喝口酒，说道："借什么吧！写书名！"

到他家了，还写书名？没办法，我胡乱写了两本屠格涅夫的《春潮》和《贵族之家》。

"明儿我给你带去！"

这家伙，一点没醉，清醒得很。我真后悔那瓶五粮液让狗给碰碎了。要不，那一瓶酒一下肚，他保证没这么清醒了，迷迷糊糊之中，备不住能向我敞开书库的秘密。

我眨巴眨巴眼睛，说："今儿就断顿儿了，一本书也没的看了呀！"

他不动窝。

我又说："全赖您让我看书看的，看得我现在晚上不看书，睡不着觉！"

"好吧！我给你找去！你别下炕，就在这儿喝杯茶，我一会儿就回来。"说罢，他跳下炕，向屋外走去。

这家伙，要给我施展什么妖法？我悄悄跟了出去。夜色如墨，夜风如刀。我扔了一根骨头，黄狗没有叫唤。上帝保佑！我看见赵大肚子进了小屋旁的一间小下屋。这是一间用破条子、烂板子搭的摇摇欲坠的小下屋，房顶矮得人进去要低头。我蹑手蹑脚跟到门口。他划着火柴，点亮一盏马灯。我看见了，好劲！这是一间什么小屋呀，堆满了破铁锹烂镐头，坏牛鞅子旧马套，和一麻袋一麻袋分下来的豆子、苞米、喂猪的饲料。这里还有书？会藏着从古希腊一直到现在保存下来的灿烂的文化？文明和落后竟能共存在这间不起眼的小屋里？

他把那些铁锹镐头挪开，又清理那一堆马套牛鞅子的零星什物，里面露出了一个个破木板钉的箱子。他打开箱盖。我走到他的背后。哎呀！一箱子全是书！我禁不住叫了起来。

"啪"的一声，他合上箱盖，回过头来，一看是我，说："吓了我一大跳！"

"这些箱子全是书？"我望望这小屋子里的箱子，足有十几个。

他点点头。秘密暴露了。我惊讶了。他踏实了："行啦！我这带把的烧饼算是攥在你的手里了。说实话，轰我下台，赶我到种畜站喂马，他们愣没发现我有这么多的书，以为都是破烂呢！这回，倒败在你的手下了！"

"您不怕我揭发您吗？"

"揭就揭吧！反正以后这些箱子书对你门户开放了！"

我们一起找到那两本书。我顺手牵羊，又拿了两本《静静的顿河》，一起又回到饭桌旁。我问："您怎么有这么多书？"

"实话告诉你吧！这叫有人爱吃萝卜有人爱吃梨，有人专门爱背土坷垃和滋泥。我从参军起就爱书，在北京呆了那么些年，那时候还没结婚，一人吃饱，全家不饿。每月的工资，除了饭费，全部填进新华书店。不过，这里还有一大半不是我的，是原来俱乐部图书馆的。'文化大革命'刚开始破四旧时，要烧掉这些书。我挑了这些值得保留的，偷到家里来了。那时，我还没被打倒。这事，也就没人过问。现在，这事可就是你知，我知，天知，地知。要不，又是一条罪状！"

"唉！孔乙己说了，读书人偷书不算偷。再说啦，您这是保护书呢！"

"你爱怎么说就怎么说吧！将来有一天你写小说时，可以把这事也写写！"

他又来了！成天说我将来写小说！好象我已经是一个小说家了。

"我是不行了，窝头踢一脚也成不了贴饼子喽！不怕你小子笑话。我那时买这么多书干嘛？也做过当作家的梦呢！可试了试不行。你小子行，你别灰心，我看你那篇《北国雪飘》，就认准了……"

别提那篇倒霉的《北国雪飘》了吧！我把瓶底剩下的那一点五粮液统统倒在他的杯中，说道："喝！"

去动物园一路上，我就想好了，快八年没见赵大肚子了，今儿见到了他，非拉他好好喝一顿不行。至今这件让我后悔一辈子的事就和他到动物园等我有关，我可是连魂儿都忘得干干净净的了。

我把车存好，来到动物园门口，正四下寻摸着赵大肚子。背后一个大巴掌，紧接着一声亲热的呼唤："'姚文元'！"惹得四周的人都惊讶地看我们俩。

是赵大肚子！"您小点儿声！这名儿现在犯忌讳！"我轻轻对他说，上下打量他。人是有些老了，五十出头了，皱纹见多，脸有点红光，眼睛也有了光彩。只是肚子见小，大概是政策落实，工作恢复了，忙的、累的、操心的缘故吧？

"您怎么瞅个冷子一下子就钻到这儿来了？"我问。

他立刻眨着眼睛反问我："怎么？我到这儿来干嘛，你忘了？"

怎么？好象今天他从北大荒突然跑到动物园门口，是我叫他来的似的！我抽疯了？我被他的反问问得瞠目结舌。

"忘了？"他又在叮问，"仔细想想！"

我搜尽大脑皮层里的每一个记忆的细胞。怎么也想不起来。

"我说你贵人多忘事不是？你忘了，今天是几月几号？"

"八月十日呀！"我被问得莫名其妙，象坠入五里雾中。

"八年前的八月十日，你在哪儿？"

"在北大荒呀！"他葫芦里卖的什么药呀！

"那天，咱俩干什么哪？又说了点什么？你忘了？"

我真的忘了。我象被老师提问答不上来的小学生，真是尴尬透了。

"走！咱们进动物园吧！边走边说！"他把早已买好的两张门票晃了晃，拉着我进了动物园。

猴山。熊山。狮虎山。新修的爬虫馆……鸟鸣。虎啸。猿吼。已经长大的米杜拉喷着响鼻……他颇有兴致地看着，瞪大了眼睛，伸长了脖子，简直象个孩子。只是他只字不提刚才的问题了。我心中却搅腾着。八年经过的事太多了。人的记忆力是有限的，有选择性的。要求把每一件事、每一句话都记下来，就是有个电脑也不行。我宽慰着自己。

逛完动物园，走出大门，晚霞已经飘落西天。"走吧！老赵，您说到哪儿去吧？咱们得来他个一醉方休，我请客！"

他不动窝，眯缝着眼睛说："你小子赚了不少稿费吧？请我？请什么呀？"

"随您的便！想吃西餐，这旁边有莫斯科餐厅。想吃烤鸭，和平门有新开的四层楼的烤鸭店……"

他还想说什么，我已经连拉带拽，把他拽到莫斯科餐厅，找好一个靠窗的座位坐下，向一位白蝴蝶一样轻盈、漂亮的服务员要了一份罐焖牛肉，一份波兰鱼，一份铁扒杂拌和两份红菜汤，外带两瓶啤酒，一瓶白酒，满满腾腾，摆了一桌。

"你小子阔了！有出息了！还记得我吗？"赵大肚子笑咪咪地望着我，不知是高兴，还是嘲讽？

"看您说的……"

"还记得我那几箱子书？"他没有喝酒，只是握住酒杯，我看见他手背上凸出的青筋突突地在颤动。

"看您说的……"

"那篇《书的故事》我看了，不瞒你说，我掉眼泪了！"

真没有想到，我那篇发表在一个地方小杂志上的作品，他居然还看到了。我的心里微微一抖，不知是充溢着感激，还是感动？

"凡是能找到的你发表的小说，我都看了。你不知道吧？我又调回俱乐部了，订了不老少全国各地的杂志。你小子进步不小呀！我常对北大荒那帮人讲，这也是咱们北大荒的骄傲呀……"

几杯酒，几块肉，一起咽下肚，慢慢消化开，心中的燥热驱散了，他的话又多起来。真没有想到，当年在马棚那个黑乎乎的角落里喝酒，今天我们居然在这富丽堂皇的餐厅里对饮了！脚下是油漆地板，头顶是枝形的吊灯。只可惜，没有干辣椒。干的，红红的，老赵最爱吃的辣椒。不过，他没有说。他忘了。谁都有忘记什么的时候……

走出莫斯科餐厅，已经是万家灯火的时分。我问："老赵，您现在住在哪儿？"

"还没找到窝呢！"

"那您就住我那儿去吧！您去看看我爱人和我那个千金！"

他跟我到了家。睡了一宿，第二天，他要走了。

"您真是，大老远来了，还不多呆两天？"

"看着你就行了呗！"

"不行！不行！"我死死拽住他。

可是，他非要走。他说还要到上海出差，顺便回山东老家看看，而且车票都买好了。我拦不住他了，也不知道他说的是真还是假。我想，也许是我忘了他究竟为什么千里迢迢跑到北京来和我相会的原因，他有些生气了吧？可是，他再也不提了。

一直临到送他上了火车，车快要开了，他让我回去，我没有走，说了句玩笑："八年啦，小常宝都会讲话了！多不容易呀，来一趟，见一面，我一定要等车开了再走……"

他的眼睛突然一亮，把头伸出车窗，问我："你还记得这句笑话？八年前，在马棚里……"

哎呀！我真该死！这句笑话象一道闪电，把记忆中最隐蔽的角落一下子照亮了。我一下子想起了赵大肚子为什么昨天要到动物园门口等我了。

八年前的八月十日，我们在马棚里喝酒，就说起了这句笑话呵！那时，我写了一篇小说《马棚记事》，写的就是我和赵大肚子。我把草稿拿给他看，请他提意见。

他看后笑笑说："你小子行！行！千万别扔下笔！"

我说："算了吧！这不过是瞎写着玩的。这年头了，还盼望什么呀！"

他说："你别悲观呀！我敢和你打个赌，将来你要行的话，咱们订好，甭管你我在天南地北，就订在今天这日子口，一起去北京会会！我快有二十年没去北京啦！"

"行！到北京哪儿吧？"开玩笑，反正也不上税。那时候，穷开心，我来了情绪。

"动物园吧！谁让咱们这些日子净跟牲口打交道呢！"

"什么时候吧？"

"八年后的今天怎么样？'八年啦，小常宝都会讲话了！'"他学了一句样板戏里的台词，"你还不有出息了？"

这不过是一句笑话，以后谁也再没有提起。就是从北大荒临回北京那天，赵大肚子赶着一辆马车送我，一路小道如肠，曲曲弯弯。道两旁是连天碧草，平铺天边。和我唠了那么多嗑，他也没提起这事。谁想到，他却是认真的，把这句玩笑当做了诺言，忠诚地实践了。八年了，他还一直在默默地关心着我，注视着我，祝愿着我。一个普通的北大荒人啊！这里有他和他们用心血对我的滋养，对我的期望呵！可是，我呢？我却忘了。为什么赵大肚子记住了，我却忘了呢？为什么呢？我好惭愧哟！我真想握住赵大肚子的手，说几句请他原谅的话。没等我说出，火车已经驶动了。我只有挥着手，眼睛禁不住湿润了……

去动物园赴这个八年前相约的约会，我大概只晚去了一个小时。可是，这件事，我却会后悔一辈子的。

一九八二年五月十九日于北京

相逢在春夜

天擦黑的时候，梁云找到了这幢十一层的高楼。楼真漂亮，浅灰色的墙，奶黄色的窗，楼前一排刚刚吐青泛绿的杨柳迎风摇曳着袅娜的枝条，色彩搭配得这样协调。梁云象走进一幅水彩画里。

要不是火车站前旅馆介绍处那一个窄小的窗口里滑出一张小白纸片：旅馆客满，介绍她到一个澡塘子去住，也许，梁云就不到这幢大楼里打搅人家了。北京人真欺生，这么大的城市楞没有一家旅馆的铺位空着，梁云不信。她是第一次从北大荒那个偏僻的小村落来到北京出差。一个孤身女子去住洗澡塘子，她害怕。她忽然想起了郑致民和娄莉莉。九年前，他们二位还在北大荒插队呢。临回北京那一天，他们对梁云说："以后有用得着我们的地方，尽管说话！""以后要是到北京去，一定找我们去！喏，这是我家的地址。"郑致民还把一个写着他家地址和他俩名字的日记本送给了梁云。日记本真好看，天蓝色的塑料封皮，上面印着北京火车站高大的钟楼，一群雨燕正从楼顶飞向金灿灿的太阳。扉页写着他们名字的一角，是一束丁香花的图案，画得真漂亮。梁云憧憬着。"我哪能去你们大北京？做梦吧！"她曾经这样对他们说。今天，她真的来了，就要见到他们二位了！

梁云的心跳加快。她没有坐电梯，她不愿意让人家象看从动物园里跑出来的一头大象那样看她。她宁可一步一步上楼梯，登上了最高的一层。

他们二位还能认出我来吗？九年前，梁云还是一个小姑娘呢，刚刚十四岁呀！他们肯定认不出我来了，我一定认得出他们俩。梁云想到这儿，不知为什么微微笑了。

郑致民和娄莉莉都是梁云她们农场子弟中学的老师。一个教语文，一个教数学。那一年，梁云刚刚上初一。她特别喜欢听他们俩人的课。郑致民讲起课来有声有色，话滔滔不绝，象孔雀开屏，那样色彩斑斓，那样吸引人。娄莉莉讲数学清晰、简洁，和郑致民相比，一个热情，一个娴静。一个象火，一个象水，都富于魅力。尤其是娄莉莉在黑板上画圆，根本不用圆规，拿起粉笔一气呵成，还真圆！就这一手，足足使梁云眨巴眨巴小眼睛，佩服得五体投地了。

学校的后面是一片小白桦林。春天，树长出一片片绿叶，象摇着一只只绿色的小手，迎风拍着巴掌。那白色、修长的树杆，一棵挨一棵，显得那么亲密，又生气勃勃。雨后，林子里的一簇簇蘑菇象一个个小白胖娃娃。鸟儿鸣叫着，象滴下一滴滴透明、晶莹的露水珠。每天放学，梁云都爱从这片小白桦树林钻过，抄近路回家。

这一天，她上完晚自习，又穿过这片小白桦林时，她看见一株小白桦下有一对紧紧倚偎在一起的人影。呵，一个男的，穿着蓝色的毛衣。一个女的，披着红色的纱巾。呵，他们在轻轻地亲吻，雨点似的，一个接一个。梁云羞死了，好象那一个个的吻落在了她的脸上。她赶紧跑开，心突突直跳。该死！一个陈年的枯树杈子绊了她一跤。声响惊动了这一对恋人，他们跑过来扶起梁云。梁云看清了，原来是她的两位最敬佩的老师：郑致民和娄莉莉。

这个温馨的春夜，梁云怎么也忘不了。真象传说中动情的画面。洁白的白桦林，嫩绿的树叶叶，溶溶的月光，轻轻的风儿……梁云深深地为他们俩人祝福着……

现在，房门到了。梁云不放心，从书包里又掏出那本印着北京站钟楼的天蓝色日记本，看着上面记着的房门号码。没错，就是这儿。她轻轻地敲了敲门。

出来开门的会是谁呢？郑致民？还是娄莉莉？九年了，他们幸福地在北京度过了九年的时光。他们一定幸福！从那个北大荒的春夜里就可以看得出。梁云还没有搞对象。不过，她想好了，如果有了称心如意的，一定和他也到那片小白桦林里去，轻轻地吻几下。那里每一棵树干，每一片绿叶，每一缕月光，每一声鸟鸣，都会做为他们爱情的见证，祝福着他们，保佑着他们的！一定！那里是一片童话的世界，纯洁、真诚、水晶般澄净、透明……想到哪儿去了？八字还没有一撇呢。她的心怦怦地跳了。

谁来开门？怎么还不开？他们在屋里正忙呢。还是又在密密地偷吻？真羡慕他们，也嫉妒。多么好的一对比翼鸟，一朵并蒂莲呀！

门开了。门缝里露出一个小姑娘圆圆的脸庞，也就五六岁吧？是他们的孩子？象谁？郑致民？还是娄莉莉？谁也不象。不过，长得真可爱，尤其是一双大眼睛，象蓄满两泓深深的泉水。

"您找谁呀？"小姑娘问道。

"郑致民住在这儿吧？"

"妈妈！找爸爸的！"

啊！娄莉莉在家。我听见水泥地板上一串轻脆的高跟鞋得得声。

"您找谁呀？"

梁云失望了。是一位陌生的女人。梁云以为找错了门，忙说："郑致民住在这儿吗？"

"对！住这儿。请进吧！"

梁云愣住了。不知怎样走进了门。

这是一单元三居室的房子，走廊、厨房、厕所、配套齐全。梁云被领进一间最大的屋子，摆设得真豪华，席梦思的软床，落地灯，写字台，沙发。墙角上一个高高的三角花架上摆着一束五颜六色的花，只可惜是塑料花。在靠床头的墙壁上摆放着一家彩色的全家福，两个年轻人中间搂着刚才那个小姑娘，男的是郑致民，女的就是刚才开门时见到的人。原来郑致民没有和娄莉莉结婚！象小时候听大人讲故事，总希望听到一个美好的结尾，结果却听到一个意外的、不怎么样的结尾一样，梁云的心里酸楚楚的，冲淡了刚才那美好的回忆，连同那个北大荒温馨的春夜也失去了光彩。梁云开始打量起这个成为娄莉莉在这个家庭位置的人：淡淡的眉毛，弯弯的小嘴，瘦长的个挑儿，穿一件镶着各种颜色光片的肉色青裹领毛衣。呵，她也正打量着自己呢。

"您是从哪里来呀？"

"北大荒。"

"贵姓？"

"姓梁。"

"梁？怎么没听致民说起过呀！"

……

她们两人象打着一个软囊囊的球，推出去了事，没有一点兴致。不知怎么搞的，梁云觉得她一点儿也不美，比娄莉莉差远了。为什么郑致民最后选中了她？娄莉莉呢？娄莉莉现在在哪儿呢？

"您坐会儿吧！"她系上围裙进厨房了。那个小姑娘坐在一个小板凳上看一本连环画，连眼皮都不带夹梁云一下。北京的小孩也学会欺生，瞅不起外乡人了吗？

不一会儿，厨房里飘出了菜香。香味象长上了翅膀，直飞进梁云的鼻子里。下午下的火车，中午在火车上卖的盒饭，几片大肥肉吓得梁云没敢买。那时候没觉得饿，现在，肚子咕咕叫了。那香味真诱人……

屋里静得很，没有人理梁云，好象把她忘了。小姑娘只顾她的连环画。她妈妈只顾她的菜。梁云真觉得难受。她忍受不了这种难堪的安静。她真想起身告辞了。可是，一想那澡塘子，她又坐稳了。再说呢，都已经到了这儿，还没见到郑致民呢！既来之，则安之，再忍受一会儿吧，郑致民回来也许就好了，起码不会对她这样冷淡了吧？要知道，别看梁云小，秤砣虽小压千斤呢！曾经帮助过郑致民出过大力呢！郑致民会忘记吗？那正是在他人生关键的三岔口上呀……

九年前,郑致民和娄莉莉想办困退回北京。那时候,知识青年都象炒熟的豆,一个个往外蹦。娄莉莉倒是证明齐全,符合条件。她的老母亲去世,家里只剩下一个退休的老父亲,独生女儿当然可以照顾。郑致民条件不够,在北京,他还有一个姐姐呀!怎么办呢?他们俩象热锅上的蚂蚁。那时,梁云才十四岁,还不大懂事。不过,她隐隐约约听大人们说,娄莉莉的肚子里有了,一天天在显山显水。在这儿赶紧结婚吧,以后调回北京更困难了。他们恨不得麻利儿地办好手续,立刻回北京结婚。他们俩人没工夫再去那片小白桦林了,天天向梁云家里跑。梁云的爸爸是农场管人事的副场长呀,那枚主宰他们俩人命运的红章章就握在场长大人的手里呀!鞋跟子磨平了,门槛子踩矮了,得到的答复是不行,连娄莉莉都不批准。

梁云那时真恨爸爸。干嘛呀?卡着人家不让走。说实话,她也不舍得他们俩人走。他们讲课讲得多动听呀!他们走了,谁再能讲那动听的故事?谁再能不用圆规画出那么好的圆来?可是,她太爱他们俩人了,太崇拜他们俩人。这种心情又驱使着她想帮忙,让他们俩人快远走高飞。

爸爸象郑致民讲过的《渔夫和金鱼的故事》里的老太婆,贪得很,想趁知识青年回城的节骨眼捞一把。这,连梁云都看出来了,郑致民和娄莉莉会没看出来吗?为什么他们只送来两瓶酒呢?分量太轻了,打不起砣呀!爸爸的床底下好酒有的是。他根本看不起眼呢。太多了,数都数不过来呢。

一天,放学回家,梁云穿过小白桦林回家,忽然听见一棵白桦树下有人说话:

"你看怎么办吧?副场长的胃口大着呢!"

"怎么办呢!这个月的工资都光光的啦!"

是郑致民和娄莉莉!两个可怜的人!这次在小白桦林里,可没有那个春夜里充满着柔情蜜意呀!

"要不,把我箱子里那件呢外套卖了吧!"是娄莉莉在说,"小玲一直想要买呢!"

呵！卖衣服，来填爸爸的无底洞？

"那这次买什么呢？"

"买贵重一点儿的吧！梁副场长喜欢抽烟，带嘴儿的！"

爸爸呀，爸爸！梁云恨不得骂爸爸！她没敢，也没脸惊动他们俩人，绕着一棵棵白桦树，悄悄走回了家。

第二天一清早，梁云把郑致民和娄莉莉从办公室悄悄叫了出来，一直走到小白桦林，在一棵粗壮的白桦树下，她从书包里掏出了两条牡丹过滤嘴香烟。

"干嘛？你这是干嘛？"郑致民和娄莉莉的眼睛都瞪得象铜铃那么大。

本来，梁云想说早已编好的一套话："听说你们不教我了，这是我特意送给两位老师的。"可是，一到嘴边，话又打了弯，真正说出来的还是心里话："娄老师，您别卖衣服！就拿这个给我爸爸吧！我爸爸，真没良心！真没法办！"说着，梁云竟然哭了起来。她真是一个爱哭的孩子！

"你这是从哪儿弄来的呀？"

"我爸爸那儿。反正他也没个数，都不是干净的！"

"那怎么行呢？"

"怎么不行？娄老师，您卖了外套也不够呀！我爸爸贪心着呢！总卖东西不是个法子呀！"

梁云死说活说，把两条香烟塞给了郑致民和娄莉莉，转身跑出了小白桦林。小白桦林呵，你藏着爱情，也藏着苦恼，还藏着这不干净的交易！从这儿以后，梁云对小白桦林有了另一种感情。她觉得它不那么纯洁了，象自己一样……

就这样，小白桦林里成了她和郑致民、娄莉莉相会的地方。每一次，梁云都从爸爸那里偷来东西，送给他们俩人。他们俩人再去送给笑咪咪的爸爸。郑致民和娄莉莉每一次都说了无尽的话感激她。听着这些话，她象针扎一样难受。她觉得自己是贼，爸爸也是贼，小白桦林里每一株树都是贼！她常常在一阵激动之中睡不安稳。那些从自己家中偷走，又原封不动地回到自己家中的那些香烟、酒、皮鞋、半导体……一件件闯进她的梦中，变成一块块的大石头，砸在心窝上，把她吓醒，后背出了一身冷汗。

终于，这些东西撬开了爸爸的嘴，他答应放郑致民和娄莉莉回北京。他们俩人那份高兴呀！他们把梁云约到小白桦林，送给她那本印着北京站钟楼，写着他们俩姓名和地址的日记本。扉页一角的丁香花开得正旺……

"没有什么可送的！礼轻人意重吧！可惜，回北京结婚时，你参加不了啦！"娄莉莉搂着梁云说，眼睛里滚落出一颗颗晶莹的泪珠，打在梁云的脸蛋上。

"我真不知该怎么谢谢你！小梁云，我会一辈子记住你的！永远记住北大荒有这样一个善良的小姑娘……"郑致民这样对梁云说。他说得激动万分，象在朗诵一首诗。

房门不知怎么开了，进来一个人，刚走到走廊里，就风风火火地喊："阿芳！快点儿准备点饭，呆会儿尹局长要来咱家！"

啊！是郑致民！是他的声音！九年没见了，还能听得出来。当年，他讲过多少次课啊！耳膜就是录音机！

那个叫阿芳的女人走出了厨房，在走廊里大概在帮他拿东西。梁云听见瓶子叮当当的响声。

"尹局长一来咱家，你调到局政工科的事就有门儿！"是阿芳的声音。

"今儿两条牡丹过滤一递，尹局长的长乎脸一下子变圆！"是郑致民的声音。

"哎！这屋里还有一个人等你呢！"

"什么人？"

"一个女的，说是从北大荒来的！别是你的旧情人吧！"

"瞎说什么呀！旧情人只有娄莉莉一个，现在快成了红眼仇人啦！"

"快去看看吧！"

"姓什么？"

"姓梁。"

"梁？"

一边说着，郑致民走进了屋。梁云站了起来，心早已激动了。九年没见了，郑致民身体明显在发福，渐渐凸起的腹部，整齐笔挺的西装，使他有几分象位大干部。他知道我来了，一定也很激动，梁云想象着这激动的会面。

"你是……"

啊！他没有认出来。他忘了。是啊，九年前，梁云还是个十四岁的小姑娘呢。女大十八变嘛，难怪他认不出来了。梁云赶紧说："我是梁云呀！"

"梁云？"

郑致民微微蹙起眉头。他忘了。忘得干干净净。梁云扫兴了。回到了北京，他忘记了北大荒的小姑娘。

"噢！我想起来了！梁云，副场长的千金！"他忽然笑了起来，呵呵的笑声震得满屋子响。

小姑娘正搂着他的脖子，呆呆地望着梁云。"快叫阿姨！"郑致民对孩子说。

小姑娘扭怩地叫了声"阿姨"，就跳下地，跑到厨房找她妈妈去了。

"好呵！真没想到你来了！太好了！……"郑致民一边摆着一个折叠圆桌，一边对梁云说，"怎么样？住下了吗？"

梁云告诉了他，她没找到地方住。本来她想说："想在你这儿住两天。"可是，她没说。

郑致民也没再问，而是把话转向了厨房："阿芳，尹局长可是四川人，别忘了多搁辣的，把你的鱼香肉丝和东安子鸡的拿手好戏亮出来呀！"说罢，他又转过脸，笑咪咪地对梁云说："来，你这屋坐吧！真对不起，今儿要来客人！"

梁云被领进了另一间小屋，这大概是小姑娘住的。一张小床上摆满了玩具盒小人书。郑致民又忙别的去了。小姑娘溜进屋，大概是和梁云熟一点儿了，拉着梁云的手，非要和她一起玩那个上发条的大象推车。

车在旋转着，神气十足的大象头顶上一把五彩的伞也在旋转着，车上两只小鸭子嘎嘎地叫着。"真好玩！真好玩！"孩子高兴地叫着。忽然，梁云听见厨房里有人在议论她。虽然声音很低，车又很响，她依然听见了。

"尹局长马上就要来了，你们那位北大荒的相好的怎么办？一块儿吃？"

"你瞎扯葫芦乱扯瓢说什么呀！"

"我可告诉你，她上桌，我退席……"

"你小点儿声好不好！呆会儿我跟她说去！"

一下子，梁云象跌入冰窖里。大象推车停住不走了。小姑娘正在拉她的手："姨！帮我上上弦！"她没有听见。她的脑子里嗡嗡的，象闯进一窝黄蜂。原来九年来，一直保存在心中，她细心、钟情勾勒、描画的这次相逢，竟象经不得时间磕碰的细瓷器，已经摔碎了。大象推车上了弦，还能继续走。她和郑致民，这个以前她所敬佩的老师的一切美好回忆，到此中断，再也不会往前走了。梁云愣愣地望着窗外已经暗下去的夜空。她看见了星星，看见了月亮，看见了微风中的柳枝。她却看不见了那一片小白桦林。

郑致民走进屋里来的时候，梁云没有发觉。"梁云！"郑致民叫了一声。

"啊！"梁云如梦方醒。她象被弹簧弹了一下，倏地从床上弹起。在郑致民还没有开口的时候，她已经脱口而出："我该走了！"

"刚来，着什么急！马上就吃饭了嘛！"

郑致民挽留着。不知怎么搞的，梁云忽然看见他的脸上有一块油灰，大概是刚才在厨房里蹭的。梁云觉得他有些滑稽、好笑。这一块黑乎乎的油灰正好贴在太阳穴上，象过去老太太脑门上贴的一块膏药。

"不啦！我吃过了！"梁云尽量不让自己笑出声来，平静地说。

"不！我不让阿姨走！我让阿姨吃饭。"小姑娘倒是一片真心。小姑娘永远是一片真心的。她太小，太不懂事。阿芳把她拽走了。

梁云推开了房门，郑致民笑着说："真对不住你！今天要来一个客人，我就不远送了。你住在哪儿，呆会儿我去看你！"他大概忘了刚才梁云告诉了他还没有找到地方。他不等梁云回答,马上又说:"走好!左边有电梯!坐电梯吧,快点儿!"

"啪!"门可关上了。终于看不见他那张粘着油灰的脸了。梁云松了一口气。只可惜忘了问娄莉莉在哪儿了。她想回去再问问。可是,真不愿再敲那个门,再见那张粘着油灰的脸了。

离开这幢高楼,走在大街上,夜风吹来远处不知什么花清新的香味,梁云的心中茫然若失。浓浓的夜色,携来着一街灯火,和湿漉漉的晚雾,向她扑来。她觉得有些冷,似乎北京的春夜比北大荒还要凉些。

今晚,住在哪儿呢?只好住在澡塘子里了。梁云从衣兜里掏出了旅馆介绍处写给她的那张小白纸片,纸片揉皱了,她展平,凑在路灯下看清了地址,向十字路口的交通警察问清了路,便坐上公共汽车向这个叫做清华池的澡塘子奔去。在车上,她还在想,洗澡的地方怎么睡人呢?北京城,真是什么怪事都有。赶紧,办完了事,走人!此地不可久留。

清华池可找到了,它在一个漆黑的小胡同里。大概快九点钟了,走起道来,比走在北大荒的旷野上还吓人。在一扇亮着灯光的服务台窗口前,梁云把旅馆介绍处的那张小白纸片递了进去。没有用多说话,里面递出一个大本,住宿登记。姓名,性别,职务,单位,来自何方,去往哪里……应有尽有。梁云一一填写好,把本子又塞进窗口的时候,里面暴出一声激动地叫喊:"梁云!"梁云正莫名其妙,里面已经一阵风似地跑出一个人,紧紧搂住她的肩头,叫道:"梁云,你不认识我了?"

梁云定睛一看:是娄莉莉,一身白色服装,服务员打扮。瘦了,老了,眼角都冒出了鱼尾纹。整个身躯好象比在北大荒时小了整整一圈。

"真没想到,你怎么跑到这儿来了?"娄莉莉兴奋地说,"走!到我家去住吧!这个澡塘子挤得快成沙丁鱼罐头了!"不容分说,她请了假,推上她的自行车,让梁云坐在后车架子上,一路顺风,穿大街,过小巷,带梁云到了家。

这是一个北京的典型大杂院,到处是雨后蘑菇般新盖起的小房。绕着弯,贴着墙,曲曲弯弯,好容易才到了后院娄莉莉的屋子,里外两间。里面黑了灯。"我爸爸睡了,咱俩就凑乎在这外屋挤吧!"她拧亮灯,轻轻对梁云说。外屋挺窄吧,只有一张单人床,一个小橱柜,和一个洗脸盆架。她替梁云打好一盆热水:"快洗洗,烫烫脚,解解乏,坐了几宿火车了,怪累得慌的!"

"你一定没吃饭吧?你先洗,我去做。火就在外面,一捅就着,快着呢!"娄莉莉不停地说着,忙着。

梁云洗完脸,烫完脚,吃完了一大碗热腾腾的挂面,娄莉莉已经把床铺好,对梁云说:"就在这儿挤吧!金窝银窝不如自己土窝。你就把这儿当做你的家!"

她们俩人钻进一个被窝里,彼此的脸上都能感到对方的呼吸,心一下子贴近起来。梁云很想告诉娄莉莉刚才在郑致民家中所经历的一切。可是,她忍了忍,没有讲。娄莉莉一定很痛苦。从现在情况来看,她还是一个人呢。人家郑致民的小姑娘都五岁了呀!可是,梁云又很想知道她和郑致民回北京是怎样吹的,以致使她的位置让那个阿芳取代了?只是,梁云不知怎么开口问好。

"你有对象了吧?"娄莉莉在问。

"没有。你呢?"

娄莉莉没有回答。沉默。小屋里屋顶真矮,仿佛随时都有压下来的可能。

"你这次来北京不准备见见郑致民吗?"娄莉莉在问。

梁云没有回答。她感觉到娄莉莉的胸脯一起一伏,急剧地,象一股股波浪。

"你应该去见见他!他走了红运了!娶了一个处长的千金。听说现在正在进攻一位局长呢!"

"当初你们不是挺好的吗?为什么吹呢?"梁云扳住了娄莉莉的肩头。

"为什么?你看看我的家就知道了。他想往上爬呀,得找一个当官的小姐呀!我算什么呀!爸爸,一个穷工人。我呢,看澡塘子的!他可以呀,借他老婆的光，现在听说要调到什么局里政工科当副科长呢！"

"孩子呢？在北大荒时，你不……"梁云小心翼翼地说，生怕触伤了她的自尊心。

"从北大荒回北京，一路颠簸，到家就流产了。他就更有恃无恐了！嗐，别提了……"

长久，她们俩人都不再讲话。

"你爸爸呢？现在混得还好吧？"娄莉莉打破了这难堪的沉默。

"别提他了，这次正清理经济问题呢！他呀，够一呛！我这次是请求了半天才请求来出这趟差，也是躲个清静，不愿看他丢人现眼！"

"我说一句话，你别不爱听，不干不净的人，早晚有一天得丢人现眼！你信不？"

"我信！当然信！"梁云回答得那样肯定。她忽然想起了郑致民。

"你看见吧？我们知识青年从城里跑到北大荒，又从北大荒跑到城里，转了一个三百六十度的大圆圈。人是学好了，还是学坏了？回到北京了，又是一个新站牌啦，没想到，各走各的路了……"娄莉莉肯定也想起了郑致民。

"快睡觉吧！明天我带你逛逛故宫和北海！北京城，还是好的地方多！"娄莉莉一翻身，催促着梁云快点睡。

梁云久久没有睡着。她感觉到娄莉莉保证也没有睡着。从窗子里飘来一缕缕香味，浓浓的，刚才怎么没有觉得呢？梁云顺着窗缝向外望去，银色的月光下，小院的中央站着一棵丁香树，满树紫色的小花，在这难以成眠的春夜里正散发着馥郁的香味。梁云忽然觉得自己的肩头有一滴湿漉漉的东西。眼泪？娄莉莉的？还是自己的？……

一九八二年四月于北京

迟桂花

我真没想到会在这里遇见了崔和平。

五点钟，下班了。洗完澡，换上一件藕合色圆领连衣裙，蹬上一双雪白高跟皮凉鞋。珍珠霜、花露水交替涂抹、喷洒，对着镜子照照，我笑了。镜子里映出一朵绽开的花。不过，那花是造作的。往三十上奔的人了，还非要跟年轻姑娘媲美，这样拼命去打扮！有什么办法，一切都是为了顾明，他喜欢这样嘛！当然，也是为了我自己。为了自己下半生的工作、生活和前途！算了吧！看看表，还不到六点钟。顾明说好七点钟在中山公园等我的，现在去还早。我拐进了街角一家小吃店。

小吃店里生意兴隆，正面墙上一副对联，字体潇洒，风趣引人："热饭热菜心肠热，白衣白帽笑语亲"。可惜，座位早满，只好请站。我买了几个新出锅的炸糕，望着对联边看边吃。对联下面一位同志大概发觉我站在他的身后，吃的速度加快，三扒拉两扒拉，嘴里还嚼着东西便站了起来，客气地对我说："你坐吧！"我刚要道谢，四道目光象无声的溪流汇聚一起，我们俩同时叫了起来："崔和平！""艾莹！"

我们已经五年没有见面了。第一次见他，说来真巧，也是在小吃店里。不过，不是在北京，而是在北大荒一个小镇。那时，我们都在那里插队。那年春节过后，我探亲从北京回到东北，路过小镇时，天已经擦黑。又远离家几千里了，一路颠簸，我心里挺难受，好几天没正经吃饭，肚子里咕咕直叫。我走进一家小吃店，先喝点水吧！我便在水池边的小桌上，拿起一个大碗，里面有些水，随手泼掉了。这下可闯了祸，身后过来一位穿光板羊皮袄的红脸大汉，对我叫道："哎，我说你怎么给泼了？"我一拧脖子说："我喝水！""喝水，你就非得找我这碗？""这碗放在这儿，谁都可以使！""甭废唾沫了，你赔吧！"……架吵起来了，越吵越凶，围上许多看热闹的人。一个本地大汉和一个北京小姑娘吵架，在他们看来大概一定很有趣吧？

这时，挤进来一个小伙子，把碗从我手里拿了过去，到小卖部买了半碗酒，递给那大汉说道："对不起！她不知道你碗里的是酒！"

酒！谁知道他们东北人喝白酒要用这大海碗量呀！

解围了。我望着他，充满感激。

"不认识吧？我可认识你！插队来时，我们坐的是一趟火车皮！"他笑着说。原来他也是"老插"，顿时，我有了一种他乡遇故知的感情，虽然，我闻到他身上有着猪食和泔水混合一起的味道，浓重，难闻，刺鼻子。

"你在小屯插队吧？"

我点点头。

"今天回去吗？"

我又点点头。

"来，搭我的车走吧！"

我还是点点头。天呐，我光会点头了呀。一时间，我感到心里是那样温柔、熨帖。

我高高兴兴跟他来到他的车旁。哎呀，那是什么车呀！满满一马车生猪，挤着，叫着，蠕动着。哪有我的一角之地？

"怎么？嫌脏？"他笑了。那笑里有嘲弄的意味。我咬咬牙，赌口气，硬是坐上了车。只觉得猪在拱我的后背，痒痒，难受。我还是硬挺着。他笑得更厉害了："别怕，没事的，这帮猪八戒比有些人还干净呢！"

"这话是什么意思？"我不高兴了。真想跳下车。

"没什么意思，开个玩笑，不是说你！"

"你爱开玩笑？"

"当然！开玩笑的人乐观，活得长！"

"你干这养猪的活还挺乐观？"当时，很多知青通过各种门路都回北京了，象他和我这样还留在这儿的，被人认为是无能的。我挺悲观，他倒能自得其乐。这个人呀！

"干什么都没关系，在哪儿也可以活一辈子。只要干一点实事，别稀里胡涂混春秋，心里就踏实！你看，这是今年一年我养的这一车猪，足足六十来头。这是给公社送猪去……"

乡村的小路如流，话语如流。马车在颠簸，猪在得意地叫唤。也许就是在这时候，我喜欢上了他？喜欢他的玩笑，喜欢他的性格，喜欢他给了我点力量？……

唉！如果不是第二年病退我离开北大荒，也许今天的生活会变成另一种样子吧？临走时，我去到他所在的大屯找他。可是，走到屯里了，我又拐了出来。算了吧，找他干什么呢？告别？说什么呢？就这样悄悄地走算了吧！谁知道，从屯里走出来，刚走在半路上，从路边的草丛中嗷嗷地跑上来一群猪。赶猪的正是他。

"哟！这是上哪儿去呀？"他摇着个系着红穗穗的鞭子，笑着问我。

"我……我……"

犹豫了半天，我没敢告诉他，简直象逃跑一样溜走了。我回到了北京，却失去了爱情。虽然，那仅仅是朦胧的爱情，彼此谁也没捅破。可是，那是美好、纯洁的，不带有任何附加成分，象现在的我怀着许多打算去赴约会……

我们索性把座位让给别人，站着聊了起来。五年没见面，话格外稠。

"你现在干什么呢？"他问我。

"扛包的。"

他看了一眼我这身打扮："你，扛包的？"

"怎么？不象？"

"别逗了！你这么弱不禁风，又……"

"又这么时髦装扮！有什么办法呢？命运的安排就是这样不合比例！"

"这么说你不喜欢这个工作喽？"

"谈不上喜欢不喜欢。头一天把那些肠呀，肉呀，熏鸡呀扛上车，坐在车顶，兜着风，倒也挺痛快，味道怪好闻的。以后就不行啦，现在简直一闻那味就想吐！快别说了。从插队回到北京，能分配个工作就不错，还有不少待业青年呢。你呢，你现在干什么？"

"喏，干这个！比你的活还有意思！"他做了一个磨刀的姿势。

"卖肉的？"

"肉联厂杀猪。"

"屠夫呀！"

"学名屠宰工。"

"这活怪可怕的。"

"你用不着害怕。我们对的是猪八戒，不是你……"

他说话还是那么风趣。精神还是那么乐观。真有意思，从插队到现在，猪八戒总是跟着他。

炸糕吃完了，走出小吃店。他指着我这一身打扮问："你这是赴约会去吧？"

我点点头。他一身还是插队时那样朴素。也许，我这打扮他看不大惯。

"马铃薯再打扮也是土豆！"他随口开了句玩笑，"不过，你别生气，你既不是马铃薯也不是土豆，你就是你。我是说现在有些年轻人用华丽的外表掩饰空虚的内心。我可不是反对打扮呀，爱美是人的天性。契诃夫讲：人应该一切都美，服装、容貌、思想……"

我的脸一定发红了。他还不知道我的朋友顾明。顾明可不管什么契诃夫不契诃夫。如果我不是长得漂亮点，穿得再适样点，八成早吹了。我为什么明明知道顾明这样，还非要找这棵树上吊死不可？无非是顾明家里门路多，想通过他，把我这倒霉的工作换换！快三十了，还能指望什么？顾明家里条件不错，有房子，有成套的家具，最近又新买了大彩电和一辆轻骑'嘉陵'，过个舒服的日子得了……我这想法，在崔和平看来，俗气，浅薄，一定要嘲笑的。我生怕他会问起这些，便赶紧问他，把话岔开："你这是要干什么去呀？"

"和你一样，去文化宫赴约。人还没见过呢！"

"第一次？"

"对。我对这些一点兴趣都没有。爱情，也可以介绍来吗？"

"也不能绝对化。"

"算了吧！别人给我介绍的已经不少了，算上今天要见的已经是第八个了。"

"第八个是铜像！也许一切都好了！"

"但愿是吧！没准又仅仅是画中人而已。只要一听我这个工作，这些姑娘便象见了瘟神一样掉头而去。好象我宰的不是猪而是她！"

"那是她们还不了解你。"

"要她们了解难。今天要不是我们师傅死说活说，我真不想去白耽误工夫了！"

"你忙乎什么呀？你总是忙，总是在工作中能找到乐趣。我真佩服你！"

"都三十啷当的人了。三十而立，既未成家也未立业。比起那些年龄大的人，人家有家有业，比咱们强。比起那些年龄小的人，人家有青春，脑瓜活，也比咱们强……要是一咬牙，一闭眼，混个一天三饱两倒肚圆，混下去也容易。可我总不甘心。厂里办了业大，我上了。业余时间学点日语和机械。你没见我们车间，说是机械化，那份落后呢……"

"你想弄弄你们的机械改革吗？野心不小！"

"水滴石穿吧！要不时间浪费也是浪费！也许一事无成。可我毕竟努力了，毕竟干了点实事！比起那些人，没有经受咱们这些年的颠簸，虽然家庭有了，孩子有了，一切物质条件都有了，可精神却庸俗贫乏的人，咱们仍有值得骄傲的东西……"

还是老样子。饱尝这些年人生滋味，经历这些年的世事沧桑，他依然一步一个脚印，不抱怨，不空发牢骚，踏踏实实朝前迈着步子。比起他，我惭愧了。

"别悲观。我看你有些悲观，这是漂亮衣服掩盖不住的。悲观是弱者的命运。我决不悲观，向着第八个铜像，进军！"最后分手时，这样对我说。他总是爱开玩笑……

我该朝着哪个方向进军呢？靠装饰打扮挽救不了一个将要失败的残局。尽管我百般迎合，最后我还是失去了顾明。又有一个比我漂亮又年轻的姑娘摆在他面前，他象在商店挑选货物一样，选中了她。如果我没有在两个多月以前，在那个小吃店里遇见了崔和平，也许我会大哭一场，我会更加悲观。不知怎么搞的，我象大梦之后醒来了，出奇的镇静了。崔和平那番话象老窖的陈酒，有后劲，此刻在我心里起了作用。悲观是弱者的命运。缺了穿红的还有挂绿的！我就不相信，爱情会这样把我轻轻抛弃！

首先，我想起了崔和平。我不知道给他介绍的那第八个姑娘究竟是铜像，还是画中人？我抱着一线希望，心里打着小鼓，到肉联厂找他。这次，我没换衣服，也没搽珍珠霜。装饰美不是真正的美。心和心相通才会有真正的爱情。我为自己祈祷着。

好容易找到他们车间。生猪嗷嗷叫着，被活活轰了进来屠宰、剥皮……那气味，真呛人；那样子，怪可怕。我定定心，故作镇静，问一位年轻的小师傅：崔和平在哪儿？一听我找崔和平，满车间人的目光象聚光灯，都投射在我的身上。看就看吧，看个够！我故意扬起脸。

那小师傅耸耸鼻子，一副神秘的样子，说："崔师傅早下班了，今晚到文化宫去……"

"到文化宫？"我的心为什么一下子紧缩起来？文化宫对我成了不祥之物了吗？

"对！是去文化宫，有约会！"小师傅的话引起大家一阵笑声。

第八个果然是铜像。我象当头挨了一闷棍。走出车间，我笑自己，为什么要这样惊慌失措？他能搞成对象，也是高兴的事嘛！我太自私了！但有什么办法呢？我希望他能够成功，又希望他没有成功。一个姑娘的心就是这样颠三倒四的，复杂得象老奶奶的乱线团，理也理不清。

可气的是我总想起崔和平。一切都晚了，想还有什么用？如果早一些，早在五年前那个北大荒小镇的晚上我对他表白了自己的心愿，哪怕是在两个多月前在那个小吃店里，我能做出果断的选择，那么一切也许会是另一种样子了。如今，这些都仅仅是如果而已。只有崔和平的影子和话语，总在我眼前晃，总在我耳边响。悲观是弱者的命运，干点实事心才踏实。老姑娘就老姑娘吧，扛包就扛包吧，关键是我自己也得学着点崔和平，要努力，要使自己的心充实起来。

我很想见见崔和平。干嘛要见他？不清楚。只是想见见他，听他聊聊，给我点力量，我也给他点祝福。可是，我不敢去他们车间了。我怕那些聚光灯似的目光。我好几次来到那家小吃店。去了几次，只见那副对联，没见对联下再坐着崔和平。

一年过去了。两年过去了。就这么淡淡地、慢慢地过去了。我的心已经象一井枯水，没有心思再搞对象了，尽管妈妈整天在我耳边磨叨，在我身边哭泣。我觉得任何人都比我幸福。我承认自己是个弱者。

一天，我路过小吃店。我为什么又跑到这个小吃店的门前来？为了吃炸糕？为了看那副对联？还是想再来一次和崔和平的意外相逢？天知道。鬼使神差！我又来了。想寻回那已经失去的旧梦。

没有。没有崔和平。我在幻想着。也许碰上崔和平，被他那火热的话点燃，会使我摆脱眼下的悲观消沉，振作起来……

人家说老处女的心理都是特别怪的。也许是吧！在这种心境的驱使下，我竟然不知怎么搞的，又一次跑到肉联厂去找崔和平。即使他结婚了也好，他毕竟是乐观的、坚强的，我要请他帮帮我摆脱一下眼下难捱的心境，象以往几次他帮助过我、鼓励过我、给过我力量一样。也许，只有他可以帮助我。

"你找崔师傅呵？崔师傅！"又是那个小师傅，先上下打量我一番，眨眨眼睛，耸耸鼻头，然后大声把崔和平招呼了过来。

"哟！是你！"崔和平正要下班，在换工作服，一脸污垢，满身都是油腥和猪毛。

"真没想到你来找我！"走出车间，他对我说。显然，我的不期而至，使他有些奇怪。"是不是通知我去吃你的喜糖了呀？"

"哪儿跟哪儿呀！吹了！"

"吹了？"

"吹了！什么都吹了！你都结婚了吧？吃喜糖忘了我？"

"跟你一样，也吹了！"

"第八个不是铜像？"

"不是！"

"咳！"

"咳！"

他也学会叹气了。

"难呵！什么都难！比在北大荒时还难。你信不？"

我不知他为什么说出这样伤感的话。他原来是那样乐观呀！

"三十多的人了，还那么老天真！我有时都骂自己没出息！你不知我别提多倒霉了！"

这是怎么了？这会是以前那个豁达而充满活力的崔和平吗？

"怎么了？难道你发生了……"我小心翼翼地问。怕触伤他的隐痛，又想知道。

"快走吧！有话外面说！"他匆匆地对我说。

这时，我才发现车间的门口和窗口已经探出无数脑袋，正向我们张望。

到了外面，上哪儿去呢？大街上正是下班车水马龙的高峰时期，拥挤、嘈杂，象翻江倒海。

"怎么回事呀？"我问。

"你想知道？"

"想。"

"找个地方细聊吧！"

"行！"

"到哪儿？"

"上中山公园吧！"

几次到中山公园搞对象都告吹。我为什么又选择了那个笼罩着不祥阴影的地方？

没到公园门口，长长的话已经简单地讲完了。原来，他的屠宰车间机械化和他的第八个铜像一起告吹。一切，都不象想象的那么简单。材料，没有。时间，没有。到处掣肘。四面八方错综复杂的人事关系，象一张网，罩住了你。象一条条蛇，踩着尾巴头也动……最后，竟说他搞这次机械化的革新是为找上个如意的对象，是为了谋个一官半职，跳出这个肮脏的屠宰车间……

"真不如回北大荒干着痛快！"崔和平摇摇头，对我说，"我算看透了，玩命干的还不如那些搞歪门邪道的。现在，我也学会了，上班对付着干，下班走人。咱们这帮三十多岁的'老三届'算是倒了八辈子霉……"

他干嘛这样颓唐？一下子，我觉得他陌生起来。

"嗐！"他又叹了口气，"算了吧，本想对你倒倒一肚子苦水的。倒了又有什么用？公园，也甭去了！你忙你的吧！真感谢你还来看看我！"说罢，他和我握握手，道了声再见，转身走了。

就这样走了？感谢我来看看他？我为什么要来看看你？你这个人呀！"崔和平！"我朝他的背影叫了起来。

他停住了，回过头。

"到公园转转吧！都已经快到门口了！"

他望了望我,没有动窝。

我走了过去,靠近了他。我还从来没有这样靠近过他:"干嘛要这样悲观,自己和自己过不去?你忘了你对我说过的了?悲观是弱者的命运……"天呀!我本来是想从他这儿汲取点力量的。现在,我却反过来教育起他了!

"是呀,也许,我们都是弱者……"

"不!你不应该是这样的!你要比我强……"

他感激地望望我。在这一瞬间,我感到自己竟坚强起来。人呀,真是奇怪。本来,我是来寻找一种丢失的宝贵东西,本来,这种东西是另一个人身上可以找到的。可是,这个人的身上却丢失了,而竟神奇地跑到了自己的身上。当我意识到这一点,我燃起一个强烈的念头:一定要说服崔和平,他不应该象我一样,也这样悲观、消沉。两个弱者加在一起,兴许能变成一个强者……

他不说话。原来,他的话是多么俏皮、多么有意思呀!

"走吧!到公园里转转吧!"我望着他,说。一副不容推脱的口气。我们还从来没有一起到公园里转转呢。"难道你忘了以前在北大荒,我们一起坐在运猪的马车上?"

"我没忘。有时,我常常会想起……"

这句温情的话足以胜过一切。过去的,一切美好的东西,都会想起的。即使丢失了,也一定会追回来的。我竟然一下坚定了信心。

蓦地,一股莫名其妙的冲动和激情,我竟然大胆地挽上了他的胳膊。三十多岁的女人了,毕竟不如十七八情窦初开的少女。我当然应该坦率地向我所爱的人表达自己的感情。他的胳膊一阵抖动,显然有些局促。不过,他冲我笑了笑,和我一起向公园门口走去。街灯突然唰地一下全亮了。

我们来到中山公园。月色正好,星光灿烂。一对对情人正倚偎在长椅上,绿荫里。我们也加入了这年轻的一群中。象绕了一个三百六十度的大圈子,最后追求到的爱情还是原始的爱情。遗憾的是晚了整整五年,在青春最美好的时候错过了。但毕竟又追回了那将要失去的爱情。但愿我们能追回我们那失去的一切。我不知该说些什么。崔和平也不说话。也许，此刻的沉默是必要的。当我们追求过，狂热过，也失败过，消沉过后，沉默一下，静静地思索一下，也许会使我们又能象眼前这些年轻人一样恢复一些青春的朝气。

远处，传来一阵花香，浓郁，醉人。象温柔的小手，轻轻地抚摸着我们的脸庞，在为我们祝福。

我真喜欢这花，问他："这是什么花？真香！"

他指着前面不远处一片花丛，细碎的小黄花，在月光下闪着一颗颗灿烂的金星，告诉我："是桂花，开得虽然迟些，但只要一开花就很香……"

一九八一年五月于北京

在北大荒和在北京

——兼复关心我的读者朋友们（代后记）

我相信，文学是愚人的事业。因为在创作上，我自己就是很笨的。

我相信：文学是温暖的事业。因为我得到过许多人温暖的帮助。

我是怎样走上了这条现在颇为拥挤的文学小路来的呢？我忘不了他们！我要写写他们！没有他们，也许我没有一个字会变成铅字……

小时候，我曾经做过文学家的幻梦。不过，很快，那美梦就破碎了。

我们家祖辈都不认识字。我父亲一个人在外闯荡，识文断字了，充其量是高小文化程度。不过，老人家爱书，爱让我们孩子读书。我上小学之前，一天，他下班回家，给我买回来一本《小朋友》，这便是我读的第一本书。我到现在还很清楚记得那里面有一个故事，一个漂亮的小姑娘到阅览室看画报，偷偷地把画报上的一幅毛主席画像撕下去，拿回家，后来认识了错误，又把画像送了回去……那并不是一个出色的故事，却是那样吸引了我。

我爱上了书。大概小学三四年级，我的衣袋里第一次有了家里给的几毛零花钱。我们家对门有一所小邮局，里面放着一个书架，卖一些杂志，我踮着脚尖，几乎把每一本书看了一溜够，最后花了一毛七分钱买了一本《少年文艺》。我清楚地记得：那里面登的第一篇小说是刘绍棠同志的《瓜棚记》，贺友直同志精彩的插图。到现在，我还记得小说的故事，插图的画面……这是我自己买下的第一本书。我一直把它保存到去北大荒，最后让别人借走了，没有还回来，献身给了北大荒。

我就这样迷恋上了文学。我认识了叶圣陶、谢冰心，认识了任大霖、任大星，认识了罗大里、盖达尔……自然，全是通过了他们的作品。于是，我自己开始偷偷写起东西来了。我梦想自己也能象他们一样，成为一名儿童文学作家。我写了满满一百多页的一个日记本。初二时，我和伙伴们编起了自己的刊物，老师给我们起了名叫《小百花》。我的第一篇东西就发表在这里。只是，我记不起它的题目，写的是什么了。足见写的十分幼稚，理所应当被遗忘。可是，当时，我却是敝帚自珍呢。少年心事当拏云哩！

这一年，是我们汇文中学建校九十周年。我这厚厚日记本在校史展览馆展览了。这对我无疑是极大的光荣和鼓励。谁知道，展览结束，我的日记本不翼而飞，不知被哪位好心的同学偷走了！我的脑子一下子炸了。那里是我这几年全部的心血和希望呵！我恨不得哭一场。我不是一个坚强的人。当时，我竟然经不起现在看来一个杯水波澜。我悲观起来，不打算再写什么这些劳什子了。

就在这时候，一位女老师找到我。她参加过志愿军，到过朝鲜战场，是部队文工团的团员，能拉一手好提琴，还会演话剧。我只是见过她，却从来没有和她说过一句话，因为她是负责管理学校图书馆的，根本没教过我们课。

她对我说："没什么！李时珍写《本草纲目》时候，草稿几乎全部掉进大山，他还是坚持重新写完了！"

我当时心里顿时感到温暖起来：有人关心你！有人相信你！而且，完全是一个素昧平生的人。

以后，我到图书馆借书，破例，她允许我进里面自己找书。而且，把一间封存旧书的房间钥匙交给我，那里面，尘埋网封，书摞得象小山，没有人整理，却给人以一种原始本色的美。说老实话，我第一次见到这么多的书，就象童话里讲的进山找宝的贪心人，一直到日落时分，仍然不肯出大门。在那里，我几乎看遍了冰心的所有作品，以及三十年代、五四时期鲁迅、茅盾、巴金、许地山、庐隐、郑振铎、郁达夫、废名等等许多作家的小说和散文，读了郭沫若、闻一多、殷夫、潘漠华、应修人、汪静之、何其芳等等许多诗人的诗……我第一次理解了世界之大这个"大"的概念和含义。

　　第一次借书，我手里拿着上下两册《盖达尔选集》。从心里想，自然都借走才好。可是，学生一次只能借一本。犹豫再三，我递给老师上册。大概我那犹豫和爱不释手的样子很可笑，她接过书，望望我，笑了笑，然后又拿过下册，对我说："都借给你吧！"

　　从此，我成了那里的常客。从她那里，我不仅结识了我国那么多如繁星的作家，也读了俄罗斯、法国、美国和印度等许多大家们的作品。我们这所中学整整一层楼的偌大图书馆，象一座蕴藏着无数财富和奥秘的宝山。我对于它，始终充满感情。它，使我那经不起一点点波折的心逐渐坚强起来。它，也使我明白小时候我的幻想是何等幼稚和浅薄。要做一名作家是多么的艰难，他要付出毕生的心血和全部的真诚。

　　我觉得我长大了。

　　初三这一年，北京市举办少年儿童征文比赛。经过我的语文老师的帮助和推荐，我的一篇作文《一幅画像》被评上了奖。第一次，我的粗拙的文字变成了铅字。

　　有一天，语文老师拿来一本厚厚的书，翻给我看。我看见了我的这篇作文，上面密密麻麻用红笔改了许多地方，最后还有一段批语。"这是叶圣陶老爷爷亲自为你们评改的作文。"老师告诉我。叶圣陶？大名鼎鼎的作家？我竟然和他们也沾点边。啊，那时候，我对于作家这一概念认识得是何等幼稚！

　　这一年暑假，叶圣陶老爷爷请我和另一个同学到他家做客。这是我第一次面对面见一位作家。原来作家和普通人一样，平平易易，和蔼可亲，谈话极其随便。我很快便消除了拘束感。叶老从窗外爬满墙头的青青的爬山虎，一直谈到要多读文学的书，还有其他方面的书……

　　我没有忘记图书馆那位女老师。我想把印有我这篇文章的书送给她一本。但是，我没有。这算什么呀！这么一篇短短幼稚的作文，值得向她显摆显摆吗？这不太可笑点儿了吧？以后吧，等以后再真正有点儿进步吧！我当时就是这样想的。可是，我没有忘记她，即使是一点点微薄的进步，也有她的一份心血。

也许，在文学道路上的第一步，就是这样迈下的？

第一步，有人相扶……

一九六八年七月二十日，我带着满满一木箱书，告别了北京，向北大荒奔去。那里，对我完全是一个崭新的世界。我是从电影《北大荒人》、小说《雁飞塞北》、《大甸风云》和散文集《冰凌花》、《大豆摇铃的时节》，认识它的。我对它是一腔热血，一片纯情。那一天，我没有让父母到火车站送别，只身一人上了火车。同行的同学有的哭成泪人，哭了整整一站地。我却笑着，头伸出车窗向大家挥手告别。我和同学在自己油印的小报上刻下了这样的诗句："此行何去，赣江风雪弥漫处。""莫愁前路无知己，天下谁人不识君！"我们自以为是干一番大事业的。

我编了一首歌，很快就在同学中间唱开了。"今天，我们象种子撒向这北大荒；明天，鲜红的果实就要映红祖国的蓝天……"收工的路上，映着完达山半衔落日的余晖，踩在甩手无边的清新、湿润的泥土上，我们亮开嗓门使劲地唱。我开始写诗，写满了三大本，收了工，躲进蚊帐里写。象大车店一样阔大、热闹的知青宿舍，端一盆洗脸水从门口走到最里面，不知要吆喝多少嗓子，挤过多少光着脊梁、流着汗珠、带着田野里庄稼气息的知青老哥们，一盆热水剩下半盆，几只脚丫子伸进一个盆里……当时太热闹了，我便躲在食堂的小饭桌前，队边树丛的木桩上写诗。

"这里是飞鸟不到的荒原，
皑皑白雪不知覆盖多少年。
坐在火红马儿拉的爬犁上，

前方甩手无边没有一点遮拦。
　　它会使你想起《三套车》,
　　深沉的旋律禁不住心头盘旋。
　　它也会使你想起《西风歌》,
　　禁不住热恋那温暖的春天……
　　呵,就在你遐思飘飘的时候,
　　黎明,突然出现在你的眼前——
　　蛋青色、鱼肚白、一抹玫瑰红,
　　晨曦象大自然手中的调色盘。
　　我们的爬犁跑得好快哟,
　　象要驶进那灿烂的云彩里面……"

　　啊!那时候,我们是多么天真!
　　很快,天真得到了报应。黎明变幻的美好的色彩消失了。因为我和其他八名同学联名写了三张大字报,替队里三名所谓反革命鸣冤叫屈,而引起全农场的关注,特意派来一个整建党工作队。队长不是党员,却整建党。其实,他也不整建党,而是整我们。"肖复兴是过年的猪,早杀晚不杀了!"大会上,他这样宣布。接着,非法查抄了我的所有日记和那三大本诗集。一时气氛紧张,大有随时可以揪我上台,做为现行反革命批斗。我和我的文学创作都面临着一次考验。
　　一次大会结束,队长和工作队队长都点名批判我一番,许多相识的人见我如避瘟神一样了。队上一位老铁匠拉我上了他家,炸了一盘花生豆,做了几个菜,烫上一壶酒,然后对我说:"你放心,只要他们拉你上台批斗,我就上台陪你挨斗!"顿时,我的眼泪流了出来。
　　场部良种站一位喂马的大胖子特意托我的一个同学叫我找他借书。说老实话,一个喂马的人能有多少书,我并不抱希望。但他的情意,我感动。顶着大烟泡,连夜走了整整十八里地,我找到他。他对我说:"我知道你爱写东西！你写！写！"我的心里是一种什么滋味儿呵！我感到温暖。十八里风雪中奔波，就仅仅为了这一句话，也值得！

接着，他又对我问："你以后想看什么书，找我！今儿，你想借什么吧？写个书名！"

我望着他，觉得他简直是个神奇的人物。半信半疑，我写了三个书名。我记得十分清晰：一本伊萨柯夫斯基的《论诗的秘密》，一本亚里斯多德的《诗学》和一本艾青的《诗论》。要知道，在一九七一年严酷的冬天，这三本书不那么好找。

第二天清早，他把这三本书交给了我。我对他刮目相待了。捧着书，我愣愣地站了许久。

从此，我在北大荒有了书库。我从他那里借了大量的书，给了我滋养、信心、勇气，更给了我只有北大荒特有的温暖。

只是，他从来不让我到他家里去。每次都让我这样填书名借书。这更增加了我的神秘感。一天晚上，我不请自来，冒然叩门。一条大黄狗冲出来，直咬着我的裤子。亏了穿得厚，没咬着肉，只把裤子咬了一个三角口。他把我请进屋，我这一番惊险举动并没有感动他，借书时依然让我填书名。不过，他走进屋替我找书时，我跟踪追击，悄悄跟他走出了屋。啊，那是一间放杂物的小仓库，昏黄的马灯下，摆满一个个木板钉成的箱子。他正在打开箱盖，俯下身替我找书。我站在他的背后，他还没有发现呢！当他发现我后，笑了："别怪我，这年月，我攒的这些书，受罪大了！我不得不……"

从此，他对我门户开放。这里，是我北大荒的图书馆。我永远不会忘记他和它……

这一年的春节，我第一次回北京探亲。北京，对于我有了一种陌生感。我成了一个游子，一个外乡人。要填临时户口，要清查人口，动员早日离京返乡。尤其是我穿上一双大头鞋，戴上一顶貂皮帽子，披着一件下乡时发的绿大衣，走在大街上，到商店买东西，都要招惹一些目光。

我感到的温暖，不仅仅在家里，还在学校里。学校负责管理图书馆的那位女老师依然在关心着我。虽然，图书馆里的书都被当成封资修而贴上封条，大门也是铁将军守门了。可是，她依然借书给我看。只是，需要换一种方法，不要让人发现。每一次，她把我需要看的书用废报纸包好，放在传达室等我去取，我看完后，再用报纸包好，放回传达室。她再悄悄跑上五楼，打开图书馆的大门，一个人跑到里面替我找书。罗曼·罗兰的《约翰·克利斯朵夫》、托尔斯泰的《战争与和平》、雨果的《九三年》、哈代的《德伯家的苔丝》、乔治·桑的《安吉堡的磨工》等名著，我都是通过类似地下工作者传送情报的方式读到的。这种只有在当时形势下才会出现的奇特方式，传达室的老大爷一定看出来了吧？他没有戳穿我们的把戏，只是忠实地替我们传送着这些人类精神文明的财富。老大爷，我感谢您！当我在几年之后调回北京时，我又特意到学校去看望过您。可惜，您退休了。

这位女老师没有一点儿需要我感谢的意思。她似乎也健忘得很，忘了"文化大革命"一开始，就是因为她破例允许我进图书馆里面去找书，而被贴了大字报，说她是"为了培养修正主义黑苗子而效力！"

春天来的时候，我象饿得够呛的人饱塞了一顿之后，就要回北大荒了。她把我请到她家里，指着书架子对我讲："以后，要看什么书，还可以到我这里来借！"我很想对她说几句感谢的话。可是，我说不出来。几句轻薄的话，是轻得打不起分量来的。她需要的不是这个，我知道。她是希望我能有些出息，能写出些东西来。我能够吗？

就在这次回京探亲短短时间里，另一位老师也在默默地向我伸出了温暖的手。他就是那个帮助我写出第一篇作文《一幅画像》的语文老师。"文化大革命"中，我曾从他那里借读了十卷本的《鲁迅全集》和脂评本《石头记》。在去北大荒的岁月里，他和我书信不断。仿佛他始终如一相信我一定会写出东西来一样，他常常鼓励我。这次回京，正是我落魄之时。我的心里灰得很。我并没有象这位善良而认真的语文老师一样，对自己和对未来充满那样乐观的信心。我只想看些书，消除内心的郁闷和惆怅。"你还年轻，你要多读点历史！要多写点！……"他这样劝说着我。

在临上火车的头一天晚上，我因为到同学那里话别，回到家已是夜半时分。推门一看，桌上放着厚厚一叠书：一套《水浒》、一套《三国演义》和一套《红楼梦》。父亲告诉我："你们老师来了！坐了好久，你也没回来。他送你的书！"是他！当我带着这沉甸甸的书，坐上北上的火车，驰过山海关和冰封的松花江的时候，我的心里荡漾着一丝丝温馨的涟漪……

我又回到北大荒。

北大荒呵，我该怎样说你呢？也许，一切都不怪你。可是，当我们一腔热血换来的却是朔风如刀的北大荒特有的"大烟泡"之后，我们变得成熟些了。我们不得不对你进行一番再认识。我不能说那时对你仅仅是恨，是怨，因为你毕竟给予我那么许多。春天，有那满山漫野的萱草、山丹丹、达紫香和野百合。秋天，有那平铺万里的金灿灿的大豆和红彤彤象燃烧着火一样的柞树林……更主要的，还有那么些憨厚、纯朴而善良的老北大荒人，象老铁匠，象良种站的大胖子。而且，你也曾给予我在患难中的爱情……我不能仅仅对你无情无义地抱怨埋恨。但是，我对你绝不象以前一样了。我绝不再相信什么"棒打狍子瓢勺鱼，野鸡飞到饭锅里"的神话了。

这种思绪如蛇一样纠缠着我，咬噬着我。我不再多写那些诗了。我觉得它无法表达我这内心的一切。于是，我开始写散文。那时，我本来是要发配去到一个开荒点儿当统计员的，由于队上的小学校缺老师，便把我从喂猪的饲养班调出来，临时去代课。那是一个复式班，一个教室里从一年级到六年级都有，语文、算术、地理、历史、音乐、图画、体育，样样都是我来教。我挺喜欢那些北大荒的孩子们，他们也喜欢我来上课。我们都乐得其所。

我有时间了。每星期天，我便在屋里写散文。我还住在养猪的饲养班里，外屋是喂猪食的大棚，气味不大好闻，可是，倒也可以在灶火里烤一些类似北京的烤白薯一样的大南瓜。一星期写一篇，我整整写了十篇。又接着写了一组《抚远短简》。可以说，这是我第一次创作。它抒写的全部是北大荒的生活，是这几年北大荒给予我爱与恨交织一起的收获。

我很想能请人替我看一看。可是，找谁呢？当时的兵团总部召开过几次创作会，兵团宣传部的同志都很希望我能去。可是，队里不让我去。能让我教书，不再去喂猪，不要去新开荒地当统计员跑地号，就算是够宽厚的了。当时我们师部的宣传部准备调我去搞创作，我已经去帮助工作几个月了。自然，现官不如现管，我依然象被踢皮球一样，又踢回了队里，老老实实在饲养棚里写文章。如果，我能到师里、兵团，自然可以请教一些人，有些切磋的机会。但这对于我来说已经无望了。

可我毕竟写了厚厚一叠。我很想知道它们的价值。突然，我想起了叶圣陶老爷爷。他曾替我批改过中学时代的作文。不过，他会记得一个普通的中学生吗？我没敢冒昧地给叶老写信，便给了他的长子叶至善同志写了一封信，把这些幼稚的，散发着猪食味道的文章寄给了他。

正巧，他正从干校归来，挂职在家无事。而且，他居然还记得我。更主要的，他竟然一篇一篇逐字逐句地帮助我把整整二十多篇文章修改完毕，所提的意见又密密麻麻写了好几页纸。其中有一篇，改动较大，他怕我看不清，又亲自抄写了一遍。当我在春寒料峭的北大荒荒寥的原野，接到他寄来的改稿和信笺，我是何等激动。我感觉我并不孤独。生活中，有苦也有甜。有时候，生活似乎处处和你有意为难。有时候，却又随时随地会出现好人，向你意外地伸出温暖的手。

"你的文字朋友之中，有没有愿意象你一样下功夫的。如果他们愿意，可以寄些文章给我看看。我一向把跟年轻作者打交道，作为一种乐趣。"这是叶至善同志信中的最后一段话。还需要再多说什么吗？在那种时候，在那种心境下，我见到这样的字，感到温暖。这封信，从北京到北大荒，又从北大荒到北京，我一直保存着。

我写了，改了。改了，又写了。我的创作的法子是笨的。我只有这样老老实实地锤炼着。我的第一篇正式发表的作品，就是从这十篇散文中挑选出的一篇，题目叫《照相》。我们农场宣传科的两位好心的北京知青替我抄写几份寄出去了。（那时候没有稿费，还没有不许一稿几投）。不久，我们地区的《合江日报》刊登了。《兵团战士报》也刊登了。新复刊的《黑龙江文艺》，即现在的《北方文学》，一位女编辑专程从哈尔滨到北大荒找我，没有找到，给我写了一封信，具体地提出修改意见，待我改后，发表了。

文学这条道路，我就这样从北大荒起步，走上来了。这一步，便再没有停下来。没有北大荒，没有这些好心的人，可以说便没有我的文学。

一九七四年，我父亲脑溢血突然病故，家中仅剩下老母一人。我被照顾回到北京。这对于我，又是一个新的困难时期。由于父亲的病故，我欠了一笔帐。回到北京后，我又暂时待业在家。母子俩生活的拮据可想而知。对于生活，我已经学会了不皱眉。为了找一个工作，为了让那些掌着我命运的官不大、权却不小的街道积极分子大娘们别再从中刁难，我去小学校无偿地代课，我去帮助街道服装厂义务送货。只是推着满满一车衣服的三轮平板车，我实在是狼狈不堪。因为，我不会骑，只要一骑就上便道。我怕街上的人看我一个大小伙子笑话，咬咬牙，我费力推着车，穿过人流车水的前门大街……

而且，那时候，还有一个更大的困难，我爱人尚在北大荒。为了让她能顺利调回来，我昧着良心，生平第一次走后门送礼。我没有钱，只是花了二十多元钱，买了两件的确凉衬衣，托同学，替我去送。一来，我实在没有送礼的经验，大有烧香找不着庙门的感觉。二来，那同学正好探亲假结束正要回北大荒。我们一直在一起插队，心是相通的。他接过两件的确凉衬衣，先是苦笑，然后大骂："这帮喝咱们知青的血的……"

我开始在北京茫茫的人海中奋争。人生，离我那么近；而文学，离我却那么远了。

我终于有了工作，在郊区的一所中学里教书，每月三十二元钱的工资。显然，养活母子两口，再还一笔帐，是不行的。年老的母亲背着我，偷偷给人家看一个小孩，每月能有几个钱？事情被我知道后，我说什么也不让母亲给人家看孩子。一个儿子，让年纪那么大的老太太去为生计操劳，这太有伤于一个男子汉的尊严。母亲最后拧不过我，只好不看了。我偷偷地哭了。

比这些叫人挠头的事还有。临离开北大荒时，我们队队长竟然私自在我的档案袋里塞进厚厚一叠材料。显然，这是要置我于死地。

一天，中学的校长把我叫到办公室，告诉了我这件事，我才如梦初醒。"不过，这材料我们看了，我们觉得是不应该这样做的，这样写也不合适。如果你同意的话，我们就从档案里撤走，烧掉了……"

好人，又出现在我的前面。也许，生活对于我，总是这样在最困难的时候，在我走得最疲乏的时候，就有一双理解而温暖的手向我伸来。我以为这正象灯，有暗的影的一面，就一定会有亮的光的一面！

我又开始不安分起来，写起东西。那时候，丰台区文化馆聚集着一批有志于搞创作的人。那里有一个文学组，组长是现在的作家理由同志。我们常常到那里去活动，去改稿，去编一个叫做《丰收》的集子。现在写小说的毛志成，写儿童文学的夏有志等都是那里的常客。这个文化馆的文学组培养了一批人。我深受他们的帮助和扶植。我的第一篇小说《玉雕记》就是在这里写出，在《人民文学》发表的。在这里，我感到了又一种温暖和欢乐。我开始学习写作小说和报告文学。北大荒的生活，开始流入北京。当我握起笔，想起那一幕幕难忘的生活时，我的心里五味俱全。我不知该怎样去写。但我一定要写。北大荒那段艰苦却并非全无意义的生活，已经成为我生命年轮的一部分。

去年，我有机会又重返北大荒。我又见到了我的七星河，我的大兴岛和为我写下第一篇散文的饲养棚。我又见到了老铁匠、大胖子和许许多多老北大荒人……离开他们整整八年了，我没有忘记他们，他们也没有忘记我们。我们没有完全责备北大荒是如何践踏了我们天真的理想，蹉跎了我们宝贵的青春。北大荒也没有完全责备我们这四十万知青发潮水一样涌来，又象退潮一样纷纷离开。对于这场轰轰烈烈的知识青年上山下乡运动如何评价，也许并不是我的能力所及的。但是，对于我们自己，对于北大荒，我们彼此却都是自有公断的。我们和北大荒一样，毕竟还都是可爱的，可珍视的。正是出于这种感情，北大荒人特意为我录下一盘录音磁带，让我带回北京，让那些曾经在北大荒插过队、曾经在七星河畔、大兴岛上出过力、流过汗、开过荒、喝过泡子水、吃过大楂子饭、住过窝棚、马架、帐篷、干打垒的老插们，让他们听听北大荒的声音。说实在的，听着他们对着录音机那纯朴的话语，我感动地流下眼泪。

"咱们北大荒和北京两'北'加在一起，一起给国家出力……"这是一位老北大荒人的话，我怎么也忘不了。

是的！我忘不了他们！我要写写他们！他们和我的文学是这样的紧密相连。北大荒和我的文学乃至生命是这样休戚相关。回顾这些年所走过的道路，我并不后悔，在我青春最可宝贵的那几年，我去了北大荒。因为我毕竟结识了那么多北大荒人和由北大荒触发而相连的那么多北京人。北大荒，是我人生的门槛；是我文学的摇篮。

许多关心我的读者曾经给我来过许多信。除个别的回复过，其他，无法一一复信了。在这里，我深深表示歉意。但是，我永远记住你们。你们的信，包括对我的鼓励，也包括对我的批评，乃至对一个细节、一个字的意见，在编选这个北大荒小说集时，我都一一做了修改。我把我这一切向你们全盘托出，你们一定会理解我所写的《抹不掉的声音》、《诺言》、《瓜棚记》、《那不该倒塌的》、《北大荒酒》、《学院墙内外》等篇小说了。那里原始的素材、细节，以及人物模特，就在北大荒的生活之中。如果这些幼稚的小说，连同这一篇所写的一切，能够有助于你们对于我，对于北大荒，对于我们这一代年轻人更多的了解的话，作为一个作者，便是最好的慰藉。

作者
一九八三年十二月十六日夜于北京洋桥